인생의 겨울이
남긴 것들

인생의 겨울이 남긴 것들

지은이   이경연
펴낸이   성상건

펴낸날   2025년 04월 24일
펴낸곳   도서출판 나눔사
주소   (우)10270 경기도 고양시 덕양구 푸른마을로15
          301동1505
전화   02.359.3429 팩스 02.355.3429
등록번호 제 2-489호(1988년 2월 16일)
이메일   nanumsa@hanmail.net

© 이경연, 2025

ISBN 978-89-7027-869-8   03810

값 12,000 원

*잘못된 책은 바꾸어 드립니다.

인생의 겨울이
남긴 것들

얇은 씨앗이고 꽃이고 열매였다

이경연 지음

나눔사

추천의 글

저자는 이 책에서 자신을 자칭 '맨발걷기 전도사'라고 소개한다. 2017년 12월 유방암 수술 이후, 병원에서 권한 항암, 방사선, 항호르몬 치료들을 다 받지 않고 처음부터 자연치유의 길로 들어섰으며, 8년차인 지금까지 건강하게 잘 살고 있다. 그 중심에 신앙과 맨발걷기가 있었다고 전하는 저자는, 암 진단을 받은 누구에게나 이 두 가지를 전하려고 애써 왔다.

맨발걷기가 기적이 되는 매커니즘에 대해 정확하게 이해하고 있고, 확신하고 있으며, 그 기적을 혼자만이 아니라 함께하는 삶으로 풍성히 누리는 저자를 통해 맨발걷기를 처음 전한 사람으로서의 보람을 크게 느낀다. 앞으로도 맨발걷기의 기적을 더 많은 사람들에게 삶으로 생생히 전하는 희망의 증거가 되어 주리라 기대하며, 암 진단을 받았거나 건강을 잃게 된 누구에게나 저자의 희망가이드 스토리를 읽어 보시라 적극 권하는 바이다.

박동창
(맨발걷기국민운동본부 회장,
'두 달 안에 아픈 곳이 나아지는 맨발걷기의 기적' '맨발걷기가 나를 살렸다' 저자)

암은 진단받은 환자뿐 아니라 이 세상을 살아가는 거의 모든 사람들에게 두려움과 공포의 대상이다. 이 책은 저자 스스로 말하듯 감수성 넘치는 평범한 한 개인이, 마주한 암을 회피하지 않고 암을 알아가고 자연치유를 이해하고 실천하며, 격정적으로 암을 극복해 나가는 과정을 담백하게 기록하고 있다. 이 책은 지금 암으로 고통받고 있는 수많은 암환우분들께 희망이자 온전히 극복할 수 있다는 확신을 주는 책이다. 무엇보다 암을 단지 극복의 대상으로만 여기지 않고, 암의 의미를 깨달아 자기 성장 전환의 기회로 삼았다는 점은 참으로 놀랍다.

암을 진단받고 방황하고 계신 분이 있다면 이 책 안에 가야 할 방향과 답이 있다고 자신있게 말씀드리고, 이 책부터 읽어 보실 것을 권한다.

주마니아
(네이버카페 "주마니아 자연치유학교" 운영자,
'말기암 진단 10년, 건강하게 잘 살고 있습니다' 저자)

2020년 7월, 유방암 3기 진단을 받았을 때 떠오른 사람이 있었다. 암이지만 감사하며 잘 살아가는 저자였다. 저자는 나의 꿈길이자 희망의 등불이 되어 주었다. 그렇게 우리의 따스한 동행이 시작되었다. 그녀가 치열하게 배우고 실천한 앎이 삶이 되어 꽃과 열매를 맺은 이야기가 책으로 나와서 감사하다. 암을 씨앗 삼아 기적으로 바꿔낸 그 여정을 통해 삶의 희망이 다시 시작된다. 오늘도 묵묵히 자신의 길을 걷는 저자는 당신에게도 따뜻한 손을 내민다. 인생의 겨울을 지나고 있는 당신과 가족들에게 꼭 전하고 싶은 책이다.

이진희
(한국코치협회 전문 코치, 감사행성 코치,
'나를 살리는 감사의 기적', '감사행성 실천노트' 저자)

겨울이 남긴 지혜를 전할 책임이 있다는 것

"겨울에는 지혜를 얻게 되며 겨울이 끝나고 나면 누군가에게 그 지혜를
전해 줄 책임이 있다는 것,
마찬가지로, 우리보다 먼저 윈터링을 겪은 사람들에게 귀 기울이는 것
도 우리의 책임이다"

–'우리의 인생이 겨울을 지날 때' 캐서린 메이

2017년 12월에 우연히 한 건강검진에서 유방암 1기 판정을 받았다.
크기로는 1.9cm여서 2기를 바로 코 앞에 둔 상황이었다. 그때는 첫 책,
'내 안에 꿈 있지'를 막 펴낸 때였고, 저자 강연회를 며칠 앞두고 있었다. 조
직검사를 하면서 암세포들을 이미 건드려 놓은 상태라 금방이라도 수술을
하지 않으면 마구 퍼져나갈 것 같은 불안감에 저자 강연회를 펑크내는 초
유의 사태를 빚으며 서둘러 수술을 받았다. 지금 돌아보면 그 당시의 두려
움과 혼란은 몇 기의 문제가 아니라, 어느 날 느닷없이 내 삶으로 뛰어든
'암'이라는 말 자체가 주는 중압감에다, 정확히 알지 못하는 상태에서 갖게
된 막연한 불안이 뭉쳐진 감정상태였던 걸로 기억된다.

수술 후 내가 겪은 혼란들이 지금도 생생하게 떠오른다. 심한 멀미를 하다 어느 버스 정류장에 급히 내려 기어코 토하고 난 후 눈에 보이던 세상처럼 세상이 온통 뒤집어져 보였고, 어느 외딴 행성에 혼자서만 내려선 듯 낯설고 두려웠다. 평온하고 아무 일 없는 사람들의 삶에 자꾸 낯가림을 하던 그 시간들이 얼마 전 같은데 세월은 내게도 화살과 같다. 의아한 점이 있다. 출발은 분명 황량한 겨울이었는데 왜 지나온 날들이 온통 소풍길로 느껴질까? 화살 같은 세월이 부리는 마술 같지는 않다. 그 겨울이 남긴 지혜를 전해야 할 책임이 기꺼운 이유이다.

"암은 어느 누구의 인생에서나 혁명이다." 삼성병원 어느 젊은 의사의 선언을 어느 날 앞산에서 내려오며 영상으로 들었다. 들은 그대로 그일은 내 인생에서도 지진이고 혁명이었다. 인류사나 한 국가에 일어났던 혁명만큼이나 한 개인의 인생사에 닥친 혁명도 기록할 만한 가치가 있다. 그 절절한 기록들이 어느 누군가에게는 삶을 다시 살게 하는 소중한 정보들이 될 수 있다. 어느 누군가의 건강과 삶을 돕고 일으키는 희망도 될 수 있다.

나 또한 유방암 수술 후 지금까지, 병원에서 권한 항암과 방사선 치료, 항호르몬요법 없이 자연치유법만으로 8년째 건강을 지켜가고 있는 방법과 지혜들을, 어느 누군가가 SNS상에 남긴 정보들과 여러 책들을 통해 알고 깨닫게 되었다. 깨닫게 된 것들을 내 삶으로 가져와 순하게 살아냄으로써 지금의 평안과 감사를 기적처럼 누리며 살 수 있게도 되었다. 그 사실 하나만으로도 나는 내게 일어난 일들과 그 과정들을 글로 써서 남길 이유가 충분하다고 생각한다.

언젠가, '당신에게 있어서 성공이란 무엇인가?'를 묻는 블로그의 질문에 이렇게 답하여 남긴 적이 있다.

　1. 내가 추구하는 가치로 나와 내 주변이 함께 행복한 것
　2. 간절한 소망이 이끈 성장의 결과를 감사로 확인하는 것
　3. 내가 이룬 것으로 누군가의 길이 되고 희망이 되는 것

그 기록들이 이렇게 뚜렷한 내 삶의 소명이 될 거라 확신하며 쓴 것 같진 않다. 그렇게 물으니 잠시 고민하다 이렇게 써서 남겼을 것이다(일정 부분 수정의 필요성도 느낀다).

모든 기록은 길을 낸다. 나는 이 나이까지 살며 그 신기한 경험들을 여러 번 했었다. 이 기록 또한 어느 날부턴가 제 길을 내기 시작했다. 위에 기록한 세 번째 소명에 대해 나는 이 기록들이 낸 길을 따라 그 증거가 되길 원한다. 나와 같은 일을 겪게 된 사람들의 희망의 길이 되고 싶다.

단, 이 책의 기록들은 지극히 평범한 한 개인의 경험에 대한 기록이고, 수많은 치유 사례들 중 하나로 분류될 수 있으나, 한편으로는 고유하기 그지없는 하나의 예시임을 밝혀둔다. 참고하거나 적용하거나 좌시하거나의 판단과 분별은 개개인의 몫이다. 나도 그렇게 내 분별과 판단, 선택에 따라 여기까지 안전하게 왔다. 내 인생의 겨울이 내어준 지혜들을 밝은 눈으로 알아보고 삶으로 잘 살아낼 수 있어 다행하고 감사하다.

모든 겨울은 반드시 지나간다. 나무들은 매서운 겨울을 나며 봄을 품은 잎눈과 꽃눈들을 피워낸다. 매 겨울마다 나무들은 그 겨울 끝에 봄이 매달려 있음을 잊지 않는다. 그렇지 않고서야 그 고운 눈들을 품고 해마다 닥쳐오는 북풍한설을 끝까지 견뎌낼 길이 없을 것이다. 아니, 그 꽃눈과 잎눈들이 피워낼 고운 꽃들, 꽃보다 어여쁜 잎들, 그것들이 맺을 열매의 길까지를 훤히 내다보고 있을 것이다. 그 길은 겨울이 품었던 겨울눈으로부터 시작된다. 겨울이라는 시간을 통과하지 않고 꽃을 피워내는 나무는 없다. 내게도 일어난 일이다. 내 인생의 겨울로부터 시작된 황량했던 길이 파릇한 봄길을 만나 무성한 초록의 숲길로 이어졌고, 열매와 씨앗의 계절에까지 가닿았다. 앎은 지금의 나를 키워낸 겨울눈이었고, 꽃과 열매였고, 씨앗이었다. 그 지혜의 씨앗을 나누어야 할 책임도 남겼다.

나무들에 지지 않아 다행이다. 겨울을 나는 지혜, 겨울을 살아내며 얻게 된 지혜들을 나무가 매달 열매만큼은 아니어도 힘껏 적어 남기고 전할 수 있어 감사하다. 나 먼저 윈터링을 겪은 사람들이 남긴 지혜에 귀 기울이는 책임을 겸허한 마음으로 대하며 여기까지 올 수 있어 감사하다.

그 순환을 이어 이제 또 하나의 선택지를 세상을 향해 내민다. 선택지에서 나아가, 지극히 '나다움'에서 창조된 데이터들이 포함된 치유일지요 성장일지로서의 기록들이다. 나여서, 딱 나답게, 나를 꼭 닮은 데이터들을 이미 있던 선택지 위에 덧입히게 되었고, 삶으로 살아낸 값이어서 결코 허황될 수 없다. 모범답안이 되거나 참고 사항이 되거나 그도 저도 아니거나를 만들 출발점은 책임에 대한 각자의 분별과 선택이 될 것이다. 이 선택지가 부디 귀 기울일 만한 지혜에도 이르길 욕심내어 소망해 본다.

"비극을 겪은 후에는 비극적이지 않은 결말을 만들어 내야 한다."
 -'앞으로 올 사랑' 정혜윤

차례

CHAPTER 01

어느 날 낯선 별에 내렸습니다

CHAPTER 02

낯선 별 여행자가 하는 말

CHAPTER 03

인생의 겨울이 남긴 것들

근심하는 자 같으나 항상 기뻐하고
가난한 자 같으나 많은 사람을 부요하게 하고
아무 것도 없는 자 같으나 모든 것을 가진 자로다

-고린도후서 6:10-

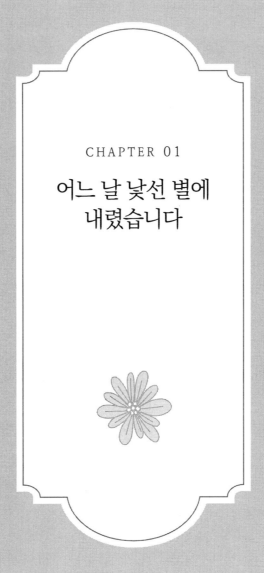

CHAPTER 01

어느 날 낯선 별에
내렸습니다

1. 돌아가지 않겠다

나는 꽃잎 하나, 바람 소리 하나, 노을빛 하나에도 마음이 일렁이는 사람이다. 무턱대고 감동도 잘 하는 사람이다. '지금은 간신히 아무도 그립지 않을 무렵/장석남' 같은 날은 죽는 날까지 결코 있지 않으리라 믿어지는 가녀린 감성의 한 중년 여자에게 어느 날 난데없이 붙여진 '암환자'라는 이름은 짐작대로 받아들이기 어려운 것이었다. 그런데 신기하게도 그 두려움과 혼돈이 차츰 흐려지고, 질서 또한 찾아오기 시작했다. 정신을 똑바로 차리고 극강의 마음력을 지닐 수 있었기 때문이다. 그 중심에 신앙이 있었다. '하나님은 사랑이시고, 치유자이시며, 그 하나님은 사랑하는 자녀에게 가장 좋은 것 주시기를 기뻐하시는 아버지'라는 사실을 믿는 믿음 없이는 한 순간도 자유할 수 없었다. 한 순간도 '재발과 전이'라는 괴물 앞에 두려움으로 떨지 않을 수 없다. 세상이 줄 수 없는 크고 비밀한 기쁨과 감사를 누릴 수도 없다.

이 기록들을 통해 나는 다음과 같은 얘기들을 전하기 원한다.

하나, '어떤 사람이 자연치유를 이룰 수 있는지'에 대한 하나의 예시가 될 것이다. 자연치유의 이론과 지식에 대해 다룬 책들은 많고 많다. 다시 말해 정보는 차고 넘친다. 그 차고 넘치는 정보와 지식을 어떤 사람이 어떻게 삶으로 가져가 살아내는지가 치유를 가르는 관건이 될 것이다. 이미도 많은 치유 사례들에 더하여, 또 하나의 고유한 치유의 예시와 데이터로서 읽힌다면 보람될 것이다.

둘, 따라서 그 자연치유 과정의 주체는 '나'다. 병원은 꼭 필요한 상황에서만 지혜롭게 활용한 후, 종국에는 치유적합적 삶으로 나아가야 한다. 그 치유적합적 삶을 실제적 삶으로 살아내어야 한다. 그와 같은 분별과 판단, 선택과 행함을 이끄는 전제조건이 있다. 바로 자연치유의 개념에 대한 올바른 이해와 인식이다. 그것으로부터 온전하고 균형 잡힌 치유가 시작된다. 따라서 암환자가 되었다면 진지하게, 열심히 공부해야 한다. 그 공부가 지혜와 확신으로 다져지고, 앎이 삶이 되도록 이끌 것이다

셋, 내 몸은 경이로울 만큼의 자연치유력과 회복탄력성을 가진 최고의 명의이며, 비교 불가의 힐러 또한 내 안에 있다. 이 사실에 대한 인식과 확신 또한 자연치유 여정의 핵심이다.

넷, 암의 치료(증상 치료)가 아닌 치유(원인 제거)는 방법론에 앞서 자연치유철학으로 완성된다는 사실. 암의 발생과 치유 매커니즘에 대해 정확히 이해한 후, 그 지식과 지혜를 삶으로 가져와 성실하게 살아내도록 이끄는 것이 바로 자연치유철학이다. 그렇게 지속된 삶을 통해 온전한 치유가 이루어진다. 암은 죽음을 예고하는 병이 아니며, 치유적합적 조건과 환경만 갖춰주면 치유에 이를 수 있을 뿐 아니라 이전보다 더 건강한 삶을 누릴 수 있다는 사실, 그 누구도 아닌 수술 후 8년차에 이른 내 삶의 증언이다.

다섯, 유전자는 당신의 운명이 아니며, 치유적합적 마음 습관과 생활 습관, 환경과 선택에 의해 변하고 회복될 수 있다는 사실, 다시 말해 유전자 변

질의 끝판왕인 암세포도 정상세포로 돌아갈 수 있다는 사실(후성유전학).

여섯, 암은 생활습관병이고, 전신성 질환이다. 그런 암을 다스리는 오래되고 검증된 치유습관들이 있다는 사실.

마지막으로 나쁜 일에 나쁜 일만 있지 않으며, 나쁜 일이 좋은 일 되게 하는 마법이 있다는 사실.

이 얘기들은 유방암 수술을 받은 다음 해인 2018년부터 차례로 쓰여졌다. 중간에 멈추기도 하며, 출간이 이렇게까지 미뤄진 이유는 출간 스트레스에 대한 염려가 가장 컸다. 첫 책이 출간되던 해 12월에 유방암을 발견했기 때문이다. 첫 책의 초고를 쓰는 과정에서 종종 가위에 눌리는 듯한 느낌을 받았었다. 과연 출간이라는 과정까지를 내가 해낼 수 있을까, 내 능력으로 가능한 일일까…… 등의 중압감을 느꼈던 것 같다. 그 이후, 퇴고와 투고 과정, 출간 이후 출판사 주도의 저자 인터뷰, 홍보를 위한 준비 과정에서도 낮밤을 거꾸로 사는 무리를 이어갔다. 특히 매일경제에 [이 작가의 숲&길and]이란 주제로 칼럼 10꼭지를 연재하는 과정에서는 열 꼭지 다를 날밤을 꼬박 새가며 썼던 기억이 생생하다. 50대 중반의 나이로 날밤을 꼬박 새는 일이 너무 힘들게 느껴져 다음 꼭지는 절대 그러지 말아야지, 다짐에 다짐을 하는데도 어찌하다 보면 꼭 그렇게 되었었다. 밤만 되면 초롱초롱해지는 내 오래되고 못된 의식의 흐름을 어찌하지 못했던 것 같다.

암세포는 최소 0.5~1cm 크기가 되어야 검사상에 잡힌다고 한다. 그

크기가 되는 데 걸리는 시간이 8년 가까이 된다는 강의를 들은 적이 있다. 어떤 강의들에서는 10~15년 가까이라고도 들었다. 책마다, 의사들마다 조금씩 달랐던 걸로 기억된다. 그러니 그 몇 개월 동안 그 모든 일들이 내 몸 속에서 일어난 건 아닐 것이다. 훨씬 더 오래 전에 뿌리가 내리기 시작했고, 그 몇 달 동안 그런 무리를 이어가지 않았다면 그 뿌리가 그 시기에 발현되지 않았을 수도 있다. 암은 노화의 자연스러운 과정이고 그 결과라는 내용의 강의도 여러 번 들은 기억이 있으니, 언젠가 더 나이 들어 나타날 수도 있었을 것이다. 그 해 12월에 난데없이 내 삶으로 뛰어든 '암'이라는 불청객을 마주하고서도 바로는 그 배경들에 대해, 원인들에 대해 알지 못했다. 많은 책을 읽고, 강의들을 듣고 공부한 후에야 깨달을 수 있었다.

내 경우를 절대 일반화해서는 안된다는 사실을 알고 있다. 모든 사람들이 살아온 삶의 내용이 다르고, 몸과 마음을 이루는 형질과 상태가 제각각 다르기 때문이다. 그런데 나는 그런 세월을 살았고, 그런 결과에 이른 사람이다. 그 점이 자꾸 내 마음을 붙잡았다. 절대 전철을 밟지 않으면 되지, 라고 생각을 할 수는 있었지만, 그 이후의 상황들을 헤쳐가야 하는 나를 든든히 믿을 수가 없었다. 예전의 내가 튀어나올 것 같아서였다. 다행히 날밤을 자주 새지는 않지만, 저녁 시간 이후에 주로 글이 써지는 건 여전하다.

첫 챕터와 두 번째 챕터에서 스토리로 이어지는 부분은 수술 다음 해에 대부분 쓰여졌다. 집 앞에 있는 산을 매일 오르내리며 양지 바른 숲길에 멈춰서 주로 썼다. 그 이후로 7년 차에 접어들어 쓰여진 세 번째 챕터와 출간에까지 이른 과정이 길어졌다. 어쩌다 보니 중증환자로 등록되어 국가의 혜택을 받았던 5년이라는 기간을 훌쩍 넘기게도 되었다. 첫 관문을 안전하게 통과한 기쁨에 더해, 이제는 오히려 이 치유와 성장의 기록들을 펴낼 최소한의 자격도 갖추게 된 듯하여 그 의미도 담게 된다.

수술한 다음 해에 첫 초고를 쓰기 시작하여 이어가던 때의 나와 8년째를 살고 있는 지금의 나는 여러모로 다르다. 그때 썼던 내용을 고쳐야 하나 싶은 부분도 있다. 고친 부분도 있지만 대부분 그대로 가져온 이유는 그때 당시의 내가 나름으로 소중하다고 느껴져서이다. 조금씩 변화해 간 과정들을 그대로 보여주는 것에도 의미를 둘 수 있기 때문이다. 이 책의 기록들은 치유의 기록일 뿐 아니라 성장의 기록이며, 또 다른 한편으로는 퇴보의 기록일 수도 있다.

햇살이 따사로이 비쳐드는 숲길마다 멈춰서서 그 기막힌 마음을 글로 풀어내어야만 숨이 쉬어지던, 비실댔고 병색이 완연했으나 그 마음의 심지만은 나름 굳었던 '낯선 별 여행자'를 이제 불러낸다. 언젠가 지구별에 다시 꿋꿋이 서서 그 별에서의 여행기를 세상 속으로 담담히 불러낼 날이 올줄 알았다. 간절히 그리고 꿈꾼 것들의 결과가 현실로 나타날 때까지는 발효의 시간이 필요하다. 그 시간들을 관통하며, 그 시간 속의 모든 일들을 몸과 마음으로 오롯이 겪어낸 나는 이전의 나와 다르다. 아니타 무르자니는 어쩌면 내가 하고 싶은 얘기를 꼭 그대로 했을까? 그녀가 빼먹은 한 마디를 보태야겠다. 오늘의 내가 나는 더 좋다. 발효된 시간들 이전으로 돌아가지 않겠다.

"모든 경험은 선물이다. 여기에 와서 삶을 경험하기로 우리가 선택한 것이니 말이다. 이제 와 돌아보건대 나는 암을 앓았던 것조차 선물이었다는 것을 알겠다. 그것이 있어 오늘의 내가 있기 때문이다."

-'그리고 모든 것이 변했다' 아니타 무르자니

2. 아무 일 없던 사람보다 강할 예감

"암이라니!

소설이나 드라마에서나 보던 얘기가 내 얘기가 되다니!"

처음 느낌은 그런 거였다. 그때 동네 병원에서 받은 유방 초음파검사에서 의사로부터 들은 얘기는

"혹이 있는데 모양이 아주 안 좋네요. 대학병원 가셔서 조직검사를 받아 보셔야겠어요."

라는 거였다. 누구나 그렇겠지만 가슴을 열어젖히고 초음파 검사를 위해 누워 있으면 두려움을 느낀다. '혹시?' 하는 생각에서다.

그날, 2년마다 하는 정기 건강검진에서 기본적인 검사를 다 마치고 결제를 하려다가 추가로 유방 초음파 검사를 해보겠다고 신청한 데는 이유가 있었다. 4년 전 처음으로 해본 유방 초음파 검사에서 같은 병원의 같은 의사로부터 들은 얘기가 생각나서였다.

"가슴에 미세석회랑 치밀조직이 많아 6개월마다 추적검사를 해 보시는 게 좋겠어요."

그 얘기를 처음 들었을 때 나는 별 심각성을 느끼지 않았다. 유방 치밀조직 같은 얘기는 흔하게 들을 수 있는 얘기로 느껴졌었다. 아, 그리고 나는 그때 아주 찌질한 생각을 했었다. '상술일 수도 있지, 뭐!' 라고…… 내 기억으로 그때 했던 초음파검사 비용은 8만원 정도였던 걸로 기억된다. 바야흐로 불신의 시대니 그랬었다고 치졸한 변명을 하고는 싶다. '그 시점으로 다시 돌아갈 수만 있다면 얼마나 좋을까?' 라는 생각을 암 진단을 받은 후 두어 번 한 적이 있다. 하나마나한 생각이라고 꼭 안 해지지도 않는

게 인간이다.

그렇게 비뚤게 받아들였으면서도 '혹시?' 하는 불안감도 못 떨쳤나 보다. 분당 쪽 어느 유방전문병원을 네이버 검색으로 찾아 다시 한 번 초음파 검사를 받았다. 그 병원 의사의 대답은

"별 거 없는데 왜 그렇게 얘기했을까요?"

라는 거였다. 그 생각이 나서 그 의사한테로 달려가고도 싶었다. 만약 그 병원에서도 같은 얘길 들었다면 난 분명히 심각성을 느끼고 정기검진을 착실하게 받았을 것이다.

"그봐, 내 얘기가 맞지?

상술이라니까!"

안도감으로 장난삼아 남편에게 외쳤던 그 한 마디의 대가를 이리 혹독하게 치르게 될 줄은 몰랐다.

기왕 이렇게 된 지금 나를 위로하는 한 마디가 있으니 참 다행이다.

'당신은 아무 일 없던 사람보다 강합니다'

내가 예전부터 자주 들어왔던 김창옥 강사가 펴낸 책 제목을 아프기 전부터 들어는 봤었다. 강의를 자주 듣고 있으니 책으로 사서 읽을 생각은 못 했는데 주문해야겠다. 내게 준 위로에 비하면 너무 적게 치르는 보답이다. 게다가 그 한 마디는 내 인생에서 실제가 될 거란 예감도 드니, 그리도 열심히 찾아 듣던 강의들이 내 인생으로 징검다리 하나를 이어 붙인 듯하다. 그러니 자의식을 가지고 선택하여 보낸 시간들이 버려지지 않는단 얘긴 맞는 얘기 같다.

"삶이 우리에게 주는 것을 거부하지 않는 것, 그리고 삶이 허용하지 않는 것은 바라지 않는 것, 이것이야말로 삶의 기술이다."

  -'헤세로 가는 길'

3. 말보다 더하게 섬세하고 정확한 언어

앞서도 얘기했듯 '암'이라는 비극적 소재는 영화나 드라마, 소설 등에서 자주 쓰여왔다. 나 또한 그런 상황들과 어쩌다 만날 때면

'아, 암이라는 말이 어느 날 난데없이 내 인생으로 뛰어들면 어떤 느낌일까?'란 생각을 막연하게 해본 적은 있었다. 실제 상황으로 그 상황이 내게 확정적이 될 때까지는 두어 단계를 거친 것 같다. 맨 처음의 상황은 동네 병원 의사로부터 '조직검사'란 말을 들었을 때였다. 어쩐지 그 단어는 불길하고 두려운 기운을 품고 있는 듯하다. 아마도 그 다음에 이어지는 상황들을 드라마나 영화 등에서 남의 얘기들로 너무 많이 봐왔기 때문일 것이다.

"의사가 대학병원 가서 조직검사 해 보래. 혹이 있는데 모양이 아주 안 좋대."

란 얘길 냉장고 앞으로 부른 남편과 큰아이에게 전하면서 나는 아마 반쯤은 마음의 준비를 했던 것 같다. 물론 온 마음 다해 오진이길 빌고는 있었다. 그러나 의사가 한 말에서 모양이 그냥 안 좋은 게 아니라 '아주' 안 좋다고 했던 그 '아주'가 마음에 걸렸다. 또 한 가지는 '눈빛'이었다.

"아닐 수도 있는 거지요?"

라는 내 물음에

"그럼요, 얼마든지 아닐 수도 있지요!"

라고 답하는 의사에게 인사를 하고 진료실 문을 열고 나오는데, 아주 찰나로 나를 스쳐갔던 그 눈빛에서 나는 뭔가를 느꼈다. 아닐 것 같지는 않은, 곧 예전과 다른 운명을 맞을 것 같아뵈는 사람이라 예상하는 듯 느껴지는…… 그런 눈빛을 봐 버린 것이다. 말보다 더하게 섬세하고 정확한 언어

들에 대해 더 민감해질 수 있는 건 세월이 주는 직관인 듯하다. 그 세월만 큼이나 아주 건강하게 잘 살았으니, 그 세월 다음부터는 좀 아플 만은 하다. 건강해도 너무 건강해서 가끔씩은 불안하기도 했을까?

'인생은 추와 같다'고 했던 김미경 강사의 강의를 두어 번 들을 때마다 그때 나는 행복한 상태였기 때문에 그 얘기가 걸렸었다. 그러면서 속으로 생각했었다.

'오랫동안 힘들게 살았으니까 이제 반대로 온 거지! 그렇고 말고!'

그런데 잠깐 누린 몇 년의 반대편이 이런 낯선 별일 줄은 정녕 몰랐다. 그리고 그 '잠깐'이 찰나와 같이 짧게 느껴져 억울했다. 겨우 몇 년이었다.

"내가 그 추의 꼭대기에 올라서서 중심을 잡고, 삶의 추가 움직이는 걸 지켜볼 수 있으면 돼요."

그 비슷한 표현의 얘기도 들은 기억이 난다. 그래서 나는 있는 힘껏 정신을 차리고, 내 삶의 추 꼭대기로 기어오르려고 노력했다. 거의 다 올라온 것 같다. 이제 이곳에서 두 눈 똑바로 뜨고 왼쪽으로 와 있는 삶의 추가 다시 오른쪽으로 돌아가는 걸 지켜보면 된다. 두 눈 똑바로 뜨고 지켜봐야 할 또 무엇이 있는 걸까?

"당신이 겪고 있는 문제 속에 존엄이 있습니다. 삶은 당신의 경험을 깊이 신뢰합니다. 그러니 외면하지 마세요. 그것은 당신에게 배달된 초청장입니다. 우주의 관점에서 아무 것도 잘못되지 않았습니다."

−'행복도 휴식이 필요해요'

4. 개운한 결론, 유방암

두 번째 상황은 분당의 어느 대형병원에서 수술 날짜를 너무 늦게 잡아주어 불안한 마음에 다음 날로 진료 날짜를 맞춰 찾아간 서울의 모 대학병원에서였다. 나는 지금까지 오는 상황을 다 인터넷 검색을 통해 찾아서 왔는데, 그 병원도 그랬었다. 분당쪽 병원에서 돌아와, 친정 조카가 정형외과 의사여서 일단 부탁을 해놓은 후, 수술을 빨리 받을 수 있는 병원을 인터넷 검색을 통해 알아보았다. 유방외과 수술 분야에서 알려진 의사이길 바라며 찾아보던 중 서울 쪽 어느 병원 유방외과 P의사를 알게 되었다. 여러 자료들을 통해, 초음파를 이용한 맘모톰 수술의 권위자로도 확인되었다. 전화를 해보니 다음 날로 바로 검진 날짜를 잡아 주었다.

그 병원에서 다시 한 조직검사 결과를 보러 갔더니 특진 담당의가 아주 기분이 안 좋은 표정으로 앉아 있었다. 그 앞에 불안하게 앉아 있는데 한참을 찡그린 얼굴로 말도 없이 앉아 있던 의사가

"결과가 나왔는데, 종양이 아닌 걸로 나왔네."

하는 거였다. 나는 너무 기뻐

"정말이요?"

했더니 의사가 하는 얘기가

"분명히 종양이 맞을 텐데 이상하네. 다시 해봐야지, 뭐"

하는 거였다. 나중에 검색해 본 결과로는 나보다 나이도 몇 살 아래였는데도 담당의는 반말 비슷이 말을 했고, 권위가 느껴져 대하기가 편치 않았다.

다시 검사를 하고 집으로 돌아와 결과를 기다리며 부디 아니길 간절히 빌었다. 며칠 뒤엔가 결과를 들으러 갔더니 담당의는 아주 개운하고 밝은 표정으로 이렇게 말했다.

"맞네! 잘됐어. 그래야 수술이 복잡하지가 않지. 안 그러면 수술 도중에 다시 검사를 하면서 결과를 기다려야 하고, 아주 복잡해져요. 잘됐어!"

담당의로서는 개운하게 잘된 일인지 모르겠으나 나는 아니었다. 자신의 부인이나 가족이어도 그렇게밖에 생각할 수 없을까? 처음 검사 결과를 보며 아닐 수도 있는 상황에 대해

"아닐지도 모르니 부디 아니길 바래 봅시다!"

라고 얘기할 수는 없었던 걸까? 의사 입장을 환자 입장에서 절대 이해할 수 없으니 그 상황에 대해 이렇게만 얘기하는 게 말 그대로 환자 입장의 얘기일지는 모르겠다. 그러나 그 상황을 떠올릴 때마다 섭섭한 마음이 들었다.

어쨌거나 두어 번의 과정을 거쳐 내려진 결론은 '1.9cm 크기의 유방암 1기'였고, 더더욱 감사한 것은 아무 데도 전이된 곳 없는 원발성 종양(원래 그 자리에서 처음 발생된 암)이라는 것이었다. '원발성'이란 말도 그 당시에는 몰랐던 말이고, 후에 이런저런 공부를 하면서 알게 된 말이다.

그때는 내가 첫 책 '내 안에 꿈 있지'를 낸 지 얼마 안 된 때였고, 바로 앞에 저자 강연회가 잡혀 있었다. 그때까지 한 번도 저자 강연회를 미루거나 펑크낸 작가는 없었기 때문에 나도 가능하면 그런 불상사를 만들고 싶지 않았다. 그런데 담당 의사는 이삼 일 후로 바로 수술날짜를 잡아 주었다.

"행복과 불행 사이에 '다행'이 있다."

- '빨강머리 앤이 하는 말'

5. 진짜 마음 하나

최종 결과를 들으러 가는 날 아침에 나는 지하철 역까지 가는 버스를 타러 뛰어가다가 팍 하고 시원하게 땅바닥으로 엎어졌다. 정신 차리고 일어나서 보니 바지 오른쪽 무릎에 구멍이 나 있었다. 별로 아프지는 않았다. 다행히 그때는 겨울이라 외투로 가릴 수 있었는데, 버스 타고 지하철 역으로 가면서 계속 속으로 외쳤던 기억이 난다.

'이걸로 액땜하자, 부디! 바지에 펑크도 났고, 팍 시원하게도 넘어졌으니 부디 이걸로 액땜하자!'

지하철에서 내려 병원까지 걸어가면서도 계속 주문을 걸었다. 그러나 세상에는 이루어지지 못한 사랑 천지고, 이루어지지 못한 소원도 지천이다. 액땜은 날아가 버렸고, 내 인생에 before/after를 가를 사건은 확정이었다.

담당의는 수술 날짜를 저자 강연회 바로 앞으로 잡아 주었다. 그때만 해도 '암'이라는 말이 주는 중압감에 있는 대로 눌려 있던 때라, 빨리 안 하면 마구 퍼져 나가기라도 할 것처럼 불안했다. 복잡한 마음으로 두어 분께만 사정 말씀을 드리고, 저자 강연회를 펑크내는 초유의 사태를 빚게 되었다.

그때는 둘째 아이 결혼식이 한 달 보름 정도 앞으로 잡혀 있던 때이기도 했다. 우리 집의 첫 혼사였고 딸아이 결혼이라 우선은 비밀에 부치기로 했다. 경사스런 일에 그늘이 드리우게 하고 싶지 않았고, 오랜만에 만나는 친지들이나 친구들이 나를 보고 울거나 할 것 같아 경사스런 잔치를 망칠 것 같았다. 당일에 그렇게 하길 참 잘했다는 생각을 했다. 나 혼자서도 자꾸 울컥거려 마음을 다스리기가 쉽지 않았다.

　이미 블로그를 통해 강연회 일정에 대한 공지를 한 후라 당연히 수습을 해야 했다. 그러나 그런 상황에서는 애매모호할 수밖에 없었고, 그 상황은 몇 달 동안 계속되었다. 처음 상황은 아이 결혼식이 이유였으나, 나는 지금도 스스로 인정하지 않을 수 없는 내 '진짜 마음' 하나를 결코 빼버릴 수 없다. 그 몇 달 동안 여러 번 나 자신에게 묻고 또 물었던 물음이었다. 그 '진짜 마음'이 오히려 더 컸다는 걸 고백해야 할 때가 올 줄 알았다.

———————

　"그 사고는 일종의 특혜였고,
　내 인생이 바뀌었으며,
　이 긴 여정이 시작되었다."
　-'당신이 플라시보다' 조 디스펜자

6. 아껴둔 눈물

그 마음을 무어라 표현해야 할까? 트랜스젠더라는 정체성에 대해 커밍 아웃을 한 연예인들이 있다. 그들의 마음이 그랬을까? 더 이상은 그 상태를 지속할 수가 없어서 내가 살아온 세상을 향해 내가 암환자라는 사실을 공개하기로 했다. 블로그에다 써둔 상태로 임시저장해 두었던 글을 공개하던, 그 이상야릇했던 순간이 지금도 생생하게 떠오른다. 몇 번이나 떨리는 마음으로 망설였고, 가슴이 콩닥콩닥였던 그 순간이.......

다시 생각해봐도 그 두려움과 망설임의 대부분은 이것이었다. '내가 알고 있는 수많은 사람들과 다른 한 사람이 되는 것'에 대한 두려움! 그랬다. 그 사실이 견딜 수 없었다.

'도대체 뭘 어떻게 살아서 암이란 걸 다 걸릴 수가 있지?'라는 수군거림이 들릴 것 같았다. 그렇다고 나 역시도 알 수 없는 그 대답을 해 줄 수도 없는 노릇이었다. 달리 말하면 '말할 수 없을 만큼의 수치스러움'이기도 했다.

처음 암이란 걸 알고 나서 나는 믿을 수 없는 심정으로 내 주변 사람들을 다 한 번 둘러보았다. 어렸을 때 친구들부터 중, 고, 대학 친구들, 사회 친구들, 그리고 이 나이 되도록 알아온 수많은 지인들까지...... 카톡과 카스토리를 열어보고 블로그에 들어가 보면 그 수많은 사람들이 다 보였다. 그런데 그 많은 사람들 중 누구도 암환자는 아니었다. 그래서 더 기가 막혔다. '이렇게 많은 사람들 중에 나 혼자만?'이라는 생각에 붙잡히게 되었고, '왜 하필

이면 나야?'라는 식상해빠진 멘트는 그 상황의 지정 공식이라도 되는 듯 느껴져 나만은 쿨하게 외면해 버리고도 싶었다.

그 수치스러움이 절망스러움보다 더 크진 않았겠지만, 내가 몇 달 동안 은둔자라도 된 듯 나 혼자만의 낯선 별에 내려서, 오랫동안 살아온 정든 지구별과 그곳의 수많은 별일 없어 뵈는 사람들을 낯설어하며 낮은 숨 고르기를 하고 있던 시간들을 생각하니 이제사 눈물이 핑 돈다. 기특하게도 난 암 선고를 받은 후 지금까지 꺼이꺼이 한 번도 울지 않았다. 그러고 싶지 않았고, 내 의지대로 잘 지켜왔다. 이제와서는 한두 방울 눈물 정도 고여도 상관은 없겠다. 그래야 인간스럽기도 할 테니 말이다. 내가 누구보다도 인간스러운 사람이란 사실을 잊은 건 아니고, 불가항력적으로 느닷없이 어느 날 내게 닥쳐온 낯선 운명의 흐름 앞에 정신차리고 있어야겠다는 내 나름의 의지였다는 걸 나 혼자는 안다. 꺼이꺼이 울음은 후에 누릴 기쁨의 눈물로 고이 아껴 두고 싶다.

"잊지 마라

　벽을 눕히면 다리가 된다."

　－ 안젤라 데이비스

7. '수정'과 '교정'으로 잇다

수술은 아침 7시경이었다. 수술 환자용 침대에 누워 2층에서 지하 1층 수술실로 내려가는 엘리베이터 안에서, 아이들 낳을 때 그렇게 누워 있어 본 후 처음이라는 생각이 들었다. 오십 중반을 넘기도록 감기 몸살 외에는 특별히 크게 아파 본 적 없이 건강하게도 살아왔으니 감사한 일이나, 너무나 갑작스런 한 방의 반전이긴 했다. 생전 안 아플 줄 알고 이렇다하게 번 듯한 암보험 하나, 그 흔한 실비보험 하나를 안 들어 놓고 살았었다. 천만 다행히도 아주 오래 전에 지인에게 들어놨던 최소한의 암보험이 하나 있어서 얼마나 다행이었는지! 그때는 홀로된 그 친구에게 인정 삼아 들어 줬던 보험이었는데 그게 이리 요긴하게 쓰일 줄은 몰랐다. 한 마디로 나는 내 건강을 두고 너무 자만했었다. 오죽했으면 이렇게나 자신만만하게 써 넣 었던 첫 책 표지글을 가려 놓고 싶었을까?

'꿈만 먹고 꿈길만 걷느라 아플 새도 늙을 새도 없는 어리버리 꿈쟁이 아 줌마의 꿈길 독도기(讀圖記)'

그 꿈길들을 탐하고 독도해 내느라 나는 갖은 무리를 했던 걸까? 초기에 는 그 생각이 들어 나로 인해 글쓰기 수업을 듣고 초고 쓰기를 시작하려던 지인을 말려야 할 것 같은 생각도 들었었다. 그러나 곧 그건 아니란 판단이 들었다. 절대 그렇게 일반화하면 안 되는 이유가, 나만 이렇게 됐기 때문이 다. 나와 같이 책을 써 내고, 또 다른 꿈들을 이뤄 낸 사람들이 다 나처럼 됐 다면 그래야 했겠지만, 나 외에는 그 누구도 아니었다.

오래 전 내 삶의 어느 단계에서 내가 했었던 한 가지 생각이 있었다. 어느 날은 스트레스 지수가 96, 97... 처럼 수치화되어 느껴졌는데, 그때도 상식적으로 '스트레스가 만병의 원인이다' 정도의 사실은 알고 있었기 때문에 막연히 속으로 화풀이처럼 이렇게 생각하곤 했었다.

'혹시 내 속에서 이것들이 못된 뿌리를 내려가고 있는 건 아닐까?'

암 진단을 받은 직후에 그 생각이 났다. 그리고 막연히 화풀이처럼 생각하던 일이 현실이 된 상황에 아연했고, '나쁜 생각은 생각으로라도 품으면 안 되는구나!'라는 생각을 실제 상황으로 하게 됐었다.

그때 그런 생각을 하며 살던 때는 그 생각이 현실이 될 줄도 몰랐지만, 50 중반의 나이에 내 삶을 돌아보는 글쓰기를 시작해 책을 낼 거라는 생각도 하지 못했었다. 삶을 돌아보는 글쓰기니 내가 예상한 나이는 60대 후반 정도였다. 십 수년을 앞당겨 내 이름 석 자 뒤에 풋내나는 작가 타이틀을 붙이게 될 줄은 몰랐다. 그 풋내 작렬의 타이틀을 넘어선 또 한 방의 결정타라니! 이 의외성이 빠진다면 인생이란 바람 빠진 타이어처럼 느슨하고 따분할지도 모르겠다. 내 인생은 최소한 느슨하거나 따분할 수는 없게 됐다. 스릴 만점에, 세상 유니크하며 고유한 나만의 삶이 시작된 지 9개월이 지나간다. 작년 이맘 때 나는 첫 책 출간을 코앞에 둔 때였다.

'꿈만 먹고 꿈길만 걷느라 아플 새도 늙을 새도 없는 어리버리 꿈쟁이 아줌마'의 인생 2막이 이렇게 펼쳐질 줄 꿈에도 몰랐던 그 시점의 내가 보인다. 그때는 나 자신에 대한 그 규정이 믿겨졌었다. 모든 꿈길에는 수정과 교정이 끼어들 수밖에 없음을 내다보지는 못했다. 미련퉁이로만 꿈길을 탐

했다는 사실 또한 된통 아프고 나서야 깨달을 수 있었다. '어쩌다'가 아니라 어쩌면 '예고된'에 가깝게 살아온 세월들이 불러들인 '아플 새'를 호되게 치렀으나, 여전히 꿈쟁이는 포기 못한 아줌마가 펼쳐갈 후반 인생 서사가 궁금해진다. 겁없이 외친 첫 선언 위에 '수정'과 '교정'을 덧입히며 독도해 갈 꿈길 끝의 열매는 어떤 걸까? 몇 번이라도 꿈꾸지 않으면 꿈쟁이가 아니다. 첫 책에서 외친 선언 또한 길을 잃게 된다.

"신은 구불구불한 글씨로 똑바로 메시지를 적는다.

파도가 후려친다면 새로운 삶을 살 때가 되었다는 메시지이다.

어떤 상실과 잃음도 괜히 온 게 아니다."

-'좋은지 나쁜지 누가 아는가' 류시화

8. 구름과 그늘이 높인 채도

옛 지인들을 몇 년만에 만났다. 식사하고 다과 시간을 갖고 추억을 꺼내 더듬고...... 참 좋은 시간을 보내고 왔는데 왠지 허하다. 별일 없는, 삶이 평온하고 족한, 건강한 사람들 속에 혼자 섞일 때는 마음의 힘이 필요하다.

'모두와 다른 유일한 한 사람'이 되는 것이 두려워서 몇 달 동안 은둔자와 같은 시간을 보냈었다. 순간순간 '나 혼자만 다른 사람이라는 사실을 공개하는 순간'을 떠올릴 때면 아득해지곤 했었다. 곤혹스러움, 난감함, 수치스러움...... 같은 표현들로는 부족하다. 순간순간의 그 아득함은 혼자만 어둡고 두려운 블랙홀로 빨려들어갈 것 같은 낯설고도 난해한 감정이었다.

이 조합의 모임도 자주 이어지면 익숙해질까? 몇 마디의 걱정과 격려의 말이 섞였지만, 누구나 멤버 중 한 사람의 불행에 그 만남의 시간 전부를 할애하고 기울게 하고 싶진 않을 것이다. 나는 아마도 아프고 난 후 처음 만난 그들로부터 시간과 정성을 들인 진심어린 위로와 격려를 받고 싶었나 보다. 그건 어디까지나 내 입장이었다. 남들은 나와 다를 수 있다. 당연한 사실이다. 별 것도 아닌 상황에 상처받고 마음이 흔들리는 내가 문제다. 큰병치레 후유증에 걸려 넘어지는 내 문제다. 그 사실을 인정하고 받아들일 수 없다면 나는 앞으로 어떤 건강한 사람들과의 만남에도 섞이면 안 된다. 어쩌면 그렇게 별일 아닌 듯 지나치게 한 것이 느닷없는 불행에 맞닥뜨린 사람에 대한 배려일 수도 있다.

발병 후 두 번째 성경공부 모임에 다시 섞이기로 했다. 첫 번째 성경공부 모임 때도 내가 섞여 드는 것이 누군가에게 혹여라도 반갑지 않은 상황이 되지는 않을까 잠시 고민했었다. 이 얘길 쓰며 후두둑 눈물이 떨어지는 건 내 마음근육이 아직 부실하고 허약해서일 것이다. 밝음이 어둠 되고, 비 오다 부신 날이 되는…… 그것들의 반복이 인생이다. 행복하고 밝고 감사로 물들었던 내 한때의 시간은 얼핏 그 반대편인 듯 보이는 추를 향해 기울어 있다. 그런데 고요히 들여다 보면 나 혼자서는 그 행복과 밝음과 감사를 놓친 적 없다. 나 혼자의 상태를 떠나 별일 없는 사람들 속에 섞일 때 그것들이 잠시 흔들린다.

그 흔들림으로 바람이 불어드는 가슴이어야 나는 또 하나님 앞에 온 맘으로 나아간다. 홀로 가을 바람 스치는 숲길을 걸으며 말씀을 듣는다. 세상 모든 사람들이 변하여도, 떠나가도, 변함없이 그곳에 계시는 아버지, 한결같은 사랑으로 지켜보시며 날 붙드시는 하나님 아버지가 계신 인생이어서 말할 수 없이 감사하다. 그 하나님의 자녀여서, 그 하나님 앞에서 품은 소명을 이루어가는 삶이어서 내 삶은 존귀하다.

내 아이들 또한 모든 것 부족함 없이 족한 삶이면 부모를 찾고 돌아볼까? 언젠가 가슴이 너무 시려 밥을 삼킬 수 없었을 때, 그때도 난 그 슬픔을 견뎌내느라 아린 시를 한 편 썼었다. 하나님이 계시고, 글로 짓는 삶을 이어갈 수 있어서 감사하다. 이 시린 잠시의 시간들이 이렇게 몇 줄 글로 남아 나만의 고유한 삶을 짜가는 씨실과 날실이 되어주니 또한 감사하다.

내가 짜갈 내 인생이라는 직조의 결이 매혹적으로 그려진다. 슬픔은 내 시의 거름이요, 내 노래의 가락, 슬픔이 풀어진 날들 또한 평온한 날들과 대조되는 색감과 질감으로 내가 짜 갈 인생이라는 전체 직조면에 쪽빛 음각으로 섞여들 것이다. 그것들이 빠진 전체는 그늘을 드리우지 못한 나무처럼 깊이를 갖추지 못할 것. 그늘의 역할과 기능과 가치를 알고 품을 수 있어 감사하다. 그늘로 인해 더욱 찬란한 햇살을 예전과 다르게 누릴 수 있어 감사하다. 구름 뒤의 태양을 오늘도 가늘게 뜬 눈으로 찾아낼 수 있어 감사하다. 잠시 내 삶에 온 구름과 그늘이 높여 놓은 채도로 마음이 부신 하루, 처음과 다르게 오늘도 해피엔딩이다.

기쁨은 내 삶의 햇살
지즐대는 종다리
때로 찾아드는 슬픔은
흐린 날의 구름과 비

햇살만 있는 인생은
메말라 갈라진 땅
비를 기다리는 사막

비 뒤에 구름이 일어나도
내 눈에는 태양이 보이지

그 비밀을 가르치는 하늘을

고요히 누리는 이 아침

  – 라아의 마음노트

  (박노해의 '걷는독서' 따라하기, '라아'는 저자의 블로그 필명)

9. 두 번과 다른 세 번째 수술

혼자 서서 날 수술실로 들여보내는 남편을 보면서 아이들 생각이 났다. 이른 아침 시간이라 아마 다들 자고 있을 것이다. 그 사실이 감사했다. 내 상태가 그만큼 가볍기 때문에 그럴 수 있는 거란 생각이 들어서였다. 괜찮으니 오지 말라고도 했고, 불과 몇 달 전에 하루 13시간을 땡볕 아래 꼬박 걸어 그랜드캐년 종주를 해낸 건강하고 건강하던 엄마가, 어느 날 난데없이 암에 걸렸다는 사실이 실감도 나지 않았을 것이다. 그래도 혼자 서 있는 남편이 맘에 걸렸다. 수술하고 나오니 막내가 와서 아빠랑 같이 기다리고 있어서 반가웠다.

수술은 한 시간 정도 걸린다고 했었다. 전절제가 아니라 해당 부위만 제거하는 수술이니까 걱정 말라고 가볍게 얘기했던 담당의의 얘기를 미리 들었기 때문에 마음이 좀은 가벼웠다. 그러나 긴 진통 끝에 갑자기 수술로 낳았던 둘째 아이 출산과, 당연히 그 다음에도 수술로 낳게 마련이었던 셋째 아이 출산 때 이후 수십 년 만에 처음으로 수술실로 끌려 들어가며 누구도 대신해 줄 수 없는 일의 두려움과 절대 고독...... 같은, 낯선 감정에 휩싸였다. 수술을 지나 이어질 긴긴 인생길 또한 내다보였다.

수술실에 들어갔더니 내 양 옆으로도 몇 개의 간이침대들이 커텐들에 가려 있었고, 수술을 마치고 깨어나는 사람도 있었던지 눈을 떠보라는 간호사의 외침도 가까이서 들려왔다. 무서웠다. 수술 전 날 젊은 의사로부터 들은 얘기들은 마음을 약하게 만들었다. 혹여라도 수술이 잘못될 경우에 대한 설명이었는데, 최악의 경우까지 들려 주었던 것 같다. 둘째를 열 몇 시간의 진통 끝에 갑자기 수술로 꺼내게 됐을 때도 그 비슷한 내용의 서류에 사인을 했었다. 다니고 있는 교회의 중보기도체인을 통해 기도를 부탁드리고 싶은 유혹을 잠깐 느꼈었다. 설마 그런 일이 일어나진 않겠지? 남편 손을 잡고 싶었고 울고 싶기도 했지만, 본능적으로 하나님을 불렀다. 지켜 주세요, 지켜 주세요...... 계속 기도드리며 한참을 대기 상태로 누워 있었다. 얇은 이불로 온 몸을 덮고 있었지만 자꾸 덜덜덜 춥고 온 몸이 떨려왔다.

"이제 들어갑니다."

하는 소리와 함께 나는 바로 앞 수술실로 끌려 들어갔다. 그리고 수술대 위로 옮겨지며 이름, 생년월일...... 같은 걸 확인했던 것 같다. 그 다음엔 뭘 했나 가물거린다. 바로 눈 앞에 밝은 빛이 쏟아지고 있었고, 수술대는 차가웠다. 그런 순간들을 겪으면서 나는 그 모든 일들을 내 가족들 중 누구도 아닌 내가 겪을 수 있다는 사실이 마음 다해 감사했다.

"마취합니다..."

라는 소리를 들은 기억은 난다. 깨어나니 나는 처음 대기하던 장소에 얇은 이불을 덮고 다시 누워 있었다. 몽롱한 의식을 느끼며 추웠던지 몸이 떨렸던 것도 같다. 조금 떨어진 곳에서 다른 환자들에게 무어라 얘기하는 간호사 목소리도 들리고, 마취에서 깬 누군가가 간호사에게 대답하는 소리도 들은 것 같다.

"저기요!"

내가 깨어났다는 걸 알려야 했기에 나는 몇 번이나 힘을 모아 소리를 내려고 했다. 그렇지만 생각만큼 큰 소리가 나오지 않았다. 한참의 시간이 흘렀다. 몇 번을 그러는 내 기척을 드디어 알아챘는지 간호사가 다가왔다.

"깨어나셨어요?"

라고 물었던 것 같다. 그제사 안심이 되어 대답을 한 후, 조금 더 기다렸다가 수술실에서 나왔던 것 같다. 9개월여의 시간 동안 왜 나는 그 생생했던 순간들을 바로 써 두지 못했을까? 아무나 할 수 있는 경험이 아닌, '세상 유니크하고 고유한' 나만의 새로운 삶이 시작되는 순간들이었는데...... 잊혀진다는 건 아쉽기도 하지만 필요하고 좋은 일이기도 할까? 한편으론 아쉽고 한편으론 다행하게 느껴지니 맞는 말 같다. 그 두려움과 외로움이라는 감정만은 오래 기억될 것 같다. 김창옥 강사는 '추억은 기억의 좋은 버전'이라고 정의했다. 그 감정들에 대한 기억이 언젠가는 추억이 될 수도 있을까? '좋은 버전'은 그냥 오는 선물은 아닐 거라는 것만 알겠다.

"만약 무엇이든 해보고자 마음을 열면, 당신이 치르는 가장
고된 투쟁은 당신의 가장 훌륭한 강점으로 이어질 것이다."

-'내가 확실히 아는 것들' 오프라 윈프리

10. 드디어 확인한 수술자국

수술 부위는 생각만큼 아프지 않았다. 진통제를 계속 맞고 있기도 했지만, 수술부위가 그리 크지 않아서도 그랬을 것이다. 처음 갔던 분당의 어느 큰 병원 의사는 딱딱하고 정감이라곤 조금도 느껴지지 않는 표정과 말투로

"열어봐야 알겠지만 유두 부분이 확 잘려 나갈 수도 있어요."

라고 했었다. 그때 나는 '암'이라는 말이 주는 중압감과 두려움에 눌려 있었기 때문에 그까짓 신체 중 어느 일부분이 잘려 나가는 것에 대해선 별 신경이 쓰이지 않았다. 생명만 안전하게 보존된다면 별 상관없다고 진심으로 생각했었다. 그 점에서는 남편 또한 같은 생각이었다. 심지어 남편은 수술부위를 두고 '고통을 이겨낸 빛나는 훈장이니 자랑스럽게 생각해야 한다'고까지 얘기해 줘서 속으로 혼자 고마웠던 기억이 난다. 나이가 들어 이런 일을 당하는 게 참 감사한 이유이기도 하다.

그랬는데도 퇴원하여 수술 부위의 붕대를 풀어도 된다고 한 날, 쉽사리 풀 수가 없었다. 병원에 며칠 있으면서 별달리 큰 통증도 없이 잘 아물었다고 해 참 감사했는데, 막상 붕대를 풀려니 무서워졌다. 어떤 모습으로 내 신체 일부가 잘려져 나가 있을지 확인하는 데에는 하루 동안의 망설임과 용기가 필요했다.

다음 날 저녁, 샤워하기 전 마음을 다잡고 조심스레 붕대를 풀었다. 병원에서 소독할 때에도 매번 눈을 감고 있었고, 내려다 보질 못했었다. 나는 원래 남 주사 맞는 것도 잘 못 볼 만큼 겁도 많고, 액체로 된 멀미약을 마시다 토

할 만큼 비위도 약해빠진 사람이다. 50 중반이 넘도록 큰 병에 쓰이는 주사한 번, 독한 약 한 번 먹어 본 일 없이 건강하게 살아왔으니 감사할 일이다.

붕대가 벗겨졌을 때 처음 든 생각은
'거의 같네!'
였다. 그리고 나도 모르게
'감사합니다. 감사합니다!'
가 외쳐졌다. 유두 위쪽으로 4~5cm가량의 깔끔한 일자 모양 자국이 세로로 나 있었고, 유두 모양도 살짝 부풀어 있었다. 전체적으로 대칭이 살짝 어그러지긴 하지만 예전이랑 비슷한 모습이었다.

그 이후로 샤워하면서 그 모습을 확인할 때마다 그 사실이 주는 안도감이크다는 걸 느끼고 있다. 비록 처음에는 아무 상관없다고 생각했던 부분이었지만, 만약 전절제를 했다거나 처음의 의사 얘기대로 특정부위가 확 잘려나가 버렸다면, 나도 아직은 여자인지라 그 상실감이 클 거란 생각이 든다. 그리고 무엇보다 또 감사한 것은 겨드랑이 림프절 쪽도 깨끗한 상태라 수술 때건드리지 않고 보존됐다는 사실이다. 보통 유방암 수술을 할 때 예방 차원에서도 겨드랑이 림프절을 몇 개씩 잘라내 버리고 그 후유증을 심하게 겪는단얘길 들어서였다. B 수양원의 첫 룸메였던 S씨도 수술 전에 얘기도 않은 상태에서 림프절 몇 개를 예방차원으로 떼내버린 사실을 수술 후에 알게 됐단얘길 들려줬었다. 나는 그런 얘길 듣기만 해도 너무 무섭다.

생각해 보면 처음 암 진단을 받던 순간부터 지금까지의 모든 과정마다 내게는 늘 감사할 거리들이 많고 많았다. 그래서 난 늘 그 감사거리들에 내 마음의 주파수를 맞출 수 있었다. 두려움 가운데서도, 흔들림 속에서도 내 마음을 조금만 들치고 들여다보면 감사의 단물이 흐르고 있었다. 언젠가 그 얘기들만도 한참을 써야 할 것이다. 아무래도 감사를 느끼는 것도 재능이란 말은 맞는 말 같다.

"진정한 감사는 무엇인가를 얻기 위한 수단이 아니라,
이미 가지고 있는 것에 대한 깊은 인식에서 비롯된다."

– 에크하르트 톨레

11. 처음 들은 조직검사 결과

수술 후에 겪은 후유증으로 먼저 기억나는 것은 입덧 때와 같은 매슥거림과 지독한 늘어짐 증상이었다. 그 느낌을 무어라 표현해야 할지 모르겠다. 매슥거림으로 인해 모든 음식들이 먹히지가 않았는데, 어찌어찌 몇 수저 뜨고 나면 온 몸의 힘이 다 빠져나간 듯이 맥을 출 수가 없었다. 그때는 겨울이라 따뜻해진 거실 바닥에 아침 먹은 그릇들도 못 치운 채로 매가리없이 드러누워 있는 게 일이었다. 항암치료를 받는 사람들이 그런 증상을 겪는단 얘길 들었는데, 나는 그 지독하다는 항암치료를 받은 것도 아닌데 왜 그랬었나 모르겠다. 혹 미국에서 주문해 들여온 천연 약재의 부작용이었을까? 아니면 정신적 충격에서 온, 지극히 심리적인 원인에 의한 증상이었을까? 분명한 건 온몸으로 그 증상들을 느끼고 겪었다는 사실이다. 비트즙이 면역력에 좋다고 하여 주문했다가 한 포만 겨우 마시고 메슥메슥 속에서 안 받아 나머지는 다 남편 몫이 되기도 했다.

둘째아이 결혼식까지는 한 달 반 정도의 시간이 남아 있었다. 그 시간 동안 아무것도 하지 않는 채로 그냥 있기는 불안해 나는 계속 한방병원을 다니고 있었다. 강남에 있는 그 한방병원은 항암면역치료로 꽤 유명한 병원이었고, 원장이나 한의사들의 방송출연도 종종 있다고 들었다. 내가 그곳을 알게 된 것도 아침방송 프로에 출연한 원장이란 분의 방송강의를 통해서였다.

그곳을 일 주일에 세 번씩 지하철로 다녔다. 병원 근처에서 내리면 큰 도로에서 벗어나 선정릉 가까운 언덕길로 걸어올라갔다. 나무들이 보이는 한갓진 길이 좋아서도 그랬지만, 또 한 가지 이유는 그 병원 앞면에 큰 글씨로 '항암'어쩌고...... 하는 표현의 병원 이름이 쓰여 있었기 때문이다. 그때만 해도 가족들과 한두 사람 외에는 내가 아프단 사실을 모를 때여서, 그 글씨들이 쓰여 있는 병원 정문으로는 들어가고 싶지 않았다. 내가 걸어다닌 길 쪽으로 가면 큰 길에서 잘 안 보이는 옆문이 있었는데, 그 문을 드나들면서도 나는 혹 누군가 아는 사람이 나를 발견할까봐 신경이 쓰였었다. 지금 생각하면 웃음이 나오지만 그때는 그랬다. 자처한 은둔자였다고나 할까? 그때는 수십 년 살아온 지구별과, 별일 없는 듯 평온해 보이는 지구인들이 여러 모로 몹시 낯설었었다. 그 느낌이 지금도 선명하다.

그곳에서 처음으로 내 유방암의 유전자 유형에 대해 정확히 전해 듣던 날이 생각난다. 수술한 병원의 특진 담당의는 그런 자세한 얘기들을 해 주지도 않았고, 그냥 혼자서 조직검사 결과지를 판독한 후, 머리카락이 빠지지 않는 순한 항암으로 하면 되겠다고 했었다. 물론 수십 번(?)의 방사선 치료 스케줄도 세트로 덧붙여 있었지만, 나는 할 생각이 전혀 없었기 때문에 주의해 듣질 않아 정확한 기억도 안 난다.

그 한방 병원은 양. 한방 협진 체제로 운영되고 있었다. 방송으로 먼저 만났던 원장 한 분과 양방 의사 한 분이 같이 상담실에 앉아 날 기다리고 있었다. 그분들은 내 조직검사 결과지를 함께 보면서 친절하고 소상하게 내 유전자에 대해 설명해 주었다. 유전자 유형이나 진행속도에 있어서 순하고 느린 유전자라고 했고, 수치가 낮아 항암치료를 했어도 별 효과가 크진 않았을 것이라고 했다. 수치(정확히 어떤 수치라고 표현해야 하는지는 모르겠다)가 높을수록 항암효과가 크다는 얘기도 들은 것 같다.

처음으로 내 유전자 유형에 대해 소상히 듣고 얼마나 감사했는지 모른다. 나중에 여러 공부들을 통해 알게 된 사실로 짐작해 보건대, 내 유전자 유형인 '호르몬 양성 타입'에 대한 진단이었던 것 같다. '순하고 느린'이란 구체적 표현이 주는 안도감으로 남편에게 전화해서 전하며 함께 감사를 드렸었다. '맹독성'이란 말은 듣기만 해도 무섭게 느껴졌다. 정확한 워딩이 생각나진 않지만 그 표현도 들은 걸로 기억된다. '이렇게 겁 많은 내게 하나님은 감당할 만큼의 시련만 주시는구나!'라는 생각도 들어 마음 깊이에서 감사가 흘러 나왔다. 그 시련이 내 삶의 균형추요, 감사와 기쁨의 화수분이 될 줄 그때는 몰랐었다. '세상이 줄 수 없는 크고 비밀한 기쁨'을 누리는 삶으로 거듭나는 문이 될 줄도 그때는 잘 몰랐었다. 그러나 감사의 단물은 그때도 내 안에서 길을 잃지 않고 제 길을 따라 순하게 흐르고 있었다.

"고통스러운 감정은 우리가 그것을 명확하고 확실하게 묘사하는 바로 그 순간에 고통이기를 멈춘다."

– 스피노자

12. 정해져 있던 옷

수술 후 9개월여 만에 처음으로 정기검사를 받던 날, 아침 먹은 설거지를 하며 창문에 말씀 암송 노트를 세워 놓고 외웠다.

주 안에서 항상 기뻐하라 내가 다시 말하노니 기뻐하라
Rejoice in the Lord always, I will say it again: Rejoice.

너희 관용을 모든 사람에게 알게 하라 주께서 가까우시니라
Let your gentleness be evident to all. The Lord is near.

아무것도 염려하지 말고 오직 모든 일에 기도와 간구로 너희 구할 것을 감사함으로 하나님께 아뢰라
Do not be anxious about anything, but in everything by prayer and petition with thanksgiving, present your requests to God.

그리하면 모든 지각에 뛰어난 하나님의 평강이 그리스도 예수 안에서 너희 마음과 생각을 지키시리라
And the peace of God, which transcends all understanding, will guard your hearts and minds in Christ Jesus.

늘 읽어도 위안이 되고 힘이 되는 말씀이다. 문제를 만날 때 어떻게 기도 드려야 하는지, 그 결론으로 무엇을 어떻게 주시는지를 말씀해 주신다. 두

려움과 염려가 날 덮치려 할 때마다 이 말씀이 방패가 되었다. 말씀 암송 노트 두 번째 말씀으로 내 인생에 남게 된 말씀이다.

우리 말로만 외우지 않고 영문으로도 외우게 된 이유는, 십수 년 가르쳐 온 영어 단어들이 자꾸 가물거려지기 때문이다. 이대로 내 인생에서 그 공부들이 스러져가도록 두기에는 참 아깝다는 생각이 들었다. 아프기 전만 해도 영화를 보는 방법으로, 한 일 년 죽어라 영어만 파서 최소한 자유로운 언어소통은 되도록 영어공부를 해볼 계획도 가지고 있었다. 그 미련까지 담아 우리말과 영문으로 죽는 날까지 매일 한 구절씩만 외워가리라는 야무진 꿈을 꾸며 며칠 전부터 외우고 있다. 주로 설거지하면서 창가에 노트를 세워 두고 외우고 있다.

첫 날 검사에서 처음 한 검사는 엎드리고 누운 자세로 한 유방 MRI였다. 그 검사를 위해서는 6시간 금식도 해야 한다. '혹시 검사 중 토하거나 할까봐'라고 나중에 들었다. 그 자세로 큰 기계 속으로 밀려들어가는데, 수술 후에 처음 받아봤던 PET CT 검사 때와 같은 느낌이 들었다. 막혀있는 공간 안으로 밀려 들어가 이십여 분 동안 꼼짝않고 누워 있으면서 살짝 공포감도 느꼈고, 삶과 죽음에 대해서도 돌아보게 되었다. 물론 그때도 난 엄마 앞으로 달려가는 아이처럼 '하나님 아버지'를 부르고 찾았다. 이번에도 기도드리며 아침에 외우고 온 성경 말씀을 외우고 또 외웠다. 한두 단어가 안 떠오르기도 했지만, 힘이 되는 그 말씀들을 우리말과 영문으로 번갈아 외우며, 질병을 통해 삶의 지경을 넓히시고 깊여 주시는 하나님의 섭리를 발견할 수 있었다. 아프지 않았다면 경험할 수 없는 일들, 가볼 수 없는 길들을 경험케 하시고 가보게 하시는 하나님! 나는 또 한 번 세 아이들을 키운 부모된 마음으로, 나와 같이 나를 바라보실 하나님의 마음을 헤아려 볼 수 있었다.

더 잘 살게 하려고, 더 성숙에 이르게 하려고 내어 주신 과제를 잘 해내고 싶다. 내가 내 아이들의 성장과 성숙을 위해 일정 기간의 과제를 내어 줄 때 내 아이들이 엄마의 마음을 잘 헤아려 그 시험을 잘 감당해 주길 바라듯이, 그 시간들을 통해 더 단단해지고 지혜로워지길 바라듯이 하나님 마음도 같으실 것이다. 육신의 부모된 내 마음과 같으실 하나님 마음을 날마다 나는 헤아릴 수 있다. 이 연단의 때를 거쳐 정금같이 달려나갈 순간도 그려볼 수 있다. 그 순간이 기대되고 설렌다.

내가 매일같이 말씀을 묵상하고 감사일기를 쓴 후에 큰 소리로 읽고 있는 소망 확언문(미래일기)의 결론대로

"하나님 아버지, 당신은 저와 제 가족에게 세상에서 가장 귀한 선물을 주셨습니다. 감사합니다, 감사합니다!"

라고, 언젠가 온 맘 다해 외치게 될 날을 그려본다. 나는 싱겁고 지루한 인생을 살기는 글러먹었다. 하루라도 나를 잃고 살면 큰일나는 내 고유한 인생길이 이제는 그닥 낯설지 않다. 어쩌면 오래 전부터 내게 정해져 있었던 옷을 제대로 찾아 입은 걸까? 이 옷이 착 달라붙은 내 옷이 될 때, 그때의 나는 지금의 나와는 다를 거라는 것, 그것까지는 알겠다.

"내가 세상에서 한 가지 두려워하는 것이 있다면 그것은
내 고통이 가치 없게 되는 것이다."

– 도스토예프스키

13. 한방병원의 면역치료

한방병원에서 한 면역치료는 산삼 배양액과 해백(?)이라는 약재 추출물을 일 주일에 세 번씩 맞으면서 암을 이겨낼 수 있는 면역력을 기르도록 하는 거였다. 첫 한 달 비용이 삼백 몇 십만 원이 넘었던 걸로 기억된다. 고가였지만 그때 당시로는 다른 선택을 할 경황도 없었고, 또 '암'이라는 말이 주는 중압감에도 눌려있던 때라 비용에 대한 감각도 무뎌져 있었던 것 같다. 마침 그 알량한 암보험금 천만 원도 통장에 들어와 있었으므로 우선은 뭐라도 해야 했던 때였다. '천만 원'이 물론 적은 돈이 아니지만, 어디까지나 상대적인 느낌에서 '알량한'이란 말이 꺼내지나 보다. 나중에 알게 된 사람들이 암보험을 몇 개씩 들어 놨고, 실비보험이란 것도 들어 놔서 수천만 원에 가까운 보험금을 받아 놨다고 들었던 터라 후회가 막심했었다. 그리도 많이 왔던 암보험 상담 전화들을 왜 그리 다 물리쳤던지! 한 마디로 생전 안 아플 줄 알았었다. 건강에 대해 참도 오만했었다. 제대로 두들겨 맞았다. 고소하기가 깨소금 맛이래도 할 말이 없다.

그 흔한 실비보험 하나도 안 들어 놔서 요양병원 같은 곳의 혜택도 못 받게 됐을 때도 같은 심정이었다. 어쩌자고 그렇게 무신경으로 살아왔는지! 그런데 나란 사람이 원래 그렇게 어떤 면에서는 몹시 무신경도 하고 준비성이 꽝인 사람이란 걸 나 자신은 잘 알고 있다. 준비 못 한 대가는 치러야 하는 게 인생이니 입 다물고 조용히 치를 뿐이다.

지하철로 다니다가 차로 다니게 된 이유는 나중에야 책을 통해 산소가 부족한 상태(저산소)가 암에는 아주 나쁜 환경이란 걸 알게 되어서였다. 그 사실을 알고 나니 무심히 다니던 지하철 안이 갑자기 숨이 막히게 느껴졌다. 때로는 정확히 알게 된 사실들이 삶의 족쇄처럼도 느껴진다. 먹어야 할 음식들, 안 먹는 게 좋은 음식들에 대한 정보로 인해서도, 물 마시는 법에 대한 정보들도 다 때로는 그런 느낌 속에 나를 가둔다. 그러나 꼭 필요한 정보들을 정확히 알고 삶에 적용할 수 있게 된 건 참 다행인 일이다. 늘 그렇듯이 삶에 이로운 것들보다는 해로운 것들 하기가 쉽고 달콤하고 편한 법이라, 그 전쟁을 평생 하고는 살아야 할 듯하다. 질병을 두고서만이 아니라 일반론으로 가도 그럴 테니, 그 점이 위로가 되긴 한다.

한 번 가면 4층 치료실로 올라가 간호사가 안내하는 침대에 누워 40여 분에서 한 시간 가까이 그 치료들을 받는다. 배 위에다 뜨거운 온열 치료기를 올려놓고, 다리 쪽에는 따뜻한 원적외선을 쬐며, 팔에다는 주사제로, 혹은 링겔로 그 치료액들을 맞으며 누워있는 동안 난 늘 책을 가져가 읽었다. 블로그 이웃이신 이지연 작가님의 '꽃길보다 내 인생'이 생각난다. 마냥 건강하고 족한 삶이 아니라, 어느 부분엔가 결핍을 가진 삶을 그린 얘기들이어서 더 마음이 가고 공감이 됐었다. 같은 하나님 자녀된 삶인 것도 그랬다. 결핍이란 배에 올라타 절망과 좌절에만 빠져 있느라 아무 것도 하지 못한 채 세찬 파도 속으로 가라앉는 것이 아니라, 자신만의 닻과 돛을 구해 펼쳐 그 강 너머의 신세계로 건너가는 이야기는 늘 감동을 전한다.

다른 이들의 삶을 통해 취한 자양분이 내 삶을 일으키는 거름이 되듯이, 내 삶의 이야기 또한 누군가의 삶에 한 줄기 빛이 될 수 있길, 따뜻한 위로가 될 수 있길 바라 본다. 언젠가 만난다면 누군가의 책 제목처럼 '당신은 아무 일 없던 사람보다 강하다'고, 서로의 손을 잡고 마음 다해 따뜻이 전할 수 있을 것이다.

"우리가 태어난 데에는 특별한 이유가 없다 그저 서로에게
선물이 되는 것이다."

－'뜻밖의 좋은 일' 정혜윤

14. 단 하나의 명제

　면역치료를 받기 시작한 지 한 달 반 정도 됐을 때, 이번에도 우연히 인터넷 검색을 통해 B수양원에 다녀온 사람들이 남긴 글을 읽게 되었다. 어느 블로그 글을 통해서는 그곳에서 열 몇 가지 병들이 다 좋아진 어느 분의 얘기도 읽을 수 있었다. 그 글과 함께 포스팅되어 있는 그곳 원장님이란 분의 강의들도 들을 수 있었다. 그 자료들의 시작은 '자연치유'라는 네 글자의 검색어였을 것이다.

　그렇게 찾아 들어가다 보니 '뉴스타트'라는 단어가 눈에 띄었다. '이건 또 뭘까?' 라는 호기심에 계속 찾아 들어가다가 결론은 B수양원에 직접 가보자는 쪽으로 모아졌다. 예수님 살아계시던 때와 비슷한 치유의 기적이 일어난다는 그곳이 궁금했고, 주로 그런 편이듯이 그곳과 관련된 놀라운 이야기들이 다 믿어졌다. 그리고 유튜브를 통해 들은 그곳 원장님의 강의들도 마음에 남았다.

　어느 월요일에 면역치료 대신 B수양원으로 무작정 내려갔다. 물론 전화로 예약이 된 상태였다. 네비에게 길을 물어 지리산 자락에 깃든, 하얀색 지붕의 예쁜 집들이 모여 서 있는 곳에 도착한 시간은 저녁때였다. 다 조용한데, 인기척이 느껴지는 곳으로 들어갔더니 마침 저녁 예배 시간이었다. 얼떨결에 도착한 곳에서 예배도 드리고, 배정받은 2인용 방에서 잠을 자고 일어나 아침을 맞았다. 사방을 둘러보니 주변환경이 정갈하고 깨끗했다. 밥도 맛있었고, 뭣보다 아침 저녁 말씀과 강의를 통해 새로운 것들을 깨닫고 돌아볼 수 있는 시스템이어서 아픈 사람들에게 참 좋은 환경으로 느껴졌다.

그곳에서 나는 살아온 삶을 새로운 관점으로 바라보게도 됐고, 내 안에 숨겨져 있던 죄들을 발견해 내기도 했다. 뭣보다 '죄'의 정의를 말씀 안에서 새롭게 확인할 수 있었다. '사랑이 아닌 것은 모두 죄다'라는 심플한 정의 안에서, 내가 그동안 스트레스라고 느꼈던 모든 상황들이 사실은 다 나의 죄성 때문이란 걸 새로이 깨달았고, 회개 기도와 함께 뜨거운 눈물을 흘렸다.

처음으로 뜨거운 눈물을 흘렸던 말씀은 성경의 대홍수 사건과 관련한 므두셀라 얘기를 들었을 때였다. 그곳에 간 지 얼마 안 됐을 때였고, 내 상황에 대해 여러 가지 면에서 정리가 안 돼 있던 때였다. 누구나 '암'이라는, 인생길 최고난도 상황에 던져지면 우선 드는 생각이 '내가 뭘 잘못 살아서 이런 벌을 받을까?'라는 생각일 것이다. 나 또한 잠시 그 비슷한 생각에서 하나님 앞에 묻기도 했던 것 같다. 근데 그만 둔 것은 최소한 그 이유는 아닌 것 같았다. 대단히 착하고 바람직하게 잘 살아온 건 아니지만, 최소한 그런 벌을 받는 게 당연할 만큼 엉망으로 살지도 않았다는 내 나름의 판단이 들어서였다. 내가 하고 산 어려운 일들을 안 하고 더 편히 살아왔으면서도 건강하게 잘 살고 있는 사람들이 내 주변에만 봐도 많고 많았다. 물론 겉으로 보여지는 삶이 판단기준이 될 수는 없겠지만, 그냥 내 생각으로는 내가 못되게 살아와 하나님이 그런 벌을 내게 내리신...... 그런 일차원적인 이유는 아닐 거라는 생각이 들었다. 그래서 그 질문은 나도 모르게 새어나오긴 했으나 계속되진 않았다. 그리고, 그렇다면 왜 하나님이 내 인생에 이런 광야 길을 허락하셨을까에 대해 계속 생각해 보게 되었다.

그 말씀을 듣던 때는 그 질문을 멈추긴 했지만, 어쨌거나 나를 낳고 길러 주신 부모님한테 어느 날 난데없이 꿈도 꿔본 적 없을 만큼 엄청난 매를 맞고 이유도 모른 채 낯선 길로 내몰린 듯한 느낌 속에 있을 때였다. 므두셀라는 성경 속에서 가장 오래 산 인물인데, 969세까지 살았다고 성경에 기록되어 있다. 그 이름의 뜻은 '그가 죽을 때 세상의 끝이 온다'라고 한다. 내가 가지고 있는 성경으로 확인해 보니 그런 뜻은 없어서 말씀을 전해 주신 전도사님께 물었더니 히브리 원어 성경에는 그 뜻이 기록되어 있다고 하셨다. 내 기억력을 믿을 수 없어서 나중에 이름의 뜻을 찾아보니 '그가 죽으면 그것이 온다'라는 기록을 찾을 수 있었다. '그것'은 '세상의 끝', 혹은 '대홍수'를 예고하는 상징으로 해석될 수 있다. 또 다른 기록에는 하나님이 므두셀라의 아버지 에녹에게 그 이름의 계시를 주셨고, 에녹은 그 계시가 담긴 이름을 아들에게 지어 준 후 하나님의 뜻을 세상에 알렸다고 한다. 대홍수와 관련된 므두셀라의 생애에 대해 직접적으로 다뤄진 내용은 성경에서 찾아볼 수 없지만, 므두셀라는 그 이름만으로 대홍수와 세상의 끝을 예고하고 있었고, 아버지인 에녹의 생애에도 영향을 미쳤을 것으로 짐작된다.

므두셀라의 손자인 노아는 하나님께서 홍수로 세상을 심판하시기 전 인류의 구원사역을 위해 택하신 인물이다. 의인이요, 당세에 완전한 자로 하나님께 인정받고(창세기 6: 9) 선택받은 노아는 하나님의 명령에 순종하여 방주를 짓기 시작하였고, 선조들인 에녹과 므두셀라, 라멕의 뒤를 이어 하나님의 뜻을 사람들에게 전하고 또 전하였을 것이다. 죄에서 돌이켜 회개하고 하나님께로 돌아오라고, 그러지 않으면 세상의 종말이 올 거라고! 그러나 아무도 그들의 말에 귀를 기울이지 않았고, 인간들은 타락해 갔다. 하나님은 죄로 물든 피조물들의 삶을 내려다 보시며 그 자녀들이 죄에서 돌이켜 하나님 자녀들의 삶을 되찾길 기다리고 또 기다리셨다. 므두셀라가 969세가 되어 세상을 떠날 때까지 기다리고 또 기다렸지만, 노아의 방주에 올라탄 사람들은 노아와 그 자녀들뿐이었다. 죄악이 관영한 세상, 죄에 빠져 허우적대며 사는 자녀들의 모습(여호와께서 사람의 죄악이 세상에 관영함과 그 마음의 생각의 모든 계획이 항상 악할 뿐임을 보시고... 창세기 6: 5)을 내려다보는 하나님의 심정을, 말기암에 걸려 고통받는 자녀를 지켜보는 육신의 부모의 심정에 비유해 전해 주시는 전도사님의 말씀을 들으며 눈물이 쏟아졌다. '차라리 눈을 감게 되는 것이 자식이 평안히 쉬는 길이니 부디 저 영혼을 거둬 가 주십시오.' 라고 부르짖는 부모의 애끓는 심정이 전해져왔고, 그 하나님의 마음이 느껴졌다. 므두셀라가 969세에 눈을 감게 됐을 때 드디어 대홍수가 시작되었고, 그 기록은 성경에 정확히 기록되어 있다. 사십 주야로 쏟아진 비는, 그렇게 오래 기다리셨지만 결국 세상의 끝을 보게 하실 수밖에 없었던 하나님의 눈물이었을지도 모른다고 생각하니 내 눈에서도 눈물이 쏟아져 내렸다.

한 번도 노아의 홍수 사건을 그렇게 듣고 느껴본 적이 없었다. 그 사건은 타락한 인간들을 향한 하나님의 엄중한 벌이었고, 그 벌을 내리신 하나님은 때로 심판도 하시는 무서운 하나님으로 은연중 뇌리에 박혀 있었다. 자녀들이 죄에서 돌이키도록 에녹, 므두셀라, 라멕으로부터 노아에 이르기까지 사 대를 이어 목 터지게 전하게 하시고(내게는 그렇게 짐작되고 느껴졌다), 므두셀라가 969세가 될 때까지 기다리고 또 기다려주신 하나님 아버지의 숨겨진 사랑에 대해 전해 들으며 '하나님은 사랑이시다'라는 단 하나의 명제가 내 가슴 속에 새로이 뿌리를 내리기 시작했다. 그리고 '자녀들을 향한 하나님의 무조건적인 사랑'에 대해 전하는 말씀들을 계속 듣게 됐다. 그 말씀들과 함께, 우리가 하나님의 창조질서를 따라 하나님이 처음 지어 놓으신 메뉴얼대로 살아갈 때 우리 몸의 변질된 유전자들이 회복되고, 온전한 치유가 일어나도록 프로그래밍해 놓으신 하나님의 섭리와 사랑의 법칙에 대해서도 많은 말씀들과 강의들을 통해 깨달을 수 있었다.

그 사실들을 깨닫게 되면서 내 마음 속에서는 두려움이 사라지기 시작했다. 두려움과 근심 대신 하나님을 향한 감사가 가득 차올랐고, 매 순간 기쁨이 들어찼다. 그리고 '하나님은 나를 사랑하시고, 나에게 가장 좋은 것 주시기를 기뻐하시는 아버지시다'라는 믿음의 눈으로 모든 상황을 바라보게 되었다. 그러면서 내 인생에 광야길을 허락하신 하나님의 계획과 뜻을 계속 헤아려 보게 되었다. 그리고 여쭤보게도 되었다. 아직 정확한 답은 모르지만 이 한 가지는 알게 되었다. 이 광야길은 하나님이 사랑하시는 자녀들에게 허락하시는 길이고, 성경 속의 모든 하나님의 사람들은 누구나 이 광야길을 걸었다는 것, 그 광야길을 지나가며 그들의 믿음은 다른 믿음이 되었다는 것! 나 또한 분명히 보게 된다. 내 안에 새겨진 하나님 사랑의 흔적을, 그리고 이전과 분명히 달라진 내 믿음을!

이 시련의 시간들이 없었다면 나는 절대 이것들을 내 인생에서 얻지 못했을 것이다. 세상 부귀 영화들과 바꿀 수 없는 것들이다. 그 한 가지 사실만으로도 내 인생에 광야길을 허락하신 분은 이 찬양을 받기에 합당하시다.

'신실하신 하나님 실수가 없으신 좋으신 나의 주
신실하신 하나님 실수가 없으신 좋으신 나의 주'

아멘!

"하나님께서 지으신 모든 것이 선하매 감사함으로
받으면 버릴 것이 없나니..."
- 디모데전서 4:4

15. 인생에 던져진 '별일'이 내는 길

수술 후 9개월여 만에 첫 정기검진을 한 후 검사결과를 들으러 가던 날 아침 풍경이 떠오른다. 예약시간은 오전 10시 40분이었다. 씻기 전에 아침 먹은 그릇들 뒷정리를 하며 입으로는 중얼중얼 말씀들을 외웠다. 한 구절 한 구절의 뜻에 집중하며 마음을 다해 외웠다.

> 주께서 심지가 견고한 자를 평강하고 평강하도록 지키시리니 이는 그가 주를 의뢰함이니이다 너희는 여호와를 영원히 신뢰하라 주 여호와는 영원한 반석이심이로다(이사야 26:3-4)

이 말씀을 하나님 앞에 드리면서 눈물이 핑 돌았다. 그리고 그 전날 예배 중에 영상으로 본 미우라 아야꼬 여사의 한 마디가 떠올랐다.

"하나님이 나를 편애하시는 게 아닐까?"

우울증과 폐결핵, 직장암, 다시 폐결핵 재발…… 평생을 질병의 질고 속에 살면서 하나님의 사랑에 대해 수많은 작품으로 증거한 '빙점'의 작가 미우라 아야꼬! 그녀가 쓴 작품들을 읽은 독자들은 자연스럽게

'아, 하나님이 정말 살아계시구나!'

'나도 하나님을 믿어야겠다..'

라는 생각을 하게 된다고 한다. 너무 어릴 때 읽어 아무 기억도 안 나고 무지 재밌었다는 기억만 나는 '빙점'을 다시 읽어보고 싶다는 생각이 들었다.

영상을 통해 그녀가 했다는 그 얘기를 전해 들으며 나는 내 마음 속 얘기를 그분이 대신 하는 것 같아 슬며시 웃음이 나왔다. 나도 종종 하늘을 올려다보며

'하나님, 제가 그렇게 좋으세요?

순간마다 이렇게 하나님만 바라보게 하시니요!'

라고 속으로 말씀드리는 때가 있다. 그날 아침에는 하루 전에 들은 그 얘기가 온 맘으로 느껴져 눈시울이 뜨거워졌다. 내가 이렇게 많이 아프지 않았다면, 내가 설거지를 하면서 매일 말씀들을 묵상하며 외우는 이쁜 짓을 하고 살았을까? 아닐 것이다. 그렇게까지는...... 더더군다나 온 마음으로 하나님을 부르며 전적으로 하나님께만 의뢰하는 마음으로 말씀들을 붙잡고 살지는 않았을 것이다. 그런 내가 된 순간을 실제로 느끼며 나는 미우라 아야꼬 여사와 똑같은 심정이 되었고, 그 사실이 감사해 눈이 매워 왔다. 건강하고 아무 일 없는 사람들이 나처럼 느낄 수 있을까? 그랬던 과거의 나라면 아닐 것이다. 인생에 던져진 '별일'은 아무나 발견할 수 없는 길을 내고, 그 길의 주인을 기다린다. 그 '별일'을 별과 같은 이야기로 만들어 남길 수 있는 사람만 그 길의 주인이 될 수 있다. 먼저 걸어본 사람만 남길 수 있는 이야기도 알아들을 것이다.

"높음이나 깊음이나 다른 어떤 피조물이라도 우리를 우리 주
그리스도 예수 안에 있는 하나님의 사랑에서 끊을 수 없으리라."

(로마서 8:39)

16. 당신의 영혼이 당신에 대해 쓰고 있는 책의 삽화

병원으로 가면서도 차 안에서 계속 말씀을 들었다. 진료실 앞에서 기다리면서는 설거지하며 외워 뒀던 말씀들을 속으로 암송했다. 진료실에 들어가서 옆 방 환자를 보던 의사가 오기까지는 스마트폰 카카오스토리에 '나만 보기' 상태로 저장해 둔 미래일기 앞 부분을 읽고 또 읽었다.

·····································

"깨끗한데요!
 관리를 잘 하셨네요.
 축하드립니다!"

"정말이요?
 우와, 감사합니다!"

첫 정기검진이 해피앤딩으로 끝났다...

·····································

이 일기는 수술 후 9개월 가까이가 됐을 때 처음으로 정기검진을 해봐야겠단 생각이 들어, 병원에 예약을 한 후에 써둔 글이다. 오래되어 언제였는지 생각도 안 나지만, 언젠가 어떤 책에선지 기사에선지 〈미래일기〉를 쓰면 그대로 이루어진다는 얘길 인상깊게 읽은 적이 있었다. 살면서 가끔 그 생각을 했고, 본격적인 글로는 아니었지만 미래에 일어나길 바라는 소망을 담아 했던 일들이 있었다.

맨 처음 이루어진 일은 내 이메일 아이디인 'story279'이다. 30여 년 전에 〈한우리독서문화운동본부〉에서 강평연구위원으로 몇 년 간 활동하던 때에 정한 아이디인데, 워낙 이야기들을 좋아해 책이고 영화고 드라마고, 스토리가 펼쳐지는 것들이면 푹 빠져들길 잘 하는 내 정체성의 한 면도 이유가 되긴 했다. 더 뚜렷한 이유는 나도 언젠가 내가 살아온 이야기로 책 한 권은 꼭 써 보고 싶다는, 어렸을 때부터 막연히 품어왔던 꿈이 더 큰 이유였다. 삶을 돌아보는 글쓰기가 될 테니 그 시기를 60대 후반 정도로, 그 또한 막연히 생각했었다.

십수 년도 더 앞당겨 일년 전 가을 어느 날, 어찌어찌하다 바로 그 '살아온 이야기들이 바탕이 된' 첫 책 '내 안에 꿈 있지'가 출간되었고, 'story279'에 담았던 내 오랜 꿈은 정확히 이루어졌다. 아니, 엄밀히 얘기하자면 'story'만 이루어졌다. 나머지 반인 '279'에 얽힌 소망은 영어를 향한 꿈인데, 언젠가 그 얘기도 이렇게 이루어진 꿈 얘기로 할 수 있게 된다면 얼마나 좋을까?
"돈 한 푼 안 드는 꿈을 못 꾼다고?"라고, 눈 동그랗게 뜨며 야무지게도 꿈을 한 줄 글로 새겼던 첫 책 표지의 주인공이 그립다. 암이라는 결정적 변수가 아니었다면 그 반쪽 꿈길 어딘가쯤에 당도해 있을 수도 있다.

미리 써 둔 일기 앞부분만 열 번쯤 읽고 또 읽었을 때쯤 의사가 들어왔다.

"이경연 씨, 어디 봅시다."

내 가슴은 조용히 뛰기 시작했지만, '어디 봅시다'에 이어진 시간들은 물 흐르듯이 평온하게 금방 흘러갔다. 컴퓨터 화면으로 내가 받은 검사들의 결과들이 하나하나 펼쳐졌고, 의사는 이미 각각의 검사 담당자들로부터 받아 놓은 결과들이 있었는지(내 짐작이다), 아주 세세히 들여다보진 않고 자연스럽게 보면서 하나씩 넘겨갔다.

내가 받은 검사들은 가슴 초음파, 가슴 MRI, 전신 뼈 스캔, 폐와 간 초음파, 복부 초음파, 그리고 혈액검사였다. 폐와 간은 복부 초음파 때 같이 본 걸까?

결론은 여기저기 혹이 몇 개씩 있긴 하지만 '괜찮다'는 거였다. 전이된 곳 없이 다 안전하다는 거다! 병원 계단을 오르면서

"하나님, 감사합니다, 감사합니다!"

를 수없이 외쳤다. 눈물이 흘렀다.

"아, 이렇게 결국 해피앤딩, 맞구나!"

그렇게 여러 번, 그리고 숲길을 걸으며 외치고, 일기로도 써 둔 그대로 해피앤딩이었다.

"다 낫게 하시니 감사합니다!"

"하나님 사랑의 증거가 되게 하시니 감사합니다!"

"Better things are coming!"

앞산을 걸으며 수도 없이 외친 확언들과 간절한 기도, 한 달 보름 전에 미리 써둔 미래일기...... 들은 그렇게 제각각의 길을 내었고, 나는 하나로 합쳐진 그 길들을 벅찬 감격으로 가만히 들여다보고 있다. 병원에서 제시한 항암과 방사선, 항호르몬 요법을 다 물리치고 혼자서 정한 자연치유의 길을 걸어오며, 하지 않은 것들로 인한 불안이 내 안에 없었다면 거짓말이다. 불안하고 두려울 때마다 기도와 말씀묵상, 말씀필사, 감사일기로 하나님께 나아갔고, 대신하기로 결정한 일들에도 정성과 시간을 들였다. 매일 앞산을 오르내리며 자연치유와 관련된 유튜브 강의들을 들었고, 책을 읽었다. 자연치유법을 통해 다시 건강해진 분들의 〈회복 이야기〉는 특히 큰 위로와 힘이 되었고, 나 또한 그 희망의 길이 되고 싶다는 간절한 꿈을 품게 되었다. 이 모든 것들은 내 안에서 유기적 조직들로 결합되었다. 시간이 갈수록 자연치유에 대한 믿음은 단단해졌고, 그 믿음이 삶을 이끌었다. 그런 삶이 실제적 바탕이 될 때에만 희망적인 미래일기를 쓸 수 있다는 사실을 나는 안다. 그런데도 불안과 두려움 또한 때때로 섞인다는 사실을 무어라 설명할 수 있을까? 그냥 인간계라는 것의 근본 설정값이라 생각하면 편안해진다.

이 스펙타클하고 스릴 넘치며 드라마틱한, 세상 유니크하고 고유한 내 인생길을 누구와도 바꿀 생각이 없다. 때를 따라 감동으로도 출렁일 이 나만의 인생길이 더욱 기대된다. 천지를 지으신 창조주 하나님이 내 아버지로 함께하시는 길!

"하나님으로부터 위대한 일을 기대하라
 하나님을 위해 위대한 일을 시도하라"

내 감사일기 노트 맨 첫 장에 써 놓고 매일 외치는 윌리엄 캐리의 '위대한 소망'이 어떤 길을 낼지도 나는 두 눈 크게 뜨고 지켜볼 것이다. 반만 이뤄진 꿈도, 온전히 성취된 꿈도, 아직 품고만 있는 꿈도, 세상 모든 꿈들은 그 자체로 삶을 이끄는 희망이며 빛이다. 이 기록들이 한 권의 책으로 엮이는 한 가지 일만으로도 평범 그 자체요, 허당 작렬인 내게는 이미 위대한 일의 시작인 것을 나는 안다.

"꿈이란 당신의 영혼이 당신에 대해 쓰고 있는 책의 삽화이다"

– 마샤 노먼

17. 지진은 샘을 드러낸다

아침 예배 후에는 아침 식사를 한다. 하나님이 태초에 인간을 창조하시고 어떤 음식들을 먹고 살라고 하셨는지가 성경의 창세기 1장 29절에 기록되어 있다.

'하나님이 이르시되 내가 온 지면의 씨 맺는 모든 채소와 씨 가진 열매 맺는 모든 나무를 너희에게 주노니 너희의 먹을거리가 되리라.'

그곳에서의 식사는 그 태초의 메뉴얼에 가까운 건강식이 어떤 건지를 알게 해 주었다. 나는 원래 야채 킬러이다. 뷔페를 가면 샐러드 종류로 배를 절반 이상 채우는 사람이다. 그리고 못 말리는 밥순이에 빵순이다. 그곳에서의 음식들이 내 입에는 다 맛있었지만, 특히 끼니 때마다 바꿔서 나오는 샐러드 종류들이 얼마나 다 맛있던지, 욕심 같아서는 샐러드로만 한 접시를 다 담아오고 싶을 때가 많았다. 근데 온갖 잡곡들을 번갈아 섞어서 해 주는 현미 잡곡밥들도 참 맛있었다. 채식 위주의 각종 반찬들도........

만약 내가 고기나 생선을 즐기는 사람이었다면 그 건강식이 고역이었을 것이다. 그러나 운 좋게도 내가 평생 먹고 살아야 할 음식들은 거의가 다 내가 좋아하는 음식들이다. 그래서 말할 수 없이 감사하다. 암 환자에게 현미채식은 이제 상식이 되었다. 각종 야채들과 과일들을 섭취할 때 우리 몸의 세포가 가장 건강해진다는 사실을 그곳에서의 생활을 통해 성경적으로도 이해할 수 있게 되었다.

성경적으로 인간에게 육식이 허락된 때는 〈노아 홍수 사건〉 후였다고 한다. 대홍수로 인해 모든 초목이 쓸려내려갔으니 그럴 수밖에 없었을 것이다(동물들은 모든 종류대로 한 쌍씩 노아의 방주에 함께 태워졌다). 그러나 인간이 육식을 하게 된 이후로 팔,구백 살까지 살던 인류의 수명이 지금과 같이 줄어들게 되었다고 한다. 그 사실이 육식과 직접적인 관련이 있는지는 잘 모르겠다. 한 가지 또 새롭게 알게 된 사실은 인간의 장기 구조가 채식에 맞는 구조라는 사실이다. 어쩌면 우리는 신이 피조물들을 창조하며 정해 준 메뉴얼대로 살지 않음으로써 불러들인 숱한 재앙들 속에서 신음하며 살고 있는 건 아닐까? 그 중 하나가 암일 것이다. 나 역시도 그동안 잘못 먹고 잘못 살아온 것들이 얼마나 많았는지를 아픈 사람이 되고 나서야 깨달을 수 있었다.

그 중 하나가 과식이다. 나는 밥을 배불리 먹고 난 후에 꼭 빵과 커피 한 잔으로 마무리를 하는 습관이 있었다. 하루 한 끼니 정도는 자주 그렇게 했던 것 같다. 지금은 통밀빵만 먹지만 예전에는 아니었다. 백밀가루, 백미, 백설탕은 건강을 위해 피해야 할 대표적인 삼백 음식이다. 다들 알고는 있지만 실천해 사는 사람은 적은 것 같다. 나도 그 하나였다. 과식에, 흰 밀가루빵, 거기에 아무 때나 가리지 않고 간식을 되는 대로 먹고 살았었다. 그런데 그것들이 다 건강에 무척 해롭다는 걸 알게 된 지금까지도 과식과 간식에 대한 유혹은 늘 나를 괴롭힌다. 때로는 과식과 간식이 암환자에게 독이라는 사실을 얘기해 주는 강의들을 일부러 찾아 듣기도 한다. 과식은 특히 과도한 활성산소를 발생시킨다. 활성산소는 현대병의 90% 이상의 원인이 된다는 사실을 존스홉킨스대 의과대에서 발표한 바 있다고 들었다. 그런데도 그것들을 단칼에 잘라내기가 쉽지 않다. 이 나이까지 수십 년을 이어온 습관이니 당연하다는 생각은 든다. 어쩌면 평생의 유혹으로 남을지도 모르겠다. 어쨌거나 꼭 알고 살아야 할 사실들을 정확히 알고 그 유혹들과 싸울 수 있다는 것도 행운이란 생각이 든다.

또 한 가지 나쁜 습관은 빨리 먹는 습관이었다. 결혼 전에 우리 집 식구들이 같이 식사를 할 때면 빨리 먹는 순서가 아버지가 1등, 내가 2등이었다. 그런데 참 신기하게도 아프기 전까지 수십 년 동안 그렇게 살아왔음에도 불구하고 나는 소화가 잘 안 된 적이 거의 없었다. 임신했을 때 한두 번 외에는 그렇게 빠른 속도로 식사를 했음에도 불구하고 늘 소화에 문제가 없었다. 있었다면 천천히 먹으려는 노력을 했을 것이다.

오래 씹어 먹는 게 좋다는 건 이제 건강상식으로 누구나 다 알고 있는 사실이다. 과식을 하거나 오래 씹지 않고 삼켰을 때 특히 과부하가 걸리는 곳이 췌장이라고 들었다. 탄수화물을 소화시키는 아밀라아제는 위에서는 한 방울도 나오지 않고 침 속에만 존재하기 때문에 반드시 꼭꼭 씹는 것이 중요하다. 만약 꼭꼭 씹지 않고 삼키는 행동을 반복하게 되면 소화효소를 분비하는 췌장에 큰 부담을 주게 된다는 것이다. 입에서 치아가 해야 할 일까지 넘겨 받으니 그 과부하가 오죽할까? 꼭꼭 씹어 먹는 게 좋다는 사실을 막연하게 알고는 있었지만 그 또한 알고만 있었다. 지금은 밥 한 숟가락을 최소한 50번 이상씩 씹으려고 노력한다. 그러다 보니 식사시간이 4, 50분 정도가 걸린다. 이것 또한 그곳에서 보낸 두 달 가까운 생활을 통해 습관이 되어 온 것 중 하나이다. 우리는 얼마나 많은 상식들을 알고만 살아갈까? 꼭 실천해 살아야 할 사실들조차도 말이다. 나는 내게 일어난 삶의 지진을 겪으며 느낄 수 있었다. 그렇게 원하고 바랐으나 결코 되지 않았던 일이 생사를 가를 수도 있는 삶의 지진을 만나면 단 한 순간에도 바뀔 수 있다는 사실을! 천천히 씹기가 그랬고, 일찍 자기가 그랬다. 아주 쉬웠다. 바로 되었다! 인간의 삶에서 죽음만큼 강력한 두려움은 없기 때문이다. 그렇게 채식 위주의 생활을 하면서, 그리고 하루도 안 빠지고 매일 숲길을 한두 시간씩 걷는 운동을 하면서 나는 체중이 10킬로 가까이가 빠졌다. 종종 사람들이 과체중으로 고민하는 얘길 들을 때면 나는 혼자 씩 웃으며 속으로만 생각한다. '확실한 방법을 나는 아는데!'

크게 아프지 않았다면 음식 조절, 날마다의 규칙적인 운동, 일찍 자기......같은 참 바람직한 습관들이나, 건강한 상태에서는 지켜 살기 어려운 일들을 나 또한 절대 지속적으로 지키며 살 수 없었을 것이다. 그런 점에서도 나는 대다수의 건강한 사람들의 삶의 지평, 그 너머로 진입해 들어온 느낌이 든다. 처음에는 참 낯선 별이었으나, 점점 더 반짝이는 것들이 찾아지는 이 축복의 땅을 무어라 표현하고 전할 수 있을지, 이 새로운 꿈에 대해 나는 단 한 번도 생각해 본 적 없었다. 삶의 경이로 인해 인간은 신의 경지로 한 발짝 다가설 수 있는지 모른다. 그 삶의 경이는 신의 영역과 가깝다는 사실만 나는 알 뿐이다.

"지진은 샘을 드러낸다"

– 니체

18. 나쁜 일에 더욱 섞일 일

아침 식사 후에는 양치를 하고 Q.T로 혼자만의 시간을 갖거나 책을 좀 읽다가 편백나무 숲길을 걷는 게 일과였다. 집안일을 할 필요도 없고, 정성스레 해 주는 건강식을 맛있게 먹고, 나 하고 싶은 일만 하면 되는 그곳에서의 생활은 참 감사한 휴가, 그 자체였다. 상태가 중한 환우들은 나와 다른 상황이었겠지만, 통증도 없고 아무런 증상도 없었던 내게는 그랬다. 다만 아내와 엄마가 없는 생활을 하고 있을 남편과 아이들을 생각하면 늘 마음이 아렸다. 내 걱정에 대해 가족들은 아무 염려 말고 편히 있다 오라고 했지만, 아린 마음을 떨칠 수는 없었다. 그저 하루라도 빨리 건강해져서 돌아가는 길밖에는 없었다.

저녁 식사는 과일식이었다. 식사 시간은 6시였는데 한 가지 과일을 매일 돌아가며 국그릇 하나 정도의 양만큼 먹었다. 처음 해보는 과일식이었고, 먹고 나면 뭔가 탄수화물 종류가 더 당겼지만 9시에 잠자리에 들기 위해서는 참 적합한 식사였다. 일찍 잠자리에 들어 숙면을 취하기 위해서는 저녁 식사를 일찍하면서 소식을 하는 게 좋다는 것도 이론으로는 알고 있었지만 단 한 번도 시도조차 해 본 적 없던 삶이었다. 그렇게 먹고 9시에 잠자리에 들면서 또 해보게 된 생각은 '우리는 살면서 얼마나 많은 유익한 지식들을 머리로만 알고 살아가는 걸까?' 하는 거였다. 단언컨데, 인생의 지진을 만나면 새로운 삶을 살게 된다. 뉴스로 봐 왔던 지진을 생각하면 이해할 수 있다. 실제적인 지진을 만나면 모든 삶이 새로 시작될 수밖에 없듯이, 인생의 지진 또한 마찬가지다. 그리고 그 현장에 반드시 불행만 있는 게 아닌 것을 나는 알았다. 내가 두 번째 책을 꼭 써야겠다고 생각한 이유이기도 하다.

'삶의 희망가'는 '희망' 반대편의 상황이 전제되는 게 아닐까? 멀쩡히 근심 걱정 없이 사는 삶에서 '희망가'라는 말은 존재하지도 않을 것이다. 섬을 떠나봐야 섬이 보이듯이 '희망'을 떠나봐야 희망 또한 보이는 법이다. 희망가도 찾게 될 것이다. 나는 그것들을 온 몸과 정신으로 알게 되었다. 그렇게나 온전히 유익한 진리를 그 시간 때의 온 삶으로 깨닫고, 그 진리 안으로 녹아들 수 있었고, 이렇게 내 삶의 언어로 표현해 남길 수 있는 행운에 대해 나는 감사한다. 나쁜 일에 꼭 나쁜 일만 있는 게 아니라는 얘기 또한 나는 온전히 눈을 맞추며 누구에게라도 얘기할 수 있다.

이렇게 기쁨과 감사의 길로 들어설 수 있었던 계기가 있었다. 그 얘기를 꼭 전하고 싶어 시작한 글이기도 하다. 그 순간 이후로 나는 쩍쩍 갈라진 길이 아니라 빛나는 새 길 하나를 바라볼 수 있었다. 그리고 여기까지 왔다. 나는 이 빛나고 낯선 길 위의 나그네요, 순례의 길이 시작된 이유를 아는 순례자로 거듭난 나를 매 순간 직시한다. 나 혼자라면 이 길은 낯설고 외로운 길일 것이다. 나를 어둠에서 빛으로 이끄신 분의 '아름다운 덕을 (베드로전서 2:9)' 고운 노래로 지어내는 빛나는 길일지라도 혼자라면 견뎌낼 수 없을 것이다. 내게 날마다 새 힘을, 위로를, 한결같은 따뜻함을 끼쳐주는 이들로 인해 나는 이 길이 이제 낯설지만은 않다. 이 모든 행운에 감사드린다. 이렇게 온전한 감사 또한 이 길 위에서 처음 느꼈다. 나쁜 일에 더욱 기쁜 일이 섞일 수 있음을 나는 꼭 알리고 싶다. 그 일을 내가 어떻게 대하느냐가 결과를 가른다는 사실도! 그래서 나는 이 바람 속에 햇빛바

라기를 하며 숲길 하나를 오롯이 차지하고서 이 글을 쓰고 있다. 빛나는 길
은 그냥 내게 오지 않는다.

"오직 너희는 택하신 족속이요 왕같은 제사장들이요 거룩한 나라요 그의
소유된 백성이니 이는 너희를 어두운 데서 불러내어 그의 기이한 빛으로
들어가게 하신 이의 아름다운 덕을 선포하게 하려 함이라."

(베드로전서 2:9)

19. 언덕길에서 찾은 답

예배실은 언덕을 걸어 올라가야 있다. 아침 저녁 예배실로 향하던 어느 날, 언덕길 중턱에 돌에 새겨져 세워져 있는 말씀을 발견했다.

환난 날에 나를 부르라
내가 너를 건지리니
네가 나를 영화롭게 하리로다

(시편 50:15)

그때는 그곳에 간 지 얼마 안 됐을 때였고, 나는 하나님 앞에서 계속 하나님이 내 인생길에 왜 이런 광야길을 허락하셨을까에 대해 여쭤보며 궁금해하고 있던 때였다. 그 말씀이 내 눈에 들어오는 순간 나는 답을 찾았다는 생각이 들었다. 물론 단 한 번의 느낌으로는 아니고, 그 이후에도 계속 말씀들을 듣고 묵상해 가는 중에 그 느낌이 내 안에서 자리를 잡아갔다. 그 이후로 나는 단 한 번도 그 말씀 앞을 그냥 지나친 적이 없었다. 한 마디 한 마디에 대답을 하며 말씀 앞에 걸음을 멈춰 섰고, 점점 그 말씀은 하나님 앞에서의 소명이 되어 내 안에서 든든히 서 갔다.

"네, 하나님 아버지, 제가 하나님을 부릅니다!
저를 건져주실 하나님, 감사합니다!

아멘, 감사합니다. 그리고 꿈꿉니다. 제가 감히 남은 삶 가운데 하나님의 이름을 영화롭게 하는 존귀한 일에 쓰이길 꿈꾸고 소망합니다. 저를 강건케 하시고 채우셔서 그 일을 이루는 삶으로 인도해 주세요!"

한 번도 빠지지 않고 그 말씀을 드리며 예배실을, 식당과 동산을 오르내렸다. 그러나 그곳 전도사님 말씀대로 그 소명이 내 멋대로 나 혼자 정한 소명이 될까, 조심스러운 마음으로 여러 번 하나님 앞에 여쭙고 또 여쭈었다. 하나님이 내게 꿈에라도 나타나셔서 확실한 음성으로 들려주신다면 얼마나 좋을까? 그런데 분명한 한 가지가 있다. 그 소망을 품은 후로 나는 내게 이 시련을 허락하신 하나님의 뜻이 헤아려졌고, 그 존귀한 사명을 내게 기대하시고 맡기신 하나님의 소망이 느껴졌다. 그 믿음이 굳건해질수록 내 안에서는 이전까지의 모든 부정적 감정들이 깨끗이 사라져갔다. 대신 기쁨과 감사가 순간마다 가득가득 차올랐다. 나같이 부족한 자녀를 들어 그 존귀한 사명을 맡기기 원하시는 하나님의 마음이 버겁게도 느껴졌지만, '빙점'의 작가 미우라 아야꼬 여사의 말처럼 나도 하나님의 편애를 받고 있는 듯한 느낌이 들어 하늘을 올려다 보게도 되었다.

'어떻게 살았길래 암에 걸릴 수가 있지?'

초기에 사람들이 나를 그런 눈으로 바라볼 것 같아 사람들을 만나고 싶지 않았었다. 그때도 지금도, 내 주변의 직접적인 관계에 있는 수많은 사람들과의 교집합에서 암에 걸린 사람은 나 혼자라는 사실을 확인하게 된다. 한 다리를 건너가면 집집마다 암환자가 없는 집안이 별로 없다는 사실도 새롭게 발견하며 놀라게 된다. 그 많은 사람들 중에 나 혼자만 다른 사람이라는 사실이 요즘도 믿어지지 않을 때가 있다. 어쩌다 난 이렇게 특별한 한 사람이 되었을까? 인간적으로 참 마음이 이상해지려는 순간에 나는 그 말씀 앞에 섰던 순간을 떠올린다. 그러면 내 안의 여러 부정적 감정들이 크고 깊은 울림들 뒤로 밀려난다. 그리고 내게 특별한 소망을 품으시고 믿음의 눈으로 바라보시는 하나님의 시선이 느껴진다. 그럴 때 내 남은 삶은 말할 수 없이 존귀한 삶으로 내 앞에 놓여진다. 단 한 가지, 혹여라도 내가 그 소망을 이룰 수 없는 연약하고 부족한 자녀일까봐 하루에도 몇 번씩 기도드리게 된다. 특히 세 번의 식기도 때에는 늘 그 기도를 마음 다해 드린다.

> 항상 기뻐하라
> 쉬지 말고 기도하라
> 범사에 감사하라
> 이는 그리스도 예수 안에서
> 너희를 향하신 하나님의 뜻이니라
>
> (데살로니가전서 5:16~18)

이 시련을 만나지 못했다면 나는 이 말씀이 말도 안 되는 말씀이라고 평생 알고 생을 마쳤을 것이다. 이 말씀이 결코 삶에서 불가능한 말씀이 아님을 나는 질병이라는 시련을 만나고서야 깨닫게 되었다. 어쩌면 아무 일 없는 삶은 정말로 귀한 세상을 평생 만나지 못하는 반쪽짜리 삶일지도 모르겠단 생각이 또 든다. 그래서 다시 감사하다. 기쁨도 차오른다. 귀한 소명을 품었기에 또 기도드리게 된다. 기도가 구체적인 삶으로 이어질 길까지 떠올릴 순 없었지만 그 다음으로 인도하실 분을 향한 신뢰로 나는 충만했다.

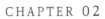

CHAPTER 02

낯선 별 여행자가
하는 말

20. 빨강머리 앤에게 전함

그렇게 나는 하나님 앞에서 남은 생을 이끌어갈 소망을 품게 되었다. 이 소망을 하나님 앞에서의 소명(calling)이라고도 나 혼자서는 믿고 싶지만, 하나님 뜻과 일치하는지는 지금은 잘 모르겠다. 이 소망을 소명이라 믿는 믿음 앞에 섰을 때 암이라는 내 인생의 지진도, 두려움과 수치에 싸여 있던 나도, 의혹에 섞여들던 내 삶도 혼란에서 벗어날 수 있다는 사실 한 가지는 확실하다. 순간마다 기쁨과 감사로 충만할 수 있는 이유이기도 하다.

그래서도 난 남겨진 삶의 여정들이 흥미롭고 궁금하다. 인생사에 정답은 없고, 신 앞에서의 믿음 또한 수학문제의 정답과 같이 확실한 답만 적용될 수 있는 건 아닌 것 같다. 내가 정한 답이 정답인지 알고 싶어서도 매 순간 기도드리게 된다. '쉬지 말고 기도하라'고 하신 인생 메뉴얼 제 일 장의 내용은 이렇게 이뤄질 수 있음을 나는 배워가고 있다.

> 근심하는 자 같으나 항상 기뻐하고
> 가난한 자 같으나 많은 사람을 부요하게 하고
> 아무 것도 없는 자 같으나 모든 것을 가진 자로다
>
> (고린도후서 6:10)

내 삶의 지향점이 된 이 말씀 또한 아프기 전에는 있는 줄도 몰랐던 말씀이다. 아침마다 싱크대 앞에 서면 이 말씀으로 시작되는 말씀 암송 노트의 말씀들을 차례대로 외우며 하루를 시작한다. 아침에 바쁜 일이 있는 날은 저녁 설거지 시간에 외운다. 하루라도 빠지면 헛헛하고 헛갈리기도 하는 말씀 암송의 기쁨을, 이렇게 크게 아프지 않았다면 생각이라도 해 봤을까? 절대 내 삶의 영역 안으로 들어올 수 없었을 감사의 의식을 행하며 날마다 새 힘을 얻고 기쁨을 누린다.

'엘리자가 말했어요. 세상은 생각처럼 되지 않는다고.
하지만 생각대로 되지 않는다는 건 정말 멋진 일인 것 같아요.
생각지도 못했던 일이 일어난다는 거잖아요.'

빨강머리 앤이 일찍이도 깨달은 이 한 마디는 어찌 그리도 맞는 말인지 모르겠다. 내 별이 될 것이라 한 번도 떠올려 본 적 없었던 낯선 별이 내게로 왔고, 나는 그 별에 홀로 내려섰다. 외롭고 낯설기만 했던 이 별에서는 생각지도 못했던 멋진 일들이 하나씩 일어난다. 내가 생각했던 인생보다 더 가치롭고 멋진 일들이라 내게는 그 일들이 다 선물 같다. '빨강머리 앤이 하는 말'에 이어 '낯선 별 여행자가 하는 말'이란 제목의 책이라도 하나 엮게 된다면 기쁨에 싸인 선물이 될 것이다. 그래서 나는 오늘도 매일 오르내리는 숲길에 홀로 멈춰서서 날 사랑으로 따사로이 안아주시는 하나님의 사랑과도 같은 초겨울 햇살을 받으며 이 글을 쓰고 있다. 만나게 될 줄 꿈에도 몰랐던 시련에 목적과 의미가 있다는 사실, 그 목적과 의미가 이끄는 삶이 날 춤추게 한다고, 빨강머리 앤에게 꼭 전하고 싶다.

"인생은 뜻대로 되지 않는다. 그게 더 낫다!"라고 단언하던 어느 지혜자에게도.

"그 운명의 날에 대한 나의 태도가 삶을 바라보는 내 자신의 신조가 됐습니다. 나는 내 목을 부러뜨렸지만 내 목이 나를 무너뜨리지는 못했습니다."

– 제리 롱, 다이빙을 하다가 목 아래 부분이 마비되는 사고를 당함

21. 남겨진 선물

　내 인생을 뒤흔든 지진에 대해 하나님 앞에서 믿음과 소망으로 해석하게 된 후 내 마음 속에서는 두려움과 걱정 대신 기쁨과 감사가 가득 들어차기 시작했다. 어느 날 내 가슴 속으로 들어와 견고히 세워진 말씀, '환난 날에 나를 부르라 내가 너를 건지리니 네가 나를 영화롭게 하리라'란 말씀을 떠올리며 나는 계속 내가 그 존귀한 일을 어떻게 해낼 수 있을까에 대해 생각하게 되었다. 죽음의 공포에서 벗어나 순간마다 기쁨과 감사로 가득한 삶으로 들어서게 된 건 내게는 기적과도 같은 일이었다. 그 놀라운 터닝포인트가 된 말씀과 소망 앞에 설 때마다 그 생각을 골똘히 하게 되는 건 내게는 당연한 일이었다.

　그때나 지금이나 그 소망을 이룰 수 있는 길에 대해 생각하면서 제일 먼저 떠올리는 건 '글쓰기'이다. 내가 다른 일보다 잘할 수 있고, 즐겁게 할 수 있는 일이 글쓰기이고, 글을 통해 하나님이 내 인생에 행하신 놀라운 일들에 대해 증거하고 전하는 일은 내게 아주 자연스러운 일이기 때문이다. 나는 이미 블로그라는 공간을 통해 잔잔한 일상의 얘기들을 써서 남기는 일을 즐기고 있었기 때문에 생각이 그렇게 흐른 건 너무나 당연한 일이었을 것이다.

　그래서 우선 그 일부터 시작하게 되었다. 제일 먼저 내가 아픈 사람이 됐다는 사실부터 공개했고, 그곳에서 배우고 느낀 새로운 경험들에 대해 블로그에 써서 남기기 시작했다. 그 일을 할 때마다 내가 그랬던 것처럼, 내 글을 읽게 된 누군가도 내가 찾게 된 안전한 치유의 길을 나처럼 찾아갈 수 있길 빌었다. 앞서 얘기했듯이 나는 여기까지 오게 된 모든 과정들이 다 인터넷 검색으로부터 시작되었다. 누구도 나에게 이런 치유의 길에 대해 직접적으로 알려 주거나 가이드해 준 사람이 없었다. '자연치유'라는 키워드로 찾아 들어가 검색해 보다 여기까지 오게 된 것이다. 그러니 그 길을 인도하신 하나님의 손길에 감사드리지 않을 수 없다. 내가 써서 남기는 이 기록들 또한 누군가의 희망의 길이 될 수 있다면 참으로 기쁠 것이다. 내게는 '희망'의 길을 넘어선 '생명'의 길이었으니 그렇다.

희망과 생명 사이의 간극을 나는 잘 안다. 다른 사람들도 잘 알 수 있게 표현할 수 있다면, 손끝을 에이는 겨울 바람을 등지고 서서 햇살 아래 손끝을 호호 불어가며 적어 남기는 이 글들에 들인 시간들이 보람될 것이다.

근데 왜 나는 꼭 이렇게 앞산에 올라서만, 부신 햇살 아래 멈춰 서서만 이 글들을 쓰게 되는 걸까? 내 소명에 대해 어느 날 블로그에 기록해 선언한(!!) 한 마디는 이렇게도 뚜렷이 제 길을 내었다. 아무리 생각해도 나는 〈선 선언 후, 실행〉의 충실한 예가 되는 사람인가 보다. 그만큼 의지박약에다 급할 것이 없는 사람인지라 늘 이렇게 극약처방이 필요했을 것이다. 이렇게라도 해낼 수 있으니 감사하다. 어떤 상황에서도 초긍정을 향해가는 길 또한 이 질병이 내게 준 확실한 선물이다. 낯선 별 여행자가 누리게 될 남은 선물들이 궁금하다. 왠지 계속 이어지고 이어질 것 같은 예감이 든다. '세상이 줄 수 없는 크고 비밀한'이라는 수식어가 앞에 붙을 것 같은 예감도 드는데, 살아가며 잘 설명할 수 있었음 좋겠다.

"우리는 그가 만드신 바라

그리스도 예수 안에서 선한 일을 위하여 지으심을 받은 자니

이 일은 하나님이 전에 예비하사

우리로 그 가운데서 행하게 하려 하심이니라."

(에베소서 2: 10)

22. 이상한 낯가림

수술한 지 얼마되지 않았을 때 종종 했던 생각이 떠오른다. 암환자가 되고 난 후 나는 새로이 내게 달라붙게 된 그 무서운 이름이 새록새록 낯설었었다. 자고 나면 '꿈이 아닐까?, 어떻게 이런 일이 나한테 일어날 수가 있어?'라는 생각에 사로잡혔고, 모든 것이 혼란스러웠었다.

그 무렵 자주 든 생각이 있었다. 길을 가다가 지나가는 사람들을 봐도, 늘 지나다니던 길거리나 건물들을 봐도 다 예전과 같지 않았었다. 사람들도, 거리들도, 건물들도 다 낯설었다. 분명 다 눈에 익은 곳들인데, 나 혼자만 다른 존재가 되어 나 빼고 자기들끼리만 그대로인 곳을 낯가림하며 바라보고 있는 듯한 이질스러움...... 이라고 해야 할까? 나 혼자서 난데없이 어느 순간 낯선 별에 내려서서, 수십 년 살아온 정든 지구별 사람들과 풍경들을 구경하는 듯한 이상한 기분...... 이라고 해야 할까? 그 야릇한 느낌을 무어라 표현해야 할지는 잘 모르겠다. 그냥 한 마디로 내 주변의 모든 것들이 낯설었다.

어느 날 길거리를 지나가는데 살이 심하게 찌고 그리 예쁜 얼굴도 아닌 사람이 다가왔다. 그 무렵쯤 내가 잘 해봤던 생각인데, 그런 비슷한 사람들을 만날 때면 혼자서 스스로 물어보곤 했다.

'저 사람이 암환자가 아니라는 이유로 저 사람이랑 바꿔 살 수 있어? 누가 그걸 허락해 준다면 바꿔 살 거야?'

그 질문을 사람들을 바꿔가며 꽤 여러 번 혼자서 했던 것 같다. 내 주변에는 젊은 시절에 혼자 되어 자식들을 혼자서도 잘 키우며 꿋꿋이 살아가는 사람들이 몇 분 있는데, 늘 존경해 마지 않았었다. 늘 나한테는 꿈도 꿀 수 없는 일로 느껴졌었다. 어느 날은 그분들이 떠올라 다시 묻고 있는 나를 발견했다.

'암환자가 아닐 수 있다면 바꿔 살 수 있어?'

그 질문들에 대한 내 대답은 물론 '아니!'였다. 특히 두 번째 질문에는 더 완강했다. 나는 암환자로 평생 살지라도 남편 없이는 살 자신이 눈꼽만큼도 없었고 지금도 그렇다. 어느 날 그 얘길 남편한테 했더니 빙긋이 웃으며 좋아했던 것 같다. 왜 그런 생각들을 하게 됐을까? 그만큼 모든 게 혼란스러웠고, 어떻게든 새로 입게 된 낯선 옷, 남의 옷 같은 그 새 옷을 벗어던지고 싶었을 것이다. 그럴 수만 있다면 바꾸고 싶었을 것이다.

요즘은 내 주변 사람들, 길거리, 건물들이 다 예전 그대로 보이고 느껴진다. 뭣보다 누구와도 내 삶을 바꿔 살고 싶지 않다. 내게 새 옷을 입히신 분의 계획과 뜻을 이해하고, 해석했기 때문이다.

'하나님, 이 귀한 음식들 맛있게 먹을 수 있으니 감사합니다! 이 음식 먹고 강건해져서 하나님의 이름을 영화롭게 하는 존귀한 삶 살아갈 수 있도록 지켜 주세요. 하나님 사랑의 증거로 살게 하실 하나님을 찬양합니다. 감사합니다! 예수님의 이름으로 기도드립니다. 아멘!'

하루에도 몇 번씩 식기도로 두 손 모으고 드리는 기도를 들으시며 빙그레 웃고 계실 분의 미소가 그려진다. 세상 누구와도 바꿀 수 없는 존귀한 나만의 삶이다. 그 이상한 생각들에 사로잡혀 둘러보던 낯선 풍경들이 익숙한 영화의 한 장면처럼 스쳐 지난다. 그 모든 일들이 시작되었던 날이 그러고 보니 며칠 후다. 돌잔치라도 거하게 해야 할까 보다.

"나무들과 달리 우리는 우리 삶에 겨울이 없기를
바라는 마음 때문에 괴롭다.
나무들은 겨울을 그저 견뎌내고 건너내는
시간으로 삼을 줄 안다."

– 숲 철학자, 여우숲 교장 김용규

23. 다정하고 빛나는 길

그곳에서 나는 하나님을 새로 만났다. 대학시절부터 교회를 다녔고 나름대로 신앙생활을 해왔지만, 참된 신앙은 아니었다는 걸 아픈 사람이 되고 나서야 깨달았다. 내 맘 속에는 늘 하나님이 계셨고, 내가 뭘 해도 내 안에서 하나님의 시선을 느꼈었다. 그리고 할 수만 있다면 하나님 앞에서 부끄럽지 않은 삶을 살고 싶었고, 그런 노력을 해왔다. 기쁘고 감사할 일이 생기면 늘 마음 다해 감사드렸고, 힘들고 어려울 때는 기도드리며 하나님의 도우심을 구했다. 그 기도들이 '더 이상 하나님이 필요 없는 상태'를 바라고 구한 기도는 아니었을까? 다 늦게서야 그 성찰에도 이르게 된다. 기도의 의미를 그때는 그렇게만 알고 살았고, 그렇게 사는 것이 신앙이라고 생각했을 것이다.

그런데 말씀을 듣거나 읽을 때 늘 의식에 걸려 넘어가지 않는 부분이 있었다. 하나님이 인류의 죄를 대신해 독생자이신 예수님을 십자가에 못 박혀 돌아가시게 한 대목이다. 그 구속의 은혜를 입은 자녀들로서는 헤아려 볼 수도 없는 경지의 희생과 사랑이고, 기독교 신앙의 근간이기도 한 그 부분이 늘 내게는 목에 걸린 가시처럼 걸려 있었다. 나는 누가 피를 흘리거나 주사 맞는 것도 잘 못 보는 사람이다. 그래서 잔혹 스릴러 영화를 즐겨 보거나 좋아하는 사람들을 볼 때면 나랑 참 다른 사람이구나, 라는 생각이 든다. 그런 내게는 예수님이 십자가에 달려 돌아가시기까지의 그 모든 과정들이 늘 너무나 잔혹하고 끔찍하게 느껴졌다.

'아, 꼭 저런 방법밖에는 없었을까? 전지전능하신 하나님이시니 인간의 한계를 넘어선 하나님만의 다른 방법이 있지 않을까, 예수님은 도대체 무슨 죄일까? 저런 끔찍한 일을 고스란히 당하시다니!'

늘 내 생각은 거기에서 걸려 넘어가질 않았았다. 그리고 인간의 아버지처럼 직접 낳은 자식이면 그럴 수 있을까? 라는 생각까지 들었었다. 그럴 때의 나는 삼위일체 하나님에 대해선 인식 못하는 사람이었고, 그냥 지극히 인간스러운 사고만 할 수 있는 사람이었다. 그 예수님이 바로 하나님이심을 간과하고 있었다. 인간됨으로만 생각한대도 내 자식을 그렇게 죽게 한다면 부모된 내 고통이 십자가에 직접 달리는 자식의 고통보다 열 배는 클 거라는 생각도 뒤늦게야 든다.

중한 병에 걸려 '죽음'이라는 끝이 어느 날 내게도 불현듯 닥칠지 모른다는 공포 앞에 서게 돼서야 나는 인간적 사고에서 한 단계 나아갈 수 있었다. '삶이란 것이 어디에서 어떻게 와서 어디로 가게 되는 걸까?' 라는 근원적 물음 앞에 서서 창조주 하나님을 새로이 바라보게 되었다. 성경책 속에서 펼쳐지는, 누군가에게는 설화와 같을 수도 있는 창조의 비밀들이 실제적인 인류사로 다가왔고, 에덴동산에서 시작된 그 모든 인류사의 끝에 내가 유기적 존재로 이어져 있다는 실존의 느낌, 그곳에서 아침 저녁 지속적인 말씀으로, 또 성경을 통해 깨닫고 느낄 수 있었던 그 모든 것들은 어쩌면 내가 멀쩡히 건강한 몸으로 계속 살아갔다면 절대 보지도 깨닫지도 느끼지도 못했을 특별하고 독특한 경험들로 돌아봐진다. 이전의 내가 아니었기 때문에 내가 만난 하나님도, 말씀도 이전과 다를 수밖에 없었을 것이다.

또 하나는 '죄'에 대한 깨달음이었다. 보통의 선량한 사람들처럼 나 또한 대단히 착하고 반듯하게 살아온 건 아니었지만, 그런 대로 선하게 살려고 노력했다고 생각했다. 그곳에서 내가 새롭게 깨닫게 된 죄에 대한 정의는 그동안 한 번도 실제적인 것으로 내 삶에 적용시켜 본 적이 없던 것이었다.

'사랑이 아니면 다 죄다'

이 명확하고 심플한 정의를 다시 만나면서 내가 깨닫지 못하고 살아온 많은 죄들을 발견할 수 있었다. 하나님은 사랑이시고 '네 이웃을 네 몸과 같이 사랑하라'고 하신 계명 앞에 내 살아온 삶을 비췄을 때 무수한 죄들이 드러났다. 내가 가장 크게 느껴온 스트레스들도 결국은 내가 사랑의 존재가 되지 못했기 때문이었고, 내 자아가 중심이었기 때문에 느꼈던 스트레스였다는 걸 처음으로 깨닫고 뜨거운 눈물을 흘렸다.

내 이웃을 내 몸과 같이 사랑하는 일이 말도 안 되는 얘기로 느껴질 수 있다. 그러나 창조주 하나님이 피조물들에게 주신 새 계명은 그것이다. 우리 인생을 지으신 분의 인생 사용설명서의 핵심 메뉴얼이다. 그 계명이 쉽다면 피조물들 중 최고의 복에 이른 자일 것이다. 그 계명이 쉬운 경지를 누린다면 이 세상이 이미 천국일지 모른다. 암이라는 중병에 걸릴 일도 없다. 그것이 안 되니 온갖 관계 속에서 마음의 고통과 고뇌에 빠지게 되고, 그 마음의 괴로움은 몸의 질병까지 부른다. 몸과 마음이 딱 달라붙어 마음이 곧 몸의 상태로 나타난다는 사실을 여러 공부들을 통해 알게 되었다. 인생사 괴로움의 원인이 숱하겠지만, 관계 속에서 느끼는 고통만큼 큰 게 있을까? 그 괴로움을 파고 들어가면 '내 이웃을 내 몸과 같이 사랑하지 못함'에서 출발된 것이 아닐까? 사랑 아닌 것들이 먼저 나가 있고, 얽혀도 있어서 그 모든 관계의 어려움이 시작될 거라 믿는다. 나 또한 그랬다. 다른 사람들보다 '내 입장, 내 편안함, 나를 위한 삶'이 분별과 판단의 중심이었고, 그것들이 다른 사람들로 인해 방해받는다는 '나 중심적 사고' 때문에 그렇게 힘들었던 것이다.

이렇게나 말씀 중심적 생각을 그때만큼은 온 마음으로 했었다. 그 생각이, 그 믿음이 온전하게 지속될 수 있다면 매일 말씀의 꼴을 먹지 않아도 되지 않을까? 그것들이 되지 않아서 나에게는 매일매일 말씀의 꼴이 필요하고 기도가 필요하다. 그럼에도 불구하고 잘 되지 않으니 내 안의 죄성을 깨닫고 하나님 앞으로 순간마다 나아간다. 이 민감성으로 매 순간 나아갈 수 있는 삶이어서 감사하다. 온전히 사랑하지 못하여도 조금 더 애써 볼 수 있어 감사하다. 특별한 경험이 이끈 은밀한 세상의 문을 열어볼 수 있어서, 그 세상이 경험 없는 이들에 의해 짐작되는 그 세상이 아님을 날마다 나만의 직관으로 깨달을 수 있어서 감사하다. 그러니 나는 오늘도 그 모든 것들을 사랑으로 허락하신 분 앞으로 나아가 감사일기를 쓴다. 평생 이어질 다정하고 빛나는 길이다.

"형통한 날에는 기뻐하고 곤고한 날에는 생각하라

하나님이 이 두 가지를 병행하게 하사

사람으로 그 장래 일을 능히 헤아려 알지 못하게 하셨느니라"

(전도서 7:14)

24. 글을 쓰는 이유

누군가를 잠시 동안 격렬하게 미워하고 원망했던 적이 있었다. 그때 나는 가슴에서 찬바람이 일었고, 목구멍에는 뭔가가 실제적인 느낌으로 턱 걸려 있어서 밥이 삼켜지질 않았었다. 내 가슴에서는 모든 아름답고 따뜻한 것들이 다 사라졌고, 대신 순간순간 욱하고 치미는 분노와 원망, 부정적 감정들이 나를 가득 점령해 휘두르고 있었다. 그리고 그 나이까지 내가 알고 있는 모든 욕들이 시시로 튀어나오려 했었다. 나는 어렸을 때 친구들이랑 놀 때도 욕설은 해본 기억이 없다. 내 기억에는 그렇다. 그때는 목구멍까지 들어차서 밀려나오려는 원색적인 욕들을 의지를 가지고 눌러야했고, 때로는 혼자 운전하며 그 낯선 욕들을 미친 듯이 뱉어내기도 했었다.

그런 상태, 사랑이 아닌, 그 반대의 모든 것들에 점령되어 휘둘리는 상태가 계속되면 정신의 건강뿐 아니라 반드시 육체의 건강도 잃게 된다는 걸 아프고 나서야 여러 공부들을 통해 알게 되었다. 수술한 후 퇴원하고 얼마 안 되었을 때 남편이 지독하게 앓은 적이 있다. 며칠을 출근도 못하고 온몸의 진이 다 빠진 상태로 식은 땀을 흘리며 기진맥진 앓았었다. 내 짐작으로는, 평생 감기 몸살도 거의 앓은 적 없이 건강하기만 하던 아내가 갑자기 암이라는 무시무시한 병에 걸렸다는 사실로 인한 충격과 슬픔이 원인이 되었을 거란 생각이 든다. 갑작스런 충격, 불안, 슬픔...... 같은 부정적 감정들은 우리 몸의 면역체계에 영향을 끼쳐 병을 일으킬 수 있다는 사실을 여러 책을 통해서도 읽을 수 있었다.

'유전자는 뜻에 반응한다'라는 제목의 강의를 이상구 박사님을 통해 들었을 때의 감동이 떠오른다. 또한 '유전자는 변하고 회복된다'는 제목의 강의들을 들었을 때도 말할 수 없이 감사했다. 오랜 세월 잘못된 마음 습관과 생활 습관으로 살아온 파괴적 삶의 결과로 세포 속 유전자들이 변질되면 암과 같은 여러 질병으로 나타나는데, 그 변질된 유전자가 다시 회복되어 암과 같은 위중한 병까지 치유될 수 있다는 사실은 내게는 복음과도 같이 기쁜 소식이었다. 그 기적을 일으키는 일이 수백, 수천만 원짜리 비싼 약이 아니어서 또한 감사했다. 단지 우리를 아무 조건 없이 택하셔서 당신의 기뻐하시는 뜻 안에 영생을 누릴 자녀들로 창세 전부터 운명지워 주신(Having been predestined) 하나님의 무조건적 사랑을 믿는 믿음으로, 그 하나님의 창조질서를 따라 사는 생활 습관, 마음 습관만으로 그 기적이 일어날 수 있고, 이미 그렇게 살고 있는 사람들이 실제로 수도 없이 많이 존재하고 있다는 사실이 놀라운 희망이었다. 지금 당장 유튜브에 들어가 '이상구 박사, 회복 이야기'란 검색어를 쳐 보라. 그곳에는 그 길을 먼저 선택해 걸어간 사람들의 기적과 같은 간증들이 감동으로 이어진다.

그들의 이야기를 들으며 희망을 품을 수 있었다. 나 또한 언젠가 온전히 회복되어 그들과 같이 희망의 증거가 되리라는 의지가 생겼고, 그 일은 내 남은 생애를 관통해 갈 가장 뚜렷한 가치로 나를 이끌어가고 있다. 죽음의 두려움과 공포에서 벗어나 날마다 매 순간 감사와 기쁨으로 살게 된 감격은 아무나 경험할 수 없는 귀하고 특별한 사건이다. 그 가치 또한 어느 것과도 비교할 수 없을 만큼 크다. 그래서 나는 가능한 한 많은 사람들에게 이 복음을 전하고 싶다. 나 먼저 그 복음을 삶으로 살아낸 과정과 결과를 통해 또 하나의 증거가 되고 싶다. 내가 이 글을 쓰는 이유이다.

"정말 중요한 것은 우리가 삶으로부터 무엇을 기대하는가가 아니라 삶이 우리로부터 무엇을 기대하는가 하는 것이라는 사실을.

삶의 의미에 대해 질문을 던지는 것을 중단하고 대신 삶으로부터 질문을 받고 있는 우리 자신에 대해 매일 매 시간마다 생각해야 할 필요가 있었다."

'빅터 프랭클의 죽음의 수용소에서'를 읽으며 가슴에 남았던 이 메시지를 불러오게 될 줄 알았다. 지금 이 순간, 삶이 내게도 똑같이 던지는 질문에 이렇게 내 나름의 답을 적어보게 될 줄도 예감했었다. 그래서 기록해 둔 메시지가 제 할 일을 해냈다. 책이 주는 가장 큰 선물을 내가 써내는 책 또한 품고 있길, 선물로서의 역할을 해내길 마음 모아 빌어 본다. 지나고 나서야 깨달을 수 있었다. '건강하게 잘 살아내어야 할 이유'가 내 치유의 길을 지속적으로 이끈 가장 강력한 빛이었다.

"작가는 생을 다하고 이 생을 떠나도 내가 남긴 글, 내가 남긴 책은 영원히 남아 누군가를 도울 겁니다."

'내가 글을 쓰는 이유, 그리고 당신이 글을 써야 할 이유'의 저자이시고 내 글쓰기 사부님이신 이은대 작가님의 일갈이 글을 쓸 때마다 내가 쓴 글을 세상으로 떠나 보낼 용기를 갖게 한다. 아무도 안 읽어주고, 어느 출판사에서도 관심 안 보일 것 같아 쓰던 초고를 멈췄을 때, 전화기 너머 큰 소리로 나를 꾸짖고 일으켜 세운 그 이유, 끝까지 글을 써야 하는 이유!

첫 책도 그래서 세상으로 나올 수 있었으며 이 책 또한 그럴 것이다. 내가 글을 쓰는 이유, 내가 건강한 상태여야만 이 글이 완성될 수 있다는 전제 또한 나를 매일의 삶에서 일으켜 세운 '의미치료' 그 자체였음을 또박또박 전한다.

"당신이 읽고 싶은 책이 있는데 그 이야기가 책으로 나오지 않았다면
당신이 그 이야기를 쓰면 된다."

– 토니 모리슨

25. 최적의 치유 조건, 뉴스타트 자연치유법

그곳에서 두 달 반 가까이를 지내며 나는 하나님의 창조질서를 따라 살며 자연치유에 이를 수 있는 방법들을 구체적으로 배울 수 있었다. 기본 조건은 어두우면 잠자리에 들어 휴식하고, 밝으면 일어나 최대한 자연과 가까이 사는 것이다. 하나님이 처음 인간을 창조하시고 먹을 거리로 주신 음식(창세기 1장 29절)에 가장 가깝게 먹고(Nutrition 현미채식 위주의 건강식), 숲길을 걸으며 즐겁게 운동을 했다(Exercise 운동). 적당한 운동은 우리 몸의 면역력을 끌어올리고, 암세포의 먹이가 되는 혈당을 낮추며, 체온을 끌어올려 암세포가 좋아하는 조건인 저체온 문제를 해결해 준다. 또한 숲길에서는 맑은 공기를 맘껏 들이킴으로(Air 공기) 암세포가 좋아하는 또다른 조건인 저산소 문제도 해결할 수 있다. 게다가 햇빛샤워까지 덤으로 누릴 수 있다(Sunlight 햇빛). 햇빛은 보약이다. 햇빛을 받으면 우리 몸에서 비타민D가 만들어져 행복 호르몬인 세로토닌 분비를 촉진하는 조건이된다. 밤이 되면 이 세로토민이 면역 호르몬인 멜라토닌으로 변환되어 낮동안 망가진 몸 구석구석의 세포들을 복구하고 회복시킨다. 면역호르몬인 멜라토닌은 또한 숙면까지 유도한다. 햇빛으로부터 시작된 면역과 회복의 매커니즘이다. 숲길 걷기는 이렇게나 고마운 선물들이 뭉쳐진 종합선물세트였다. 자연과 가까울 때에 회복과 치유가 일어나는 건 자연치유에서의 기본 개념이다. 인류 최초의 삶의 조건이 자연과 하나였다는 사실을 나는 말씀 속에서 여러 번 확인했다. 그 본래의 메뉴얼에서 멀어지면서 모든 질병은 시작되었다고 믿는다.

식후 두세 시간 후부터 식사 30분 전까지는 물을 마시는 시간이었다. 소화액이 희석되어 소화를 방해할 수 있는 시간을 피해 하루 2000cc가량의 물을 마셨다(Water 물). 대부분의 암환자는 물을 잘 마시지 않았던 사람들이라고 한다. 우리 몸의 70%는 수분으로 이루어져 있다. 물은 60조 개에 이르는 우리 몸 속 세포들이 제각각의 기능을 하는 데에 필수적인 역할을 담당한다. 음식물의 소화, 흡수, 배출과 같은 대사활동뿐 아니라 각각의 세포들에 산소와 영양분을 전달하고, 체온을 조절하며, 혈액의 원활한 흐름을 돕는다. 혈액의 60%를 차지하는 혈장의 90%가 물로 이루어져 있기 때문이다. 수분이 부족할 때 세포들은 제 기능을 하기 어려워져 혈액의 흐름이 느려지고 정체가 일어나 혈액이 끈적해지는 결과에 이른다. 이 모든 기능들의 핵심 요소가 물이다. 그리스의 철학자 탈레스는 "모든 것은 물에서 시작하여 물로 돌아간다"라는 말로 생명의 근원이 물임을 설파하였다.

식사 시간에는 과식하지 않으려고 노력했고, 간식도 일체 먹지 않았다(Temperance 절제). 과식은 체내에 과도한 활성산소(짝을 잃은 상태의 전자)를 발생시키고, 잃어버린 자신의 짝을 채우기 위해 정상세포들을 공격하여 망가뜨린다. 이것을 '소화과정에서 발생되는 발암물질'이라고 표현하는 강의들을 여러 번 들었고, 그 활성산소를 해결해 주는 것이 비타민C라는 사실을 알게 되었다. 비타민C 전도사이신 이왕재 교수님(전 서울대 의대 교수)의 '암과 비타민C' 관련 강의들을 꼭 들어보시길 권한다.

새벽 한두 시 가까이에 잠자리에 들던 올빼미가 9시만 되면 잠자리에 들었고(Rest 휴식), 새벽 5시 반에서 6시 사이에 일어나 스트레칭으로 하루를 시작했다. 그리고 아침 저녁 두 번씩 예배당에 모여 말씀을 들으며 하나님을 새로이 만날 수 있었다(Trust 믿음). 그때 들은 건강강의들도 매일의 치유습관들이 정착되도록 이끄는 견인차가 되었다. 이해하기, 설득되기의 과정이 선행될 때 실행의 단계가 탄탄해질 수 있기 때문이다. 내게는 지속 가능의 전제조건이기도 했다.

뉴스타트(NEW START)는 이 8가지 수칙의 영문 머리글자들을 모아 배열한 명칭이다. 100년에 가까운 역사를 가진 자연치유법이라고 들었다. 엔돌핀 박사님으로 잘 알려진 이상구 박사님이 미국에서 위마연구소라는 곳을 통해 치유의 근간으로 삼았었고, 지금까지 설악산 쪽에서 이 치유법으로 수많은 사람들이 새 생명을 찾을 수 있도록 돕고 이끄는 일에 전념하고 계신 것으로 알고 있다. 내 자연치유 여정에서 만난 최초의 고마운 은인이시기도 하다.

내가 그곳에서 지키고 산 치유습관들은 위의 기록과 같다. 시간의 흐름을 따르느라 글자 순서가 바뀌어 있을 뿐이다. 한 가지 언급할 내용이 있다. 처음 B수양원으로 가기 전에 잠시 망설였었다. 그곳은 내가 알고 있는 교회들이 속해 있는 교단과 달라 세간으로부터 듣기 거북한 평가를 받고 있는 곳이었기 때문이다. 한 하나님을 두고 인간들의 식별과 판단에 의해 여러 교파로 나뉘어 있는 현실을 하나님은 어떻게 보실까? 서로 자신들이 참되다고도 주장한다. 나 또한 세간의 판단에 따른 내용에 대해 듣고 잠시 고민했었다. 내가 내린 결론은 일단 가보자는 거였다. 내가 믿는 하나님과 그들이 믿는 하나님이 다른 하나님이면 문제가 될 것이다. 그들 또한 내가 믿는 그 하나님을 그들의 방식대로 믿을 텐데, 나는 내 안의 하나님을 내가 믿어왔던 대로 믿으면 된다고 생각했다. 가보고 정 적합치 않다고 생각되면 돌아오면 된다. 내가 궁금했고 배워와야 한다고 생각한 자연치유 관련 내용들이 그곳에 있었기 때문에 일단 가 보기로 결정했다.

다행스럽게도 두 달 반 가까운 그곳에서의 생활을 통해 내가 돌아와야 한다고 느낀 점은 특별히 없었다. 매일 드린 예배나 건강강의에 혹여 낯선 내용들이 섞였던지도 모르겠다. 중요한 사실은, 그랬을지라도 내 신앙이 좌우될 일은 없었다는 사실이다. 나는 오로지 매 순간 내 안의 하나님 앞에 섰고 전심으로 나아갔으므로, 다른 어떤 것이 섞여들었다 해도 내 안의 하나님께만 집중할 수 있었다. 뿐 아니라 우리 몸 안의 최고의 의사인 자연치유력을 극대화하는 치유습관들을 배우고 익히는 일에만 전념할 수 있었다. 그곳의 교리도, 뉴스타트 자연치유법의 모토가 되었다고 알려진 책을 저술한 화잇 여사에 대한 세간의 판단이나 평가에 대해서도 나는 잘 모른다. 잘 알아야 한다고 생각지도 않는다. 내가 그곳에서 알고 싶었고 배우고 싶었던 것은 그런 내용들이 아니었다. 암 치유를 위해 꼭 필요했던 것들, 그 귀한 것들을 꼭 필요한 시기에 그곳에서 배워 왔으므로 그곳은 내게 감사함으로 기억되는 곳이다. 그 내용들이 하나님의 창조질서를 따라 사는 방법이라는 믿음이 오래도록 이어갈 지속성의 근간이 되어 주리라 믿는다.

이 자연치유의 방법에는 돈이 들거나 고통스런 치료의 과정들이 전혀 따르지 않는다. 그저 우리 몸 안의 최고의 명의들이 깨어나 본연의 기능을 다하도록 최적의 조건을 만들어 줄 뿐이다. 그런데도 그 놀라운 자연치유력으로 인하여 중병에서 회복되는 믿기 어려운 치유사례들이 숱하다. 얼핏 들으면 말이 안 되게 느껴질 수 있다. 실제로 그래서 믿지 못하는 사람들도 많을 것이다. 나 또한 그런 분들을 여럿 만날 수 있었다. 교회 지인되시는 분의 회사 직원 한 분이 위암 말기 상태에서 세례를 받기 위해 우리 교회에 오셨었다. 그분 소식을 듣고 나는 너무 간절한 마음으로 B수양원을 소개하고 싶었고, 그분이 나처럼 그곳에 가서 이 자연치유의 습관들을 배우고 받아들일 수 있기를 바랐다. 그래서 지인분을 통해 여러 자료들을 전했지만 그분은 끝내 받아들이지 않았고, 병원치료의 마지막 방법으로 알고 있는 항암 신약개발을 위한 임상용 약까지 시도해 본다는 얘기를 들었었다. 그때가 10개월 전쯤이었다. 그분 소식이 궁금하여 얼마 전에 물어본 결과 이미 그분은 하늘나라로 가셨다고 했다. 중년의 젊은 분이셨는데 너무 안타까웠다.

나는 그곳에서, 또 여러 〈회복 이야기〉들을 통해 그분보다 더 중한 상태였던 분들이 이 자연치유의 방법을 통해 지금까지 건강하게 잘 살아가고 있는 예를 여러 번 듣고 직접 보고도 왔다. 물론 모든 경우에 다 해당되지는 않는다. 세상 어떤 일도 완벽한 100%의 상태나 상황은 드물 것이다. 어떤 마음, 어떤 상태, 어떤 상황 속에도 얼마간의 이물질이나 불순물, 다른 결과들이 섞이는 것이 세상사의 이치다. 이 좋은 자연치유법을 통해 모든 사람들이 똑같은 결과를 얻을 수 있다면 얼마나 좋을까? 그러나 그런 일은 이 세상의 일은 아니다. 예외라는 말은 그래서도 생겨났을 것이다.

그러나 이것 한 가지는 확실하다. 혹시 내게 앞으로 지금의 상태와 다른 상황이 일어난다면, 그건 내가 이 여덟 가지 치유의 방법들을 제대로 지키지 못해서일 것이다. 지금의 내게 가장 어려운 항목인 '절제'가 지켜지지 않아 과식이나 간식의 유혹에 다시 빠져들 수도 있다. 슬금슬금 예전 습관으로 돌아가 밤 늦게 잠자리에 드는 짓을 되풀이할 수도 있을 것이다. 암환자가 먹어서는 안 되는 인스턴트 음식들을 탐하고, 앞산 오르기도 게을리 할 수 있을 것이다. 이 모든 유의 상황들은 너무나 쉽게 다시 일어날 수 있는 것들이다. 조금만 방심하면!

이 모든 절제와 질서의 중심에 있는 것이 있다. 그 항목은 뉴스타트(NEW START) 자연치유법에서 글자 조립상 맨 마지막에 나오는 항목이지만, 사실은 그 모든 것들의 중심이고 핵심이다.

"하나님이 주시는 것을 제대로 받기만 한다면 모든 시련의 경험들은 '선'으로서의 제 몫을 감당할 것이다. 하나님께서는 당신을 사랑하는 자들을 위하여 모든 것을 선이 되도록 혼합하신다."

– 오스왈드 샌더스 '영적 성숙'

26. 믿음이 불러온 기적

그 핵심은 바로 믿음(Trust)이다. 이 믿음은 창조주 하나님을 향한 믿음이고, 병이 나을 수 있다는 사실을 믿는 긍정적 마음까지도 포함될 수 있다. 내 경우에는 하나님을 향한 믿음으로 인해 재발과 전이에 대한 두려움을 다스릴 수 있었고, 지금은 하루하루 매 순간을 감사와 기쁨으로 살아가고 있다. 이 평안을 누리기까지, 몇몇 단계들을 거쳐왔다는 생각이 든다. 내 개인적으로는 말할 수 없이 중대한 사건이기에 한 번쯤 정리해 볼 필요가 있다는 생각이 든다.

그 처음 단계는 B수양원에서였다. 나는 그곳에 가기 전까지는 여러 면에서 혼란과 혼돈의 상태였다. 앞서의 기록처럼 왜 하나님이 내게 이 광야길을 허락하셨는지가 궁금했다. 신앙을 갖지 않은 사람들은 단순히 잘못된 생활 습관이나 심한 스트레스가 원인이 된 병일 거라고 자연스럽게 생각하게 될 것이다. 암은 엄연한 '생활습관병'임이 의학계의 정설로 밝혀졌고, 암 발병에 있어 스트레스만큼 강력한 요인도 없다는 사실도 밝혀졌다. 유전적 요인이나 오염된 온갖 환경적 요인들도 지나칠 수 없다. 그러나 하나님을 믿는 나로서는 그렇게만 생각할 수 없었다. 물론 그 모든 일반론이 내게도 해당된다. 하지만 나보다 더 나쁜 생활 습관들로 살았고, 더 심한 스트레스를 겪은 사람들도 많을 것이다. 그 사람들이 다 나처럼 건강을 잃지는 않는다는 걸 알기 때문에 왜 나만 이렇게 됐을까에 대한 답은 내게 꼭 필요한 것이었다. 하나님과 나는 모든 삶의 상황 속에 견고히 이어져 있기 때문에 내게 이 상황을 허락하신 이유를 하나님과의 관계 속에서 찾아야만 했다.

그곳에서 매일 아침 저녁 하루 두 번씩 말씀을 들으며 계속 그 답을 찾으려 했었고, 어느 날 벧엘 동산 언덕길에 세워진 말씀(환난 날에 나를 부르라 내가 너를 건지리니 네가 나를 영화롭게 하리로다 시편 50:15) 앞에서 나는 그 말씀이 내가 찾던 답일지 모른다는 생각이 들었다. 앞서의 기록들과 같이 그것이 내 믿음과 소명이 될 때 내 안의 여러 혼돈이 정리가 되었고, 마음의 평안도 찾을 수 있었다.

'제자들이 물어 이르되
랍비여 이 사람이 소경으로 난 것이
누구의 죄로 인함이니이까
자기니이까 그의 부모니이까

예수께서 대답하시되
이 사람이나 그 부모의 죄로 인한 것이 아니라
그에게서 하나님이 하시는 일을 나타내고자 하심이라.'

(요한복음 9:2~3)

이 말씀 또한 예전에도 여러 번 들었었다. 그러나 내가 아픈 사람이 되고 난 후 다시 듣게 됐을 때는 이전과 전혀 다른 말씀으로 다가왔다. 내가 품게 된 소명과 직결되는 말씀으로 믿어졌다. 하나님은 말씀을 통해 인생길에서 만나는 숱한 상황들에 대한 답을 주신다. 하나님을 믿지 않는 사람들에게는 그건 그냥 '성경'이라는, 인류 역사상 전무후무한 스테디셀러인 책에 기록된 내용 중 일부분일 수 있다. 그러나 내게는 아니었다. 내가 찾는 답이고, 고차방

정식으로 나아간 내 인생길의 수수께끼를 풀어 나갈 열쇠였다. 그런 답을 만날 때마다 나는 온 맘 가득 기쁨과 감사가 차올랐다. '나를 사랑하시는 하나님은 내게 가장 좋은 것 주시기를 기뻐하시는 분'이라는 믿음 없이는 암을 허락하신 이유도 풀어갈 수 없고, 재발과 전이에 대한 두려움에서도 자유할 수 없다. 1년 6개월여가 지났을 뿐인데도, 결국은 더 좋은 것, 가장 좋은 것이 기다리고 있는 곳으로 날 인도하시는 하나님의 섭리가 느껴진다. 그 하나님이 하실 일에 대한 기대와 소망도 품게 된다. 그 소망을 소명으로도 품게 된다.

수많은 인생들이 있고, 수많은 믿음의 길도 있다. 그러기에 인생에는 정답이 없고 바로 그 점이 흥미롭고 매력적이라 느껴진다. 누구나 자신의 믿음에 따라 자신만의 삶을 살아간다. 나 또한 '창조주 하나님을 향한 믿음'이라는 나만의 믿음을 붙잡고 살아간다. 이 믿음 가운데 살며 가끔씩 하게 되는 생각이 있다. 세상적인 조건들을 두루 잘 갖춘 누군가를 만날 때 나 역시도 잠깐은 부러움을 느낀다. 그런데 그 사람이 하나님을 모르는 사람이면 그 부러움은 다른 것이 된다. 나로서는 인생을 살며 가장 중요한 핵심이라고 믿는 부분이 그 사람에게서 빠져 있기 때문이다. 나를 보며 또 누군가는 자신만의 핵심 가치가 잣대가 되어 비슷한 생각을 할 수도 있다. 그 다양성의 사고와 믿음이 혼재되어 있고, 함께 가는 것이 인생이다.

나는 내가 선택한 믿음의 길을 따라 수술 후 1년 6개월여의 삶을 살아왔고, 현재까지 안전한 상태이다. 유방암 2기를 코 앞에 둔 상태였고, 항암, 방사선, 항호르몬요법들을 다 하지 않은 상태에서 내가 선택한 '뉴스타트'라는 자연치유법의 결과이다. 수술을 담당했던 주치의는 '수술 과정에서 미세 암세포들이 여기저기로 튀어 있을지 모르는데, 아무 것도 안 하고 있는 건 위험하다'고 우려를 나타냈었다. 어떤 강의에서는 나와 같은 호르몬 양성 타입에서는 수술 후 방사선은 필수라는 얘기도 들은 적이 있다. 그래서 때로는 내가 자의적으로 안 한 것들로 인한 두려움에 사로잡힐 수밖에 없었다. 정기검진 결과를 앞두고 많이 두려웠던 이유이기도 하다. 그 감정들과도 섞여 여기까지 안전하게 왔다. 어찌 보면 기적과 같은 결과이다. 내가 해온 자연치유법은 고통스럽지도 않고, 비용도 들지 않으며, 안전하고 행복하고 감사가 넘치는 치유법이다. 때로 섞여드는 두려움도 다스릴 수 있다. 이런 선택을 할 수 있었던 내 믿음이 감사하고 감사하다!

그래서 나는 이 글을 써가고 있다. 나처럼 단 한 사람이라도 이 믿음과 이 자연치유법으로 나처럼 행복한 암 치병의 길을 갈 수 있다면 이 글쓰기에 들이는 시간과 수고가 아깝지 않을 것이다. '그 한 사람들'이 또 다시 나와 같은 희망의 길이 될 수 있으리라 나는 믿는다. 기적은 더 대단한 것일 수도 있지만, 이것이야말로 기적임을 이 모든 것을 겪은 나는 한치의 망설임도 없이 말할 수 있다. 기쁨과 감사는 암환자에게 오기 어려운 것들이다. 그 어려운 친구들을 불러들여 남은 인생길의 든든한 동행들로 삼을 수 있는 길이어서, 내가 삶으로 살아낸 믿음이어서 그 사실을 기록하고 전하기 원한다. 내게 이 광야길을 허락하신 분의 계획과 섭리에 대한 믿음이 나를 여기까지 안전하게 이끌었다. 그 믿음까지 견고하므로 내게는 너무나 당연한 그 일을 하고 있다. 그 당연한 일이 또한 나를 살게 한다. 환난 날에 내가 간절히 부른 분이 나를 어둠에서 빛으로 인도하셨고, 날마다 기쁨과 감사로 살게 하셨다. 사랑이시고 치유자이시고, 내게 가장 좋은 것 주시기를 기뻐하시는 분이 내게 행하신 기이한 일에 대해 나는 전하지 않을 수 없다. 베드로전서 2장 9절 말씀이 가슴에 유난히 와 닿았고, 말씀 암송 노트에 열세 번째 말씀으로 기록하고 암송한 이유이다.

'오직 너희는 택하신 족속이요 왕 같은 제사장들이요 거룩한 나라요 그의 소유된 백성이니 이는 너희를 어두운 데서 불러내어 그의 기이한 빛으로 들어가게 하신 이의 아름다운 덕을 선포하게 하려 함이라'

사도 베드로는 당대에 여러 곳에 흩어져 살며 박해받고 있는 성도들에게 택함받은 자의 네 가지 정체성과 부름받은 목적에 대해 전하고 가르쳤다. 베드로의 편지를 까마득한 후대에 말씀으로 받아들고 자녀된 자로서의 정체성과 '부름받은 목적'에 대해 생각해 볼 수 있어 감사하다. 그 목적이 이끄는 삶을 내 주제에 맞게, 나답게 꿈꿔볼 수 있어 감사하다. 내가 할 수 있는 일로 이렇게 시작해 볼 수 있도록 이끄신 분이 하나님이심을 나는 믿는다. 이 믿음이 나를 살게 한다. 감사합니다, 감사합니다!

"너희가 우리의 편지라 우리 마음에 썼고 뭇 사람이 알고 읽는 바라
  너희는 우리로 말미암아 나타난 하나님의 편지니…"

(고린도후서 3:2~3)

27. 낯선 별 여행자가 하는 말

　내 오랜 지인들 중 어떤 이들은 내가 처음 암에 걸렸다는 얘길 들었을 때 그 흔한 '너무 놀랐어요...... 기도 드릴게요......' 같은 인사말도 할 수 없었다고 했다. 또 지인 중 한 분은 내 소식을 들은 초기에 나를 만나면 마음 다해 끌어안으시고 자꾸 우셨다. 아마도 그분들 의식 속에는 '암=죽음'이라는 등식이 견고히 서 있어서였을 것이다.

　언젠가 들은 김미경 강사의 강의에서 "암은 이제 불치병이 아니라 만성질환이라고 하더라구요. 평생 암을 관리하면서 같이 살아간다는 얘기지요." 라는 얘기를 들었을 때 참 위로가 됐었다. 그리고 그 얘긴 맞는 얘기다. 물론 모든 경우는 아니다. 그건 어떤 병에서도 마찬가지일 것이다. 내가 정확히 몰라서 그렇지 독감으로도, 폐렴으로도, 심장병으로도 수많은 사람들이 죽었고, 수많은 다른 이들은 살았다. 암도 그와 같다. 내 주변, 내가 잘 아는 사람들은 다 잘 살아가고 있다. 초기, 중기, 말기...... 여러 병기의 사람들인데, 다 잘 살아가고 있다. 그들이 내게는 희망이다. 나도 잘 살아내어 누군가의 길이 되고 희망이 되고 싶다는 생각을 절실히 하게 된다.

　그렇게 살아내고 있는 사람들의 삶은 다 이전까지의 삶과 다르다. 그들 또한 이전까지의 그들과 다른 사람들이다. 어떤 면에서 그들은 혁명가들이라고도 할 법하다. 사람이 한 평생을 살면서 '이전의 나와 이후의 나, 이전의 삶과 이후의 삶'으로 뚜렷이 나뉠 만하게 before/after의 분기점을 이뤄내며 살기가 쉽지 않은 일임을 누구나 알기 때문이다. 암은 생활습관병이다. 생활 습관뿐 아니라 마음 습관까지, 잘못된 여러 습관들이 쌓이고 쌓여 불러들인 병이다. 암을 불러들인 잘못된 생활 습관들을 고쳐 살고, 더 중요한 마음 습관까지 고쳐 살 때 온전한 치유에 이를 수 있다. 그 사실을 정확히 이해한 후 내 삶은 다 바뀌었다. 내 삶에서도 정확히 그렇게 혁명에 버금가는 일들이 일어났고, 그런 점에서 나는 신이 허락하신 특혜와 행운과 편애를 누리고 있다는 생각이 든다. 너무 늦지 않게 멈춰 서서 살아온 삶을 샅샅이 돌아보게 하시고, 이 모든 것들을 깨닫게 하시고, 삶으로 가져와 다시 살아내도록 이끌어 주셨기 때문이다. 중요한 점은 이렇게 바뀐 삶을 흔들림없이 지켜가는 일이다. 창성보다 수성이 어렵듯이, 깨달음에서 얻은 신념을, 그것들이 이끄는 새로운 삶을 한결같이 지켜가는 일 또한 만만찮게 어려운 일임을 나 역시도 느껴가고 있다. '원래 가치있는 일들이란 쉽지 않은 법'이라 정리하면 심플해진다.

몹시 추운 날, 말씀을 들으며 앞산을 맨발로 오르는 일보다 따뜻한 집에서 뒹굴며 TV를 보거나 책을 읽는 일은 말할 것도 없이 쉬운 일이다. 매일의 삶 속에 그같은 양갈래길이 놓여 있고, 나는 늘 정신과 육체의 건강을 지켜갈 수 있는 길을 선택해야 한다. 그 대단치도 않아 보이는 선택을 한결같이 이어가기 위해서는, 결코 대단치 않지가 않은 마음의 힘이 필요하고, 신앙까지가 필요하다. 내게는 그렇다. 신은 그래서 아무에게나 그런 특혜와 편애를 허락지 않으실까? 누가 뭐라건 내 수성의 길에는 이 믿음 또한 날마다의 자갈돌들을 뽑아내는 힘이요, 포크레인으로 작용하고 있다. 그렇게나 자신을 믿어야 이 수성의 길은 지켜진다. 그런 의미에서 이 길이 내게는 무척이나 영적인 영역으로 느껴진다. 날마다 건강식을 지켜서 먹고, 운동을 하고, 충분한 물을 마시고, 맑은 공기를 마시고, 일찍 자고, 모든 면에서 적절히 절제하고…… 그같은 삶의 변화가 일어나기는 쉬울 수 있다. 그러나 그 변화된 삶을 한결같이 지켜가기 위해서는 영적인 영역이 함께 연동되어야 한다. 내게 있어서는 신앙인데, 신앙이 중심이 되지 않으면 절대 그 모든 삶의 혁명이 변함없이 지켜지지 않는다. 그래서 누군가 신앙 없이도 그 일을 해내는 사람이 있다면 존경할 만한 의지의 소유자로 한치의 망설임도 없이 인정할 수 있다.

나는 아프기 전까지 늘 새벽 1시 반에서 두 시 반 사이에 잠자리에 들고, 아침에 남편과 아이들이 나가고 난 후 다시 침대로 기어들어가던 사람이었다. 한두 시간 아침잠을 자고 나서 아점을 먹고 출근을 했었다. 학원에서 근무했기 때문에 그런 생활이 가능했다. 그리고 그 아침잠 한두 시간이 송이꿀처럼 달콤했었다. 그 아침잠을 자지 못하는 하루는 너무 길고 피곤했다. 학원에서 일을 하면서도 아침잠을 못 자고 나간 날은 아이들 앞에서 무어라 떠들어는 대는데 아이들 얼굴이 멀어졌다 가까워졌다 했고, 내가 하는 말도 횡설수설이 되는 게 느껴졌었다.

그랬던 내가 아프고 난 후부터 그 달콤하던 아침잠을 딱 끊게 되었다. 내게는 혁명과도 같은 일이다. 잠 하나만이 아니다. 크고 작은 혁명이 내 삶에서 여럿 일어났다. 김창옥 강사는 어느 강의에서 '혁명'을 '주도권을 잡는 것'이라고 정의했다. 아픈 사람이 된 후의 내 삶에도 적용되는 얘기다. 나 또한 여러 상황과 수칙들을 마음과 몸의 건강을 지켜갈 수 있는 쪽으로 원칙을 삼고, 주도적으로 그 모든 것들을 컨트롤해 왔다. 이렇게 중한 병이 아니었다면 난 결코 그렇게 할 수 있는 사람이 못 된다. 그러니 이 중한 병이 오히려 축복이요, 내 삶이 거듭나도록 신이 내 삶에 허락하신 최적의 장치라는 생각이 드는 것도 무리가 아니다.

또 하나의 생각은 이것이다. 보통의 평범한 사람들이 결코 열어볼 수 없는 문을 열어봤다는 생각. 그 문으로 들어가 봤고, 그 문을 통과한 사람만 보고 듣고 느낄 수 있는 것들을 온 삶으로 경험하고 있다는 것. 그것들은 참으로 독특하고 특별한 것들이어서 무어라 한 마디로 정의할 수 없다. 단지 이렇게는 말할 수 있다. 이렇게까지 한 인간을 바닥까지 헤집어 영적 세계까지로 이끌 수 있는 일은 없을 것이라는 것! 이 또한 낯선 별 여행자의 궤변으로 들린다면 그 점이야말로 지구인과 낯선 별 여행자의 경계를 나누는 어떤 것일지도 모르겠다.

"인생에서 손실과 고난은 피할 수 없습니다. 그러나 고통을 '어떻게' 다루는가에 따라 우리가 만들어질 수도 있고 무너질 수도 있습니다."

– 멜라니 윌라드

28. 타임지 표지에서 발견한 복음, <후성유전학>

앞서의 기록대로 내 자연치유 여정에서 첫 번째로 강력한 영향을 끼친 분은 이상구 박사님이다. 그분을 오래 전에 TV에서 '엔돌핀 박사님'으로 뵌 적은 있었지만, 그 이후에는 단 한 번도 떠올려본 적도, 소식을 들은 적도 없었다. 처음 유튜브를 통해 그분의 강의를 들은 후, 그분이 지금도 살아계신지를 인터넷으로 검색해 보기까지 했다. 부디 살아계시기를 비는 마음으로! 그분의 강의들을 통해 새롭고 놀라운 세상을 보게 되었기 때문이다.

처음 듣게 된 강의들은 '유전자는 뜻에 반응한다' '유전자는 변하고 회복된다'는 제목의 강의들이었다. 어떻게 처음 그 강의들에 내 삶이 가 닿게 됐는지 기억이 정확지는 않지만, 아마도 '자연치유법'이라는 검색어를 찾아 들어가다 B수양원을 알게 된 것처럼, 그 줄기들에 이어져 있었을 것이다. '뉴스타트'라는 말이 먼저 이어져 있었고 그 말이 궁금해 찾아 들어갔다가 그 강의들을 발견했던 것 같다. 그리고 이 모든 정보들의 시작이 다 누군가들이 블로그에 남긴 기록들이었던 것으로 기억된다. 그 이유로 인해 나 또한 아픈 사람이 되고 난 후 누군가에게 귀한 정보가 될지도 모를 내용들을 블로그에 기록해 남기게 되었다. 절대 밝히고 싶지 않았던 내 발병 사실을 두렵고 떨리는 마음으로 세상에 공개하게 된 이유이기도 하다.

그분은 여러 강의들을 통해 '유전자는 변하고 회복된다'라고 힘있게 강조하셨다. 그분의 개인적 견해가 아니라 과학적 근거(후성유전학)를 가지고 전한 내용이다. 우리 몸 속 세포들이 스트레스와 온갖 유해물질들, 잘못

된 마음 습관, 생활 습관들로 인해 변질되면 그 세포들 속의 유전자가 변질되고, 유전자가 변질되면 암을 비롯한 각종 질병들이 발생된다고 한다. 그렇게 변질된 유전자가 다시 회복될 수 있다는 '믿음(Trust)'을 굳건히 붙잡고 순간마다 감사와 긍정을 선택하고, '건강한 음식(Nutrition)'을 먹고, 매일 '운동(Exercise)'하고, '물(Water)'을 하루 2리터 가까이 충분히 마시고, '햇빛(Sunlight)'을 쬐며, '좋은 공기(Air)'를 마시고, 일찍 잠자리에 들어 '휴식(Rest)'하고, 내게는 가장 어려운 '절제(Temperance)'까지 잘 해내는…… 올바른 습관들을 지켜갈 때 다시 정상세포로 돌아가고 온전한 치유에 이르게 된다는 요지의 강의를 처음 들었을 때 뛸듯이 기뻤다. 그 사실을 뒷받침하는 강력한 자료가 있다. 2010년 1월 18일에 발간된 타임지 커버 스토리의 내용이다. 물론 이상구 박사님 강의를 통해 들었다. 그 표지에는 다음과 같은 글이 복음처럼 실려 있었다.

Why your DNA isn't your destiny?
왜 당신의 유전자는 당신의 운명이 아닌가?

The new science epigenetics reveals how the choices you make can change your genes - and those of your kids.

새로운 후성유전학은 당신의 선택들이 어떻게 당신과 당신 자녀들의 유전자를 바꿀 수 있는지를 밝히고 있다.

이 놀라운 〈후성유전학〉 이론은 국내 카이스트 연구 결과로도 그 가능성이 입증되었다. 조광현 KAIST 바이오 및 뇌공학과 교수팀은 10년 가까운 연구 끝에 연구실 단위에서 암세포를 정상세포로 되돌리는 데 성공했다. 연구팀은 대장암. 유방암 세포를 치료 가능한 정상세포로 변환하는 기전을 국제학술지 〈분자암 연구(Molecular Cancer Research)와 암연구(Cancer Research)〉 등에 게재했다(이상, 머니투데이, 2022.02.07).

머니 투데이 기사에서는 '현재의 항암치료는 암세포를 공격해 증식을 억제하는 방식으로, 항암제 내성과 골수 기능장애, 무기력 등의 부작용을 일으킨다. 하지만 실험실 단위에서 규명한 연구결과가 임상실험으로 입증될 경우, 암을 당뇨. 고혈압처럼 만성질환으로 관리할 수 있다'고 발표했다. 기사의 내용대로 암치료의 패러다임을 획기적으로 뒤집는 연구 결과가 아닐 수 없다. 또한 '유전자는 변할 수 없다'는 기존 의학계의 통념을 깨뜨리는 대반전이기도 하다. 이와 같은 사실은 〈후성유전학〉이라는 놀라운 신과학에 대해 전한 이상구 박사님에 의해 '엄지의 제왕'이라는 TV 프로그램에서도 소개된 바 있다.

이날 방송에서도 소개된 아프리카 코끼리의 상아 관련 이야기는 이상구 박사님 강의를 통해 여러 번 들었었다. 처음 그 얘기를 들었을 때 충격적으로 각인되었던 기억이 난다. 아프리카에서는 상아가 없는 코끼리들이 많이 태어나는데, 그 이유에 바로 〈후성유전학〉의 비밀이 숨겨져 있다. 내전이 많은 아프리카에서는 자금 마련을 위해 코끼리 상아 밀렵이 성행하였고, 그 결과로 2,500마리에 달했던 코끼리의 90%가 희생당했다고 한다. 코끼리는 감성이 풍부하고 모성애가 강한 동물이어서, 밀렵꾼의 총에 쓰러져 상아가 뽑힌 처참한 자기 무리들의 모습을 보며 몹시 슬퍼한다고 한다. 그러면서 '내 새끼들은 상아가 없어야 안전할 수 있겠구나, 상아가 없었음 좋겠다.'라는 생각을 하게 된다고 한다. 슬픔에 빠진 그 어미들의 간절한 뜻과 의지, 염원이 그들을 이루는 세포 속 유전자에 영향을 미쳐 실제로 상아가 없는 새끼 코끼리들이 많이 태어난다는 것이다(암컷 코끼리의 1/3). 이와 같은 사실은 2021년 10월 23일자 〈매일경제〉 인터넷 기사로도 확인할 수 있다

"우리 아기는 살려야"...... 코끼리의 슬픈 모정, 인간 탐욕에 '상아 없는 돌연변이' 택했다......

미국 프린스턴대의 로버트 프링글 교수 등은 21일 국제 학술지 '사이언스'에 1977~1992년 모잠비크 내전 기간 동안 상아 밀렵이 성행하면서 암컷 아프리카 사바나 코끼리의 진화에 영향을 미쳤다는 연구 결과를 발표했다.......

'유전자는 뜻에 반응한다'는 사실을 그대로 대변하는 사건이 아닐 수 없다. 똑같이 태어난 일란성 쌍둥이도 어떤 생각과 뜻을 갖느냐에 따라 한 아이는 건강하고 한 아이는 다른 상태를 보일 수도 있다는 얘기도 여러 번 들은 기억이 난다. '유전자는 뜻에 반응한다' '유전자는 변하고 회복된다'라는 제목의 이상구 박사님 강의들을 수도 없이 들으며 희망을 품게 되었고, 재발과 전이에 대한 두려움에서 벗어나 감사와 기쁨을 더욱 단단히 회복할 수 있었다.

내게는 셋이나 되는 딸들이 있다. 유방암 환자가 되고 난 후 내 아이들이 다 딸이라는 사실이 슬펐었다. 그러나 이 사실을 알게 된 후에는 오히려 감사했다. 어차피 우리 아이들 세대가 기성세대가 되면 지금의 셋 중 하나가 아닌, 둘 중 하나가 암환자가 된다고 한다. 무서운 사실이다. 이미 서구사회는 그 통계 안에 들어가 있다고 한다. 그러나 미미한 유전인자보다 더 강력한 요인들로 작용하게 되는 것이 내가 품은 뜻(마음 습관)이고 생활 습관이라는 사실, 어떤 습관들을 선택해 사느냐에 따라 유전자는 변할 수 있다는 사실을 타임지라는 세계적 유력지를 통해 확인하고 난 후 말할 수 없이 감사했다. 무엇보다 우리 몸의 시스템을 그렇게 프로그래밍해 놓으신 창조주 하나님 앞에 마음 다해 감사드렸다. 그 사실을 정확히 이해하고 그 모든 것들을 적용한 삶으로 혁명을 이뤄낸 많은 사람들이 지금 이 시간에도 기적을 만들어 가고 있다는 걸 나는 안다.

그 선구자적 역할을 뚜렷한 소명의식으로 묵묵히 해내고 있는 분이 바로 이상구 박사님이라고 나는 믿는다. 그분은 미국에서 알레르기 전문의로 살면서 부와 명예를 다 누리고 살았다고 한다. 벤츠를 두 대나 가졌었고, 유명한 부촌에서 부족한 것 없이 모든 걸 누리고 살았지만, 늘 뭔가가 채워지지 않았다고 했다. 병을 고치는 의사로서 많은 돈은 벌 수 있었지만, 병을 완치시킬 수는 없는 한계를 느꼈다고 했다. 그러다가 〈뉴스타트〉라는 자연치유법을 통해 완치와 치유에 이르는 길을 발견하게 되었고, 그 길의 가치에 깊이 이끌려 모든 걸 내려놓고 지금은 그 길의 가치를 전하며 이끄는 삶을 살고 있다. 그 일로 전 부인과는 이혼까지 했고, 자녀들과도 말할 수 없는 갈등과 고통들을 겪어낸 걸로 안다. 아주 오래 전 일이고, 정확한 때는 알지 못하지만, 여러 강의들 중에 종종 섞이는 얘기들을 통해 알게 된 사실들이다. 지금은 설악산 쪽에서 〈이상구 박사의 뉴스타트센터〉를 운영하면서 중한 병을 가진 많은 환우들에게 〈뉴스타트〉라는 자연치유법을 통해 희망을 전하고 있다.

그곳을 통해 많은 말기암 환우들이 자연치유에 이르러 잘 살아가고 있는 간증들이 〈회복 이야기〉라는 검색어로 찾아 들어가면 유튜브에 많이 올라와 있고, 누구나 쉽게 들을 수 있다. 값으로 따지면 말할 수 없이 귀한 자연치유법을 전하는 내용들이지만, 값없이 누구나 듣고 배워 치유에 이르도록 세상을 향해 내어 놓는 선한 이웃들이다. 그분들은 수술 후 초기의 내게 강력한 희망, 그 자체였다. 나 또한 끝까지 잘 살아내어 반드시 희망의 길이 되고 싶다고 다짐했다. 그 다짐이 여기까지 나를 이끌었다.

이름 없이 빛도 없이 세상을 밝히는 사람들을 성경에서는 빛이요, 소금이라고 표현했다. 그러나 그 빛과 소금의 가치를 아무나 제대로 알아보지는 못한다는 걸 알게 되었다. 자유의지와 선택은 삶의 어느 영역에서나 적용될 수밖에 없으니 그렇다. '아는 만큼 보인다'는 말도 있다. 이런 나를 오히려 안타까워할 사람들도 있을 걸 안다. 참 다양한 가치와 믿음이 공존하는 세상이다. 나 또한 그 중 하나의 가치를 발견했고, 그 가치가 〈하나님의 창조질서〉를 근간으로 하는 가치여서 감사하다. 영과 육의 생명이 살아나는 가치여서 말할 수 없이 감사하다. 이 글을 통해서든, 위에서 언급한 다른 분들을 통해서든, 어느 누군가 한 사람이라도 내가 찾고 누리게 된 이 놀라운 자연치유법의 가치를 발견하고 깨달아, 내가 순간마다 누리는 이 기쁨과 감사의 기적을 함께 누릴 수 있다면 말할 수 없이 기쁠 것이다.

"후성유전학에서의 새로운 발견들은 우리가 단순히 유전자의 희생양이
아니며, 유전자는 그저 청사진에 불과하다는 것, 그리고 우리는 생각과
감정, 생활방식의 선택을 통해 유전자를 활성화하거나 비활성화할 수
있다는 것을 보여주고 있다. 기존의 의학모델에서는 이러한 신과학을
받아들이지 않고 있지만, 신과학에서는 모든 것이 에너지라는 것, 우리 몸
안과 밖의 모든 것이 연결되어 있다는 것, 그리고 우리의 생각과 믿음과
감정 및 생활방식의 선택이 몸에 영향을 준다는 것을 입증하고 있다."

-'HEAL 치유, 최고의 힐러는 내 안에 있다'

29. 잘못 들어선 길은 없다

　그렇게 해서 나는 〈후성유전학〉이라는 복음을 내 자연치유의 근간이 되는 믿음으로 받아들이게 되었다. 그에 따른 방법론으로서 〈뉴스타트〉라는 자연치유법을 치유 청사진의 근간으로도 삼게 되었으며, 이 자연치유법에 따라 치유적합적 마음 습관, 생활 습관을 따라 살며 안전하게 건강을 지켜가고 있다. 때때로 〈회복 이야기〉나 또 다른 치유사례들을 통해 항암, 방사선, 항호르몬 요법의 고통과 부작용들에 대해 들을 때마다 나는 듣는 것만으로도 겁에 질렸고 무서웠다. 그 모든 것들을 겪어낸 사람들이 진심으로 존경스러웠다. 나였다면 지레 질려 도망갔을 것 같다. 그때마다 그 모든 것들을 피해 여기까지 오는 안전한 길을 인도하신 하나님께 깊이 감사드리게 된다. 그리고 앞으로 계속 걸어갈 이 길을 안전하게 잘 지켜내어 이 길의 희망이 되고 싶다는 소망으로 간절히 기도드리게도 된다. 이제는 소망이 아닌 소명이라고도 쓰게 된다.

잘못 들어선 길은 없다

　　　박노해

길을 잘못 들어섰다고
슬퍼하지 마라 포기하지 마라
삶에서 잘못 들어선 길이란 없으니

온 하늘이 새의 길이듯
삶이 온통 사람의 길이니

모든 새로운 길이란
잘못 들어선 발길에서 찾아졌으니
때로 잘못 들어선 어둠 속에서
끝내 자신의 빛나는 길 하나
캄캄한 어둠만큼 밝아오는 것이니

삶을 위로하는 시가 있어서 얼마나 감사한지!

'삶이 온통 사람의 길이고, 잘못 들어선 어느 날의 발길에서 새로운 길 하나가 찾아졌으며, 잘못 들어선 길의 그 어둠 속에서 끝내 빛나는 자신의 길 하나를 길어 올려 밝혀가는……' 뭉클한 드라마의 주인공이 되었다. 내가 나를 위해 쓴 시 같다. 이 멋진 시를 쓰신 분은 어떤 삶을 사셨을까? 정확히는 모르지만, 평탄한 삶이 아니어서 남기게 된 시일 거라고 짐작하게는 된다. 나 또한 별일 없는 삶을 살았다면 이런 글을 쓰게 되진 않았을 것이다.

"네 조상들도 알지 못하던 만나를 광야에서 네게 먹이셨나니 이는 다 너를
낮추시며 너를 시험하사 마침내 네게 복을 주려 하심이었느니라"
(신명기 8:16)

시의 위로보다 더 현실적인 힘은 말씀으로부터 온다. 이 광야길 끝에서

마침내 주시려 예비하신 복 또한 가슴 뛰도록 기대되지만, 이 광야길을 가며 이미 누리는 복으로도 족하고 족하다. 전에는 이런 깊은 세상을 몰랐다. 한정된 사람들만 열어볼 수 있는 특별한 세상의 문을 열게 됐고, 문 너머의 딴 세상을 보게 되었다. 그 문을 열어 보지 않은 사람들은 결코 꺼내들 수 없는 말들을 건네며, 오늘도 양지 바른 숲길에 멈춰서서, 이제는 낯설지 않은 내 고유한 정체성을 다정하게 들여다 볼 수 있는 이유이다. 낯선 별 여행자가 하는 말이 초록 지구별 사람들의 귀에 부디 너무 낯설지는 않았음 좋겠다.

"우리는 하나님이 우리를 데리고 가시는 우회로들을
이해하지 못한다.
그러나 나중에는 우리에게 그 우회로들이 필요했었다는
사실을 알게 된다."

– 폴 투르니에

30. 외로움이 끝이 아니다

왜 어제 오늘 계속 우울하냐고, 산에 오르며 내 안의 내게 물어본다. 안 좋은 감정일수록 그 나락으로 빠져들지 말고, 그 감정과 나를 떼어내 남일인 듯 구경하거나 떼어내보려 하고는 있다. 그런 상태에 있는 남에게 내가 해준 얘기 그대로 나 또한 그것이 잘 되면 얼마나 좋을까?

아무 일 없을 때, 정확히 말하자면 내가 암환자가 아니었을 때 만났던 사람들을 오랜만에 만나면 이상하게 이런 기분이 된다. 이상한 게 아닐 거다. 그럴 만하다. 언젠가도 쓴 얘기지만, 아무 일 없는 그들과 삶의 지진을 겪은 내가 그 지진 후 처음으로 섞이면 아무 일 없기가 쉽지 않은 게 당연한 일이다. 그들은 눈치조차 못 챌지라도 나한텐 그런 자리가 되는 셈이다.

'지진'이라는 어마무시한 일을 겪은 사람과 아닌 사람 사이에는 좁혀지기 어려운 강이 하나 가로놓여 있다. 그 강을 건너보지 않은 사람과 그 강 너머의 사람은 바라보이는 풍경도, 시선이 가 있는 곳도 다를 것이다. 같은 풍경에 같은 시선이 가 있다 할지라도 느낌은 다를 것이다. 어제, 말하자면 그런 것들을 느끼고 왔다. 누군가들과 다른 나, 나만의 유니크한 정체성을 가진 나.

그 정체성이란 것이 누군가에게는 초라하고 꺼림칙한 것일 수도 있어서 그것이 눈빛으로 태도로 읽히기도 하는...... 더군다나 그것이 너무도 잘 이해되기도 하는......

그런, 강 건너의 사람이 된다는 건 예상대로 꽤 외로운 일이다. 내가 닿아있는 풍경이 남들과 다르다는 '단순 사실화'로만 읽혀도 괜찮을 것이다. 그러나 오랜 세월 흘러오고 물들어있는 '세상색'으로 우선 읽힐 수도 있다는 걸 인정해야 하는 일 자체가 외로운 일이다. 그들 중 누군가 또한 자신이 어느 새 물들게 된 편견이라는 색에 자신도 모르게 기울어 있다는 사실조차 모른 채, 그 색에 싸여 나를 바라보게 될지도 모른다. 나로 말할 것 같으면, 불과 얼마 전까지만 해도 그들과 같은 강가에서 함께 어우러진 풍경이었는데, 혼자만 강 건너의 낯선 풍경이 되어 버린, 세상 유니크하고 고유한 정체성을 가진 바로 그 인물이다.

모든 영화와 소설과 드라마의 주인공들은 아무 일 없고 행복하고 평탄한 사람들이 아니란 사실이 꽤 위로가 된다. 그렇지, 나같이 특별한 사람들이 주인공이 되는 거지. 깜짝 놀랄 반전은 당연히 예견되는 일!

내가 써 갈 '드라마틱 인간극장'이 무지 기대된다. 나는 참으로 주인공답다. 내 인생 또한 딱 주인공의 인생답다. 어쩌다 이런 특혜를 누리게 됐을까? 드라마틱한 반전, 감동어린 해피엔딩으로 이어진 길이 보인다. 지금과 상황이 다른 무엇이어도 나를 또 다른 빛나는 세상으로 데려가 줄 것도 믿어지니 감사하다. 어떤 길이어도 기쁨과 감사를 놓치지 않을 것. 잠시 인간적으로(!!) 흔들리기도 할 것, 그러나 놀라운 회복탄력성으로 돌아갈 것! 그것이 내가 써가는 인생극장에서 주인공인 내가 맡은 캐릭터이다. 내가 써놓은 시나리오니 세상 쉬운 일이고 말고!

그 쉬운 일이 나를 살게 한다. 춤추게 한다. 그래서 나는 오늘도 양지바른 숲길에 멈춰서서 따사로운 햇살을 누리며 이 글을 써 간다. 글쓰기는 그 쉬운 일이 참 쉬운 일이 되도록 길어올리는 두레박이다. 어쩌다 이 귀한 지혜를 알게 되어 누리나 모르겠다. 오늘도 감사일기를 쓰지 않을 수 없다. 이렇게 앞산에서 햇살이랑 혼자 잘 노는 나여서 감사하다고 써야겠다.

"당신이 아름다운 정원에 앉아 있다면 당신은 아무것도 배우지 못한다. 그러나 만일 당신이 고통 속에 있다면, 만일 당신이 상실을 경험한다면, 그리고 만일 당신이 머리를 모래에 묻는 것이 아니라 그 고통을 아주 특별한 목적으로 당신에게 주려는 선물로 여긴다면 당신은 성장할 것이다."
- '인생수업' 중 '상실과 이별의 수업'

31. 감사는 기적의 마중물이다.

오늘은 추수감사주일이다. 오늘도 성가대석에서 찬양을 드린 후, 말씀을 들었다. 오늘 설교 말씀의 제목은 '어찌 감사할까?'였다. 본문은 데살로니가전서 5:16~18절 말씀이었다.

　"항상 기뻐하라
　쉬지 말고 기도하라
　범사에 감사하라
　이는 그리스도 예수 안에서
　너희를 향하신 하나님의 뜻이니라"

내 말씀 암송 노트 4번 말씀이다. 건강하던 때는 그냥 저 높이에만 있던 말씀이었다. 현실적으로는 불가능한 경지의 말씀이었고, 그저 삶의 푯대로나 삼을 말씀이라고 생각했었다. '항상, 쉬지 말고, 범사에'라는 최대치는 아무나 감당할 수 있는 경지가 아니다. 오늘 말씀을 전하시는 목사님도, 대부분의 성도들도 예전 나와 같은 마음이 전제인 듯 느껴졌다. 마음의 전제가 그런 성도들이 대상이 된 말씀이니 제목 또한 '어찌 감사할까?'일 것이다. 말씀을 전하신 분은 다른 마음이었을지도 모르나 나는 나의 나됨으로 그런 짐작에 머물러 있었던 것 같다.

목사님은 항상 기뻐하고, 쉬지 말고 기도하고, 범사에 감사할 수 있는 삶의 조건을 세 가지를 들어 주셨다. 근데 한 가지만 뚜렷이 생각나고 두 가지는 벌써 가물거린다. 건망증도 중증인 데다, 그 한 가지가 내게는 뚜렷할 수밖에 없는 조건이어서 그럴 것이다.

'그럼에도 불구하고 감사할 때!'

누구나 이 경지에만 다다르면 본문 말씀이 이루어지는 삶을 누릴 수 있을 것이다. 오늘 말씀을 듣는 내내 내 마음 속으로는 감사가 넘쳐 흘렀다. 내게는 저 본문 말씀 세 가지가 이미 다 적용되고 있기 때문이다. 말씀을 듣는 내내 '나한테는 하나도 어렵지 않은 일인데……' 라는 생각이 들었다. 나 또한 건강했던 때라면 '현실적으로 어떻게 가능할까?'라는 생각을 하며 들었을 것이다.

유방암 1기 진단을 받던 순간부터 지금까지 단 한 순간도 감사를 놓친 적이 없다. 내 마음이 어떤 상태이든 내 마음 한 쪽에서는 늘 '감사'가 굳건히 자리를 지키고 있었다. 매 상황마다, 순간마다, 감사할 내용은 많고 많았다. 그 사실이 새삼 감사했다. 시련 가운데서도 절대 감사를 놓치지 않고 살 수 있게 해 주신 분이 계셔서 감사했다. 신앙 안에서 내게 허락된 고난의 의미를 해석할 수 있어서 감사했다. 고난을 선물로 삼는 지혜에도 이를 수 있었다. '빅터프랭클의 죽음의 수용소에서' 책 표지도 본 적 없었는데, 정확하게도 바로 그 '의미치료'를 내 나름의 직관에 따라 해오고 있었음이 감사했다.

그 첫 번째는

하나님의 창조 질서를 따라 사는 삶,

하나님을 기뻐하고 하나님이 기뻐하시는 삶의 회복이었고, 그것이 건강하고 행복한 삶의 기본 중의 기본 조건임을 그 시간들을 통해 깨닫게 된 것이다. 그것을 놓치고 벗어나 살기 때문에 현대인들이 그 숱한 병마들을 불러들일 수밖에 없다는 사실을 깨닫게 된 것, 그리고

그 깨달음을 내 자녀들의 삶에 적용시키게 된 것!

그 사실이 무엇보다 감사했다. 나 또한 낮밤을 거꾸로 살았었고, 하나님이 말씀을 통해 자녀들의 삶에서 그리도 금하셨던 것들을 깨닫지도 못한 상태에서 어기고 살았었다. 욕심에 사로잡힌 과식을 일삼았었고, 말씀 곳곳에서 수도 없이 당부하신 '항상 기뻐하라, 감사하라'고 하신 말씀대로 살지 못한 세월이 길었었다. 발병 이후에 여러 공부들을 통해 태초 먹거리에서 멀어진 가공식품들, 과식, 폭식, 불규칙한 식사 등이 어떻게 건강을 망가뜨리는지, 우리 마음에 기쁨과 감사가 넘칠 때 세포들이 왜 건강해지는지, 반대로 슬픔, 불안, 번민……들이 세포들을 어떻게 병들게 하는지에 대해 깨닫게 되면서 하나님 아버지의 마음을 정확히 이해할 수 있게 되었다. 그 귀한 깨달음을 얻기 위해 그 시간들이 꼭 필요했다고 믿으면 모든 것이 심플해진다.

"항상 기뻐하라
쉬지 말고 기도하라

범사에 감사하라"

하신 하나님 아버지의 당부대로 살 때에 우리는 건강과 행복과 평강을 누릴 수 있다. 육신의 자녀들인 내 아이들에게도 나는 이렇게 살라고 얘기하고 싶다. 그것이 자녀들을 향한 어버이의 진정한 사랑임을 고난의 시간들을 통해 깨닫게 된 것이다. 그 귀한 깨달음이 남겨진 내 삶과 금쪽 같은 내 아이들의 삶을 새로이 일으켜 세울 반석이 될 것임을 알기에 내게 허락된 고난의 시간들이 헛되지 않은 것이다. 아니, 꼭 필요한 시간이었다고도 믿어진다. 나를 통한 선행학습의 결과가 내 아이들의 평생의 삶을 건강하게 이끌 수만 있다면 나는 다시 돌아간대도 기꺼이 그 역할을 맡을 것이다. 그 의미만으로 족하고 족하다. 이 한 가지 해석만으로도 나는 내게 온 고난의 의미를 온전한 감사로 받아들일 수 있다.

마지막으로 목사님은 이렇게 말씀을 마무리하셨다. 고난이 닥쳤을 때 삼류는 온갖 불평과 원망을 일삼는 사람, 이류는 무조건 참고 또 참는 사람, 일류는 그럼에도 불구하고 감사하는 사람이라고!

아주 오래 전에 내 방 보드 위에 써서 붙여 놓은 한 마디가 생각났다. prestige라는 단어를 알게 되면서 써 붙인 걸로 기억된다. 어느 화장품 브랜드에 쓰인 단어였는데, 명품이란 뜻으로 쓰인 단어였다. 호화로운 사치품을 뜻하는 luxury와는 다르게 쓰여야 하는 단어로 알고 있다. 나는 단순하게 그 단어의 뜻을 내 삶으로 가져오고 싶어서 무작정 이렇게 써서 붙였었다. '단순무식'이 제 뜻을 벗어난 길을 냈고, 이제사 알아보게 되었다.

"I will enjoy the prestige life"

그 아래로는 이런 문구들도 적혀 있다.

"To do is to be"

"Leader=Reader"

"Day by day,
I'm getting better and better in everyway"

그때가 언제였는지도 모르게 아득한 옛날 써 붙여 놓은 한 마디 한 마디가 지금 내 삶에서 다 이루어져 있다. 명품들로 휘둘러서 명품인 삶이 아니라, 하늘의 아버지께서 자녀들을 위해 주신 말씀, 그 당부를 이해하고 믿고 받아들여 사는 삶, 그럼에도 불구하고 감사할 수 있어서 일류인 삶.

"어떤 상황에도 나는 예배하리"

라고 고백할 수 있는 삶!

쓰고, 시각화하면 이루어진다는 사실을 또 한 번 깨닫는다. 그 아래에 쓰여 있는 기록들도 내 나름으로는 이루기도 했고, 이루어져 가고도 있다. 이런 놀라운 삶의 비밀들을 일찍이 알아보고 찾아내고 삶에다 접목해 놓을 줄 알았던 내가 대견하다.

'사랑과 진리의 한 줄기 빛 보네
내 몸을 감싸며 주어지는 평안함
그 사랑을 느끼네

부르신 곳에서 나는 예배하네
어떤 상황에도 나는 예배하네

내가 걸어갈 때 길이 되고
살아갈 때 삶이 되는 그곳에서
나는 예배하네

부르신 곳에서 나는 예배하네
어떤 상황에도 나는 예배하네'

이 찬양을 부를 때면 늘 목이 멘다. 남편 기타 반주에 맞춰 듀엣으로 불러보고 싶은데 목소리가 이제 따라주질 않는다.

"감사는 기적의 마중물이다."

예배 후 영상 메시지를 통해 전해준 이 한 마디가 가슴에 남았다. 익히 알고 있는 사실이지만, 내 삶으로 잔잔히 흘러든 이야기여서, 굳건히 터를 굳힌 이야기여서 말할 수 없이 감사하다. 이렇게 철들게 하고, 새로 살게 한 고난이 축복인 이유이다.

"나는 암과 동행하는 시간이 가치 있는 시간이라고 생각한다. 암과 동행하는 시간은 암에 걸리지 않았다면 도저히 이룰 수 없는 것을 이루고, 바꿀 수 없었던 것을 바꾸고, 꿈꾸지 못한 꿈들을 꾸게 하는 소중한 기회다."

–'암, 투병하면 죽고 치병하면 산다' 신갈렙

32. 정을 낭비하지 말자는 다짐

이렇게 가물가물해질 날이 올 줄 알았다. 차를 돌려 혼자 집으로 자발적 귀가를 택해 돌아오는 차 안에서 '이게 울기까지 할 일이냐?'고, 어이없어 하며 눈물을 찔끔대면서도 이 사실은 알았었다. 그랬는데도 그 며칠이 내게는 바람 불고 비 흩뿌리는 날이었다. 정말 왜 그랬나를 한참 생각해 떠올려야 할 만큼 이렇게 흘러가 버리고 말 격랑이었는데, 그때는 마음의 힘을 다 끌어내 견뎌야 했었다.

처음 발단은 정말 별것도 아니었다. 함께 숲공부를 했던 좋은 사람들과 사진생태수업을 시작했고, 난 여러 공부들이 그랬듯이 공부보다는 사람들을 누리려고 가는 게 이유의 반이었다. 그 시간들을 내가 사랑하는 자연 속에서 나 못지 않게 자연을 사랑하는 사람들과 누릴 수 있어서 좋았다.

한 해 수업이 끝난 후, 사진 전시회를 앞둔 날이었다. 전시회 준비를 위해 함께 숲공부를 했었던 장소에 도착해, 숲해설사 공부를 하며 함께 걷고 함께 올려다 보던 장소들과 나무들 사진을 찍어 전체 단톡방에 올렸다. 한껏 추억에 젖어 안부를 물었고, 전시회 장소 안내도 겸한 안부글도 올렸다. 즉시 반가운 얼굴들이 튀어나와 추억을 회상하고 안부들을 묻고...... 시끌벅적 정담들이 오갈 거라 믿어 의심치 않았다. 숲공부를 함께하는 시간 동안 그들과 나눠온 정이 시키는 당연한 기대였다.

아무도 답이 없었다. 40여 명에 가까운 동료들은 다음 날까지도 단 한 사람도 단톡방에 얼굴을 내밀지 않았고 한 마디의 정담도 오가지 않았다. 정다웠다고 기억했던 그들에게 그렇게 젖혀져 본 기억이 없었기에 꽤나 상처였던 걸로 지금도 기억된다. 예전에 그러지 않았던 우리였는데 뭐가 잘못된 걸까? 더 고약한 건 그들이 단체로 내가 어떡하나 지켜보고 있는 듯한 느낌마저 들었다는 것이다. '쌤, 말도 안 돼요!'라고 손을 내저어 줄 얼굴들이 떠오르긴 하니 다행이다.

어쩌다 한 번씩 누군가와의 관계가 어긋난 듯 느껴질 때 내가 제일 먼저 하는 일은 나를 돌아보는 일이다. 내가 무슨 실수라도 한 걸까, 잘못 산 게 있을까? 나도 누군가의 단톡방 안부에 일일이 튀어나가 안부와 정담을 나누지 못할 때가 있다. 바쁜 시간일 수도 있고, 그냥 조용히 나서고 싶지 않을 때도 있다. 한참 지난 후에 참견하기 뭣해 그냥 지나칠 때도 있다. 그들도 그랬을 수 있다. 전체 중 몇 명만 참여한 사진생태수업의 사진전을 알리는 공지글로만 받아들였을 수도 있고, 와 보지도 못하니 미안해서 잠잠히 있었을 수도 있다. 어찌되었건 그런 상황의 원인은 나에게 있었을 수도, 우연이었을 수도, 또 다른 무엇이었을 수도 있다. 한 가지 확실한 건 나 혼자만의 정이, 그만큼의 기대가 넘쳤던 듯하다. 그 정과 기대만큼의 상처가 며칠 간의 격랑씩이나로 이어졌던 얘기들이 초점이 아니라, 그런 상황들을 대해 온 내 마음 습관에 대해 얘기하고 싶었다. 이 나이까지 살아오며 누군가에게서 은근히든 대놓고든 젖혀져 본 기억은 많지 않지만, 여러 상황과 환경 속에서 겪은 또 다른 스트레스는 무수했을 것이다. 그 숱한 상황들을 겪어내며 이런 식의 대응으로밖에 살 줄 몰랐던 내 마음 습관에 대해 얘기하고 싶은 거다.

두 번째는, 그 서운함이 깔린 상황에서 전시회에 가 본 날이었다. 나는 전날 가서 도울 수 있는 일을 하고 온 후, 다음 날 또 가서 본격적인 전시작업을 돕지는 못했다. 아니, 하지 않았다. 어떤 기준으로 어떻게 작품들이 배치되고 위치가 정해졌는지도 당연히 몰랐다. 그 작업들을 그 현장에서 함께했던 사람들의 작품들이 더 주의깊게 다뤄지고 배치된 건 당연할 것이다. 게다가 그 상황에서 내가 출품한 내 사진 작품에 대한 애정이나 자부심이 특별했던 것도 전혀 아니었다.

나는 전술했듯이 사진 공부보다는 사람들과 자연을 누리러 가는 사람이라 카메라로 제대로 찍은 사진들이 아니라 폰으로 촬영한 사진들을 제출했다. 그것이 기준이 될 수도 있었겠다. 어쨌거나 내가 내놓은 사진들 세 점은 다 센터나 이젤 하나 차지하질 못하고 변두리로 밀려나와 창문가에 여기저기 세워져 있었다. 다른 사람들 작품은 최소한 두어 작품씩은 센터나 이젤들을 차지하고 전시되어 있었다. 도착해 잠시 둘러보며 그 사실을 확인한 순간 이틀 전의 민망함과 섭섭함이 쑨뿌리처럼 다시 휘저어지며 혼자서만 그들로부터 밀쳐진 듯한 쓸쓸함에 휩싸였다. 그 나이까지 살며 자주 경험한 상황이나 감정이 아니어서 더 크게 느껴졌을 수도 있다. 지혜자들의 말과 글로 듣고 읽어서 이해한 내용을 삶으로도 잘 살아낼 수 있다면 얼마나 좋을까? 내가 모든 사람들을 다 좋아하거나 인정할 수 없는 것처럼 나 또한 누군가에게는 싫은 사람일 수 있고 그로부터 젖혀질 수도 있다. 그것이 아프다면 나 또한 그 사람이 되어서는 안 된다. 그 전제는 빼버리고 나는 그 몸살을 앓았던 걸까? 나는 왜 주변인으로 방치되거나 젖혀지면 안 되는가? 그때 누군가가 날 젖히려는 기세를. 그 기세를 확

산하려는 미세한 움직임을 느꼈고, 그것이 사실이 아니라 한참 엇나간 헛다리였다 할지라도 나는 그때 그 전제부터 꺼내들었어야 했다. 그 전제는 삶에 있어서 상수에 가깝다. 아니, 상수이다. 나만 예외이길 바라는 기대 자체가 오만일 수 있다. 미성숙한 사고 그 자체이다. 그 상황을 대하는 기본 전제가 잘못된 것이었음을, 미성숙 그 자체였음을 이제라도 깨닫고 수정할 수 있어 다행이다.

나는 90%쯤 감정과 감성에 좌우되는 사람이고, 관계지향적인 사람이다. 무슨 검사에선가도 그렇게 나왔었다. 가까운 사람들과의 관계가 불편해질 때 나는 가장 큰 스트레스를 느끼는 사람이다. 미성숙한 감정 상태에 기울어 있던 당시의 상황에서, 두 번의 상처가 휘저어지니 그 자리에 계속 있는 게 편치 않았다. 친밀한 그들 사이에 이물처럼 내가 껴있는 듯한 불편함이 느껴졌다. 날 젖히려는 기운이 섞인 듯 느껴지는 그 공간이 불편했다. 오십 중반을 훌쩍 넘긴 나이가 무색하도록, 그런 상황 하나를 의연히 대처 못하고 쓴물이 비죽비죽 비집고 나오려는 나를 들키고 싶지 않아서 엄한 막내 핑계를 대고 집으로 돌아왔다. 나오기 전에 변두리로 밀쳐진 내 사진들이 안됐어서 누군가의 이젤을 빌려 내 사진들을 올려놓고 제법 센터에 놓여져 있었던 것처럼 사진으로 찍어 남겼었다. 내 사진들에 대한 마음 말고, 다른 마음 하나도 섞여 있었음을 나 혼자서는 안다.

돌아오는 차 안에서 삐죽대고 터져 나오는 울음을 냅두며 나는 새삼 깨달았다. 내가 암에 걸린 이유가 여럿 있겠지만, 이렇게나 변변치 못하고 다부지지 못한 마음 바탕으로 인해 세상 별일 아닌 일에도 쓸데없이 휘둘려

댔던 순간들의 합 또한 그 원인 중 하나였을 거라는 사실을....... 나는 누군가와 눈 맞추고 대적하는 것보다 혼자 찔찔 우는 게 늘 더 편한 사람이었다. 그런 내가 등신 같고 너무 싫지만 그게 더 편하니 어쩌겠는가!

스트레스를 받으면 우리 몸은 여러 매커니즘을 통해 암세포들이 좋아하는 환경으로 바뀐다는 사실을 아프고 나서 알게 되었다. 저산소, 저체온, 고혈당 상태가 되고, 혈액은 산성화된다고 한다. 정신적 스트레스가 물리적 결과인 염증까지 일으킨다는 사실 또한 놀라웠다. 이 모든 것이 다 암세포들이 좋아하는 환경이다. 게다가 몸 속 신진대사 활동들을 망가뜨리는 일까지 하는 게 스트레스라고 들었다. 끝이 아니다. 스트레스는 백혈구 수치도 떨어뜨린다고 한다. 백혈구는 우리 몸을 지키는 면역군대들이다. 나는 백혈구 수치가 너무 낮아서 코로나 백신 접종도 못 했다. 정상이 4000~10000인데, 2000까지 떨어졌고, 최근까지도 3000 아래에 머물러 있다. 다른 원인일 수도, 원래 타고난 것일 수도 있다.

스트레스 없는 삶이 어디 있을까? 스트레스가 저렇게 엄청난 짓을 저지르는 걸 정확히 안다면 누구든 맥없이 휘둘리고 살 생각을 애시당초 고쳐먹을 것이다. 나 또한 그랬다. 예전의 그 쑥맥처럼 여전히 당하고 살면 큰일난다는 걸 엄청난 수업료를 지불한 후에야 알게 되었다. 그래서 그 수업료가 억울하지 않다.

또 한 번의 상황이 내 나름으로는 더 있었지만 생략하기로 한다. 별 대단한 일도 아닌 그 세 번의 상황들을 잊어버릴까봐 두어 번 일부러 떠올려 뒀던 기억이 난다. 이렇게 글로 남기고 싶었기 때문이다. 몹시 슬픈 경험들은 늘 글로 남겨졌던 내 삶의 습성이 시키는 일이다. 남들이 들으면 별일도 아닌 일일 수 있다. 정작 나를 슬프게 했던 사람들조차 엄청난 오해라고 손을 내저을 수도 있다. 그런데 내게는 이렇게나 긴긴 글을 남기게 되는 쓰린 생채기였다. 그만한 일들이 생채기가 되는 사람이 나란 사람인 걸 나도 어쩌지 못한다.

내가 정을 주었고 받기도 했던 사람들로부터 떨어져 나와 스스로 거리를 만들며 며칠을 내리 앞산만 오르내렸던 기억이 난다. 그냥 오르내리지 못했고, 그 며칠 동안 내게는 강력한 도우미가 필요했다. 슬픔과 쓴물과 상처를 다독여줄 말씀들을 들어야 했고, 쓰린 마음을 다시 일으켜 세워 주는 책을 리뷰해 주는 영상들을 계속 들어야 했다. 내 마음이라는 게스트하우스에 찾아든 씁쓸하고 울퉁불퉁해진 감정들을 씻어내리고 흘려보내는 일, 그것들 속에 함몰되지 않고 멀찍이 떨어져 남의 일인 듯 담백해져 바라볼 수 있는 일이 여전히 만만치는 않다. 만만치 않은 게 인간스럽다고도 느낀다. 로봇처럼 무심히 그 작업들이 되길 바라지 않는다. 단지 예전처럼 마구 휘둘리지 않고, 그 모든 상황들을 스스로 인지하면서 대응해가는 뚜렷한 주체가 되고 싶기는 하다. 여러 책들이 내게 그걸 가르쳤다. 그럴 수 있어야 그 모든 못된 짓들을 일으키는 스트레스에 잡혀 먹히지 않는다는 사실도.

인생은 날씨와 같다. 맑은 날, 흐린 날, 바람 부는 날, 비 오는 날, 폭풍우가 휘몰아치는 날들이 도돌이표처럼 돌고 돌며 이어지는 게 인생이다. 그

것이 인생이란 것의 기본 설정값이다. 그 모든 것들의 합, 그 자체가 인생인 것이다. 우리는 그 사실을 자주 잊거나 아예 생각지도 못하고 산다. 그래서 마음 속에 비바람이 휘몰아치는 날이면 그날이 온 삶인 듯 허우적대고 휘청인다. 빠져 버린다. 이제는 안다. 그날이 다가 아닌 것을, 내일은 부신 햇살로 찬란해질 것을, 내 마음의 게스트하우스에 내일은 평온이라는 익숙한 손님이 다시 찾아들 거란 걸.

슬픔이 거름이 됐던 눅눅한 시들을 햇살 좋은 날 꺼내어 바짝 말리는 걸 여적지도 못했는데, 비스무리한 시 둘을 다시 보탠다. 그 시간들에 매가 리없이 당하지만 않아서, 시가 내리 눅눅지만은 않아서 다행이라고 또 쓴다. 뒤늦은 깨달음은 녹아들지 못한 반쪽짜리 사유였음도 이제야 읽히니 다행이다.

1.
낭비란
귀중한 자원임이 전제가 되어
쓰이는 말

내 안에
헤프게 넘쳤던 정이라는 천연자원
혼자만의 메아리가 될 때 하게 되더라

정을 낭비하지 말자는 다짐

2.
누군가에게서 젖혀지면
슬프고 아프다
인정!
안 그럴 수 있는 건 내가 아니다

그 다음 할 일을
정할 수 있는 것도 나

살아온 삶을 돌아보는 일
미처 못 지운 얼룩과
파인 흠결을 찾아내는 일
지우고 메워 다시 세우는 일
날 젖힌 그를 품는 일

누구나 할 수 있는 일로는
마음이 클 수 없다
나쁜 일이 좋은 일 되게 할 수 없다
나쁜 일로 좋은 일 만드는 실력 키워준
그가 고마워질 때
어제보다 자란 나와 만난다
 -라아의 마음노트
('박노해의 걷는 독서' 따라하기)

33. 다른 말을 하는 사람

오랜만에 대학 친구들을 만났다. 비 때문에 미뤄진 모임이었는데 내가 부추겨 수도권 친구들끼리만 모이게 됐다. 식사와 다과를 나누며 우리는 만만찮은 삶의 내공들로 풀어가야 하는 인간관계, 특히 나이 들어가는 부부의 삶에 대해 많은 얘기들을 나눴다. 어느 부부관계에서나 문제는 있었고, 아이들이 없다면 이혼하기 쉬울 것 같다는 얘기에도 공감을 나누었다.

때맞춰 일주일 넘게 이어지고 있는 남편과의 갈등으로 해갈이 필요했던 나로부터 시작된 얘기들이었다. 여자들이 남자들보다 평균 수명이 더 긴 이유 중 하나로 '여자들의 수다'가 꼽힌다고 한다. 수다를 통해 마음 속 응어리도 풀어내고 공감도 나눌 수 있기 때문이다. 스트레스가 풀리는 것이다. 스트레스가 만병의 근원이라는 얘기가 지극히 과학적인 근거를 가진 팩트라는 사실을 암을 겪으며 하게 된 여러 공부들로 알게 되었다. 그런 속풀이를 할 수 있는 친구들이 있으니 다행 중 다행이다. 그런데 친구들과 헤어져 혼자가 되었을 때 나는 한 가지 사실을 확인할 수 있었다. 예전 모임에서도 그 생각이 뚜렷했었다. 건강한 친구들과 모였을 때 난 '다른 말을 하는 사람'이 된다는 사실이다. 그 다른 말들은 다른 생각들로부터 나오고, 그 다른 생각들은 그들과 다른 특별한 경험을 했고, 지금도 하며 사는 다른 삶에서 비롯된다는 사실을 다시 확인하게 된다.

어느 때부턴가 나는 비타민씨 전도사가 되었고, 맨발걷기 전도사가 되었다. 마스크를 계속 쓰고 살 때 어떤 일이 벌어질 수 있는지에 대한 사실이 기록된 자료들도 그냥 지나치지 못하고 누군가와 나눈다. 아프고 난 이후 내 삶으로 흘러 들어와 내 삶의 안전장치가 된 고마운 경험들을, 그 근거가 되는 자료들을 혼자만 누리지 못하는 사람이 되었다. 오래된 친구들이나 친밀한 사람들과의 모임에서, 단톡방에서 나는 기승전건강 경험을 전하는 사람이 된 것이다.

때로는 그런 나를 불편해하는 시선을 느낄 때도 있다. 그 호불호를 감수하기로도 마음 먹게 되었다. 지금은 그 얘기들이 들리지 않거나 불편할 수 있지만, 언젠가 어떤 상황 가운데 그 얘기들이 누군가의 삶으로 흘러들어가고 적용된다는 사실을 경험했기 때문이다. 나를 불편해하는 시선이나 마음을 잠깐 견디면 내가 나눈 얘기들이 누군가의 삶 전체를 구하고 일으키는 귀한 씨앗이 될 수도 있다고 나는 믿는다. 내가 그랬기 때문이다.

유방암 수술 후 며칠 병원에 입원해 있으면서 나는 '자연치유'에 대한 자료들을 폰으로 검색하기 시작했다. 그때 제일 먼저 찾게 된 자료가 재미교포 대체의학 전문가 데릭 김이란 분의 오디오 강의였다. 그 강의를 통해 항암과 방사선이 오히려 발암의 원인이 되고 오히려 더 위험할 수도 있다는 사실을 알게 되었다. 그 강의에서는 의학적 팩트만 전하지 않고 주변 지인의 경우를 사례로 전하기도 했다. 어느 지인분이 병원에서 권한 항암 치료를 계속 받다가 고통만 당하고 죽음에 이르렀다는 얘기였던 걸로 기억된다. 너무 오래되어 정확한 내용인지는 잘 모르겠다. 지금에 이르러 둘러봐도 그런 경우들은 많고 많다. 그런 얘기들이 내게는 너무 무서웠다. 게다가 항암을 하게 되면 머리가 다 빠진다는 사실도 무서웠다. 항암주사를 맞으려고 하루 입원했다 퇴원한, 내 옆 병상의 아주머니가 식사 중에 너무 무섭게 토하던 모습에서 그 두려움은 절정에 달했던 것 같다. 그래서 내 의식은 자연치유 쪽으로 흘러갔고, 꼬리를 물고 이어지는 인터넷상의 자료들과 누군가가 SNS에 남긴 정보들, 글을 통해 항암, 방사선, 항호르몬요법에 대한 내 경우의 결정을 하게 되었다. 수술만 받은 후 자연치유 쪽으로 처음부터 방향을 잡게 되었던 것이다. 어디까지나 내 경우에 한정되는 이야기이다. 그런 결정이 모든 경우, 모든 사람들의 경우에 다 적용되어서도 안 되고 그럴 수도 없다. 개개인의 병기와 상태에 따라 현명하게 판단하고 결정해야 한다. 암을 진단받았다면 현대의학적 치료가 필요한 사람들이 대부분일 것이다. 나는 운이 좋게도 초기였고, 그래서 그런 용기를 낼 수 있었던 것 같다. 병원에서 권했으나 하지 않았던 현대의학적 치료들로 인해 불안할 때도 있었지만, 그런 판단을 했고 그런 결정을 한 사람이다. 정말 감사하게 여기까지 안전하게 올 수도 있었다. 그런 결정을 한 후 내 나름의 방법과 길을 좇아 여기까지 오는 동안 누군가의 직접적인 길 안내나 코치를 받아본 적이 없다. 다 인터넷 검색을 통해 하나하나 알게 되고 공부하게 되고 깨닫게 된 사실들을 바탕으로 자연치유의 길을 안전하게 걸어왔다. 먼저 암을 경험한 사람들이 SNS상에 남겨둔 직. 간접 경험의 자료들과 스토리들이 있었기에 올 수 있었던 여정이다. 그래서 나도 그 작업들을 힘이 닿는 대로 해왔다. 블로그에다 글로 기록하고, 유튜브에 이야기들로 풀어내어 올리고, 그리고 이렇게 책으로도 쓰고 있다.

내가 해온 이야기들, 써서 남긴 글들이 건강한 사람들에게는 딱히 필요치 않은 이야기이고 글일 수 있다. 가수 이승윤이 자신의 노래가 모든 사람에게 필요한 노래는 아닐 거라는 얘길 했을 때 공감했던 이유이다. 내게 이승윤의 노래가 때때로 필요한 것처럼, 때로는 가슴 절절하게도 듣게 되는 것처럼 내가 써서 남긴 글도, 이야기도, 누군가에게는 그럴 수 있을 거라 믿는다. 실제로 많이 만나도 왔다. 그거면 충분하다. 내가 다른 이들로부터 이미 누린 선물들처럼 나 또한 누군가에게 어느 순간 선물이 될 수 있다면.......

　여러 사람들 속에서 내가 '다른 말을 하는 사람'으로 굳이 살아가는 이유이다.

―――――――

　"당신 옆에 있는 그 사람은 조금도 당연하지 않다. 머리가 아닌 몸으로 무언가를 깨닫는 데는 늘 큰 비용이 든다. 무려 암에 걸리고서야 그걸 알았냐고? 그러게 말이다."

　―'살고 싶다는 농담' 허지웅

34. 유방암 수술 후 4년 차 정기검진 결과

초음파 검사를 하는데 젊은 여 선생님이었다. 2년여 전에 한 초음파 검사에서, 수술한 반대편인 왼쪽 가슴 왼쪽에 수상한 혹이 보인다는 결과가 나왔었다. 혹시 모르니 조직검사를 해보라는 담당의의 권고가 있었다. 그런데 MRI 상에서는 별 이상이 없는 것으로 나왔다. 나는 조직검사라는 말만 들어도 섬뜩하고, 왠지 건드려 놓으면 더 안 좋을 것 같기도 해서 담당의의 권고대로 따르지 않고 그냥 2년여를 보냈다. 몇 달에 한 번씩 생각날 때 혈액검사만 하고 정기검진을 다 건너뛰었다. 대신 매일 말씀과 기도 안에 거했고, 앞산 맨발산행을 두 시간 가까이씩 이어갔다. 현미채식 위주의 건강식을 먹으려 노력했으며, 무엇보다 마음의 평안을 지키려고 노력했다. 크나큰 노력이 필요한 시간들도 아니었다. 어쩌다 삶의 격랑도 일었지만, 날 크게 흔들어 놓진 못했다. 치유에 있어 마음의 평안과 감사를 지켜가는 일이 얼마나 중요하고 소중한 일인지를 여러 공부들을 통해 알게 된 후로 그 일은 내 삶의 반석이 되어 왔다.

"지난 번 검사 때 이쪽 부분에 뭐가 보인다고 했었는데요?"

의사가 그 부분을 저번 검사 때처럼 꼼꼼히 안 보고 슬쩍 넘어가길래 내가 짚어 줬더니,

"더 작아지고 숫자도 줄어서요. 괜찮으신 것 같네요. 결과 외과로 넘기겠습니다."

라는 대답을 아무렇지도 않게 들려 주었다. 그 순간에 안도감과 함께 떠오른 건 거의 하루도 빼놓지 않고 했던 맨발산행이었다. 그때와 지금 사이에 뚜렷이 끼어든 두 가지는 매일 오전 시간에 가진 말씀 묵상과 말씀 필

사, 감사일기 쓰기, 독서, 소망확언문 외치기로 이어온 미라클모닝 루틴,
그리고 맨발산행이다.

그 시간들 덕분이구나! 그래, '내가 지켜온 것들이 나를 지킨다'는 믿음
은 이렇게 열매를 맺는구나!

섣부른 판단일 수 있겠으나 마음이 놓이고 편안해졌다. 그리고 이미 한
검사들 뒤로 남은 두 가지 검사를 받지 말고 그냥 가버릴까, 유혹도 일었
다. 오전에 받은 유방 엑스레이와 흉부 엑스레이, 두 검사를 통해 내 몸에
피폭됐을 방사선들도 찜찜한데, 오후에 이어질 뼈 스캔은 피폭량이 더 많
다고 하니 그 이유만으로도 계속 갈등이 됐었다. 다행히 엑스레이는 그 양
이 미미하다고 했다. CT나 PET CT가 피폭량이 많다고 한다. 이번 검사에
서 두 가지는 빠져서 다행이고 다행이다.

올 12월이 되면 유방암 1기 진단받고 수술한 지 4년이 된다. 그러니 이
시점에서 담당 선생님 얘기대로 한 번 쭈루루 해볼 필요가 있겠다는 생각
도 들어서 그냥 다 해 버리는 걸로 했고, 그 결과가 나왔다. 검사 결과를 듣
기 전의 심정을 건강한 사람들이 알까? 평생을 이리 살아야 하니 심심하
고 밋밋하게 살기는 글러먹었다고, 또 쓴다. 드라마틱에, 쫀쫀탱탱 긴장감
에, 낯선 별 여행자의 고독과 남모를 기쁨까지...... 그 어디도 심심 밋밋은
껴들 여지가 없다.

"다 괜찮고, 오히려 더 좋아졌네요."
수술만 하고, 병원에서 제시한 항암도 방사선도 항호르몬요법도 다 물리

치고, 창조주의 창조질서를 따라 사는 삶을 근간으로 하는 뉴스타트 자연치유법으로 살아온 시간들의 결과이다.

"하나님, 감사합니다, 감사합니다! 계속 그렇게 살겠습니다. 그것이 답임을 이렇게 뚜렷이 보여 주시니 감사합니다! 제게 주신 소명대로 많은 사람들에게 전하고 알릴게요. 그 일 하라고 제게 허락하신 길이잖아요. 평생 기쁨과 보람으로 그 길 갈게요. 감사합니다, 감사합니다!"

오늘도 해피엔딩이다. 이 해피엔딩이 내 삶에 몇 번이나 이어질까? 이 길이 이어질수록 나는 더욱 깊어지고 넓어지고 높아갈 것이다. 내가 이어갈 길과, 깊어지고 넓어지고 높아져 갈 지혜와 혜안, 인생 실력까지가 4년여 걸어온 좁은 길을 따라 내다보인다. 이 특별한 길이 내게 오지 않았더라면 정말이지 반쪽 인생만 살다 갈 뻔했다.

"안 생길 꺼 같죠?

생겨요,

좋은 일!"

– 유방암 수술 후 2년 차에 다녀온 서울 나들이 때, 어느 가게 문에 새겨져 있던 반가운 글

35. 할 수 있는 일을 매일 할 때

치유를 이뤄낸 암 경험자들은 매일의 삶을 어떻게 살아냈을까? 나도 수술 후 초기와 중기를 살면서 자주 궁금했던 내용이다. 5년 무사통과, 옛날 같으면 〈5년 완치〉라는 표현을 썼을 만한 시기를 지나고도 어언 1년 7개월 가까운 시간을 지나고 있다. 내가 그랬던 것처럼 이 책을 읽는 독자분들 중에서도 수술 후 8년 차를 안전하게 살아낸 사람의 매일의 루틴이 궁금한 분들이 계실 것이다. 당부드리지 않아도 상식에 가까운 얘기겠지만, 이 내용은 암치유를 위한 정답도 아니고, 최적화된 암 치유법도 아니다. 그저 유방암 수술 후 8년 차까지를 무사히 살아낸 한 사람의 치유사례이고, 참고할 만한 데이터 중 하나가 될 것이다. 아래의 내용은 특히, 하루 루틴 중에서도 가장 중심이었던 마음 습관과 관련된 내용이다. 어떤 습관으로 어떤 마음을 어떻게 지켜갈 때 치유가 일어나는지를 나만의 루틴으로 살아내며 깨닫게 된, 지극히 개인적인 사례이다.

치유를 위한 하루 루틴이 정리가 된 시기는 혼란과 두려움에 휩싸였던 초기를 지나 B수양원에 가 있었던 시기로 기억된다. 수술 후 첫 두 달쯤은 강남에 있는 S한방병원에 일 주일에 세 번씩 다니며 면역치료를 받았었고, 그 이후에 B수양원으로 갔었다. 그곳에서 그곳 규칙에 따라 살던 생활이 내 치유루틴의 근간이 되었다. 음식과 마음, 신앙에 이르기까지, 뉴스타트(NEW START)라는 자연치유법의 8가지 수칙이 매일 몸과 마음에 배어든 시간이었고, 그때의 그 배움과 습관이 지금까지의 루틴으로 이어지고 있다. 물론 지금은 그때랑 똑같이는 못하고 산다. 그때는 그 루틴들이 절실하

154

고도 신기한 삶의 동아줄이었고 생명줄이었다. 그렇게 안 하면 큰일날 줄 알았고, 그래서 그 루틴대로 사는 일이 너무도 당연했다. 아무런 갈등도 망설임도 없었다. 조금도 어렵지 않은 일이었다.

수술 후 8년 차가 된 지금은 어떨까? 당연히 그때랑 똑같이 살지 못한다. 절대 우선순위였던 말씀묵상의 시간이 새벽시간에서 오전으로 밀려났고, 때로는 저녁시간대까지 밀릴 때도 있다. 살 만해진 것이다. 그 사이를 비집고 세상 일들과 세상 재미를 탐하는 시간들이 껴들기도 하고, 그 일들은 당연하게도 느껴진다. 건강해진 만큼 치유에만 온 삶을 기울여 살 수 없게 된 것이다. 때로는 생태수업을 하러 뛰어 나가기도 하고, 때로는 산행과 여행을 위해 새벽길을 나설 때도 있다. 그러나 단 하루도 말씀의 꼴을 놓친 적은 없다. 여행을 가서도 일어나 씻고 준비하는 시간에 자막이 같이 제공되는 유튜브의 〈호산나tv〉 채널로 말씀을 읽으며 듣는다. 나 혼자였다면 그렇게까지는 못했을 것이다. 목장 식구들과 함께였기 때문에 가능했다. 우리 목장에서는 매일 하루 석 장 이상씩의 말씀을 읽고 단톡방에 딸기 이모티콘을 올리자는 약속을 정했는데, 그 함께의 힘으로 매일매일 영의 양식을 취할 수 있었다. 현재 성경을 5독 중이다. 이 믿음의 공동체가 아니었다면 평생 단 한 번도 성경을 끝까지 읽어내지 못했을지 모른다. 함께의 힘은 늘 위대하다.

처음에는 말씀을 읽고, 말씀을 필사하고, 감사일기를 썼다. 그런 다음 90세 생일에 쓰고 싶은 일기를 미리 쓴 〈미래일기〉를 소리내어 읽었다. 일종의 긍정확언이자 우주를 향한 선언이라 믿었다. 아프고 난 이후 영성과 치유 관련 책들을 주로 읽게 됐는데 그 책들을 통해 배운 치유의식이다. 우주까지 가 닿기 전에 이 치유확언, 혹은 긍정확언들은 정확히 내 의식에 먼저 가 박힌다. 절실하고도 지속적인 자기 암시의 파동으로 파고들어 주인된 내 몸과 마음을 재창조해가는 형질이 된다. 매일 하루만큼씩의 삶을 살아가는 나를 안전지대로 견인해가는 하루만큼씩의 주문처럼도 느껴진다. 나아가 '플랜 B는 없어야 하는 확언대로의 나'를 날마다의 삶이란 거울 앞에 비춰보는 시간, 곁길로 빠져있는 나를 정신차려 이끌어 오게 하는 시간이기도 하다.

<소망 확언문> from. 2018. 1. 14. Sun

단 한 번의 수술 이후 90세 생일까지
나에게는 아무 일도 일어나지 않았다.
나는 평생,
매 순간마다 하나님을 바라보았고,
매 순간마다 감사와 긍정을 선택했고,
거의 매일 운동을 했다.
그리고 읽고 쓰고 말씀으로 살았다.
그것들이 없이는 살아갈 수 없었다.

무엇보다 감사한 것은,
가족 모두가 함께 삶을 개혁했고,
하나님 앞에서 신실하게 살 수 있었고,

가족 모두가 건강하다는 사실이다.

하나님 아버지, 감사합니다!
당신은 저와 제 가족에게
세상에서 가장 귀한 선물을 주셨습니다.
감사합니다. 감사합니다!

유방암 수술한 지 한 달이 지났을 때 쓴 이 〈소망 확언문〉은 미래일기를 써서 매일 외쳐야겠다고 생각한 순간 노트를 펼치고 즉석에서 한순간에 바로 썼다. 90세 생일로 정한 이유는 초기에 읽었던 루이스 헤이의 책들 때문이다. 그녀는 난소암이었는데 수술조차 하지 않고 자기돌봄과 자기사랑, 생각과 믿음의 힘, 긍정확언 등의 심리치료를 통해 극복했고, 90세까지 트램펄린 위에서 뛰면서 행복하게 살았다고 전해진다. 수술 후 초기, 두려움에 사로잡혀 있었던 내게 그녀의 얘기는 말할 수 없이 큰 희망이 되었다. 나아가 생각했다. 나 또한 그 나이까지 자연치유만으로 잘 살아내어 누군가의 강력한 희망이 되고 싶다고!

그렇게 시작된 숫자 9를 향한 소망은 초기에 내 삶의 작은 부분들에서 소소한 습관으로 껴들어 있었다. 예를 들면 물 마시는 습관을 들이면서 아홉 번 물을 연달아 꿀꺽꿀꺽 마신다든지, 세수할 때 마지막 차가운 물로 헹구면서 연달아 아홉 번을 어푸어푸 헹군다든지…… 그만큼 수술 후 초기에는 암=죽음이라는 공포에 눌려 있었던 것 같다. 유방암 2기를 코 앞에 둔 초기였지만 여러 강의들을 통해 초기라고 해서 결코 안심할 수 없다는 사실을 알게 됐기 때문이다. 초기에서 4기 되는 게 암종과 나이, 상태에 따라 몇 달만일 수도 있단 얘기도 들은 것 같다. 심지어는 0기였던 사람이 일 년 만에 온몸으로 전이되어 운명을 달리했다는 얘기도 〈회복 이야기〉를 통해 들은 기억이 난다. 아무것도 몰라 더 두려움에 억눌려 있었던 시기여서 숫자 9를 향한 소망이 그런 식으로 나타난 것 같다.

그 다음에는 책을 읽었다. 발병 이후 지금까지 읽어온 책들이 거의 다 동일한 분야의 책들이어서, 때로는 예전처럼 스토리에 푹 빠질 수 있는 책들이 그립기도 하다. 그런데도 이상하게 여태도 그게 잘 안 된다. 아직은 〈치유〉가 내 삶의 핵심 가치이고, 여전히 굳건히 지켜가야 할 사명이기 때문이다. 그렇더라도 내일이라도 당장 그 재미에 빠져들지 못할 이유는 없다. 의식에 들어있는 군기가 덜 빠져서 그런 듯하다. 곧 그 재미도 누려보고 싶다.

마지막으로 그 루틴으로 진행된 내용들을 사진과 함께 블로그에 포스팅했다. 그 또한 그 새벽 시간의 루틴을 지속해갈 수 있도록 이끌어 준 고마운 장치였다. 그렇게 매 순서를 사진으로 찍어 포스팅하지 않았다면 전체 루틴을 빼먹는 날도, 한두 순서를 빼먹는 날도 있었을 것이다. 그 순서들을 매일 다 하고 싶어서 블로그 포스팅이라는 장치를 선용했던 것이다. 그런 장치가 없이도 하루도 안 빠지고 지켜갈 수 있는 사람이 아니라는 걸 나 자신이 가장 잘 알기에 이용한 장치였다. 잠시만 방심하면 그 귀한 안전지대까지도 흔들리게 할 유혹들은 많고 많다. 나를 이끌어가는 삶의 장치들 덕분에 더 단단하게 그 시간들을 쌓아올 수 있었다.

추운 겨울에는 새벽시간에 이 루틴을 진행하면서 족욕도 함께 했었다. 그 미라클모닝 시간을 통해 하나님과 연결되는 평온함을 누렸고, 순간마다 감사로 무장할 수 있었다. 치유를 돕는 책들을 통해 아는 것이 힘이 되는 실력도 쌓아갈 수 있었다. 이 시간이 8년여 동안 지속해 온 치유루틴들 중 가장 중심이 되는 시간이었다. 마음이 천국일 때 치유가 일어난다는 사실을 여러 공부들을 통해 알게 되었다. 날마다 천국일 수는 없지만, 모든 날을 여전히 기적으로 누릴 수 있는 건 그 시간들이 내게 준 고마운 선물이다. 내게 가장 좋은 것 주시기를 기뻐하시는 하나님을 향한 신뢰 없이는 단한 순간도 자유할 수 없기 때문이다. 지으신 이가 가장 온전하신 치유자이심을 믿는 믿음이 나를 살게 했다. 날마다 새벽 시간에 그 믿음을 안고 하나님 앞으로 나아갔던 시간들이 반석처럼 내 마음을 지켰다. 하나님과 함께 나는 그 시간들의 증인이다.

주의 법을 사랑하는 자에게는 큰 평안이 있으니
저희에게 장애물이 없으리이다

(시편 138: 3)

그리스도의 평강이 너희 마음을 주장하게 하라
너희는 평강을 위하여 한 몸으로 부르심을 받았나니
너희는 또한 감사하는 자가 되라

(골로새서 3:15)

그러나 이 모든 일에 우리를 사랑하시는 이로 말미암아

우리가 넉넉히 이기느니라

(로마서 8:37)

그들에게 이르기를

여호와의 말씀에 내 삶을 두고 맹세하노라

너희 말이 내 귀에 들린 대로 내가 너희에게 행하리니

(민수기 14: 28)

나를 지킨 말씀들과도 함께 여기까지 왔다. 암송이 절로 되던 시간들, 아무 갈등 없이 말씀으로 빠져들던 시간들이 그립다. 아무 문제 없이 평안할 때에도 그럴 수 있다면 얼마나 좋을까? 그럴 수 없는 우리여서, 온갖 세상 낙의 유혹에 속절없이 휘둘리는 우리여서 하나님은 때로 광야길을 허락하시는지도 모른다. 내게 아무 일이 없었다면 내가 쉰세 구절이나 되는 말씀들을 암송할 수 있었을까? 잠 안 오는 밤마다, 두려움이 나를 덮치려할 때마다 그 말씀들 앞으로 달려갈 수 있었을까? 그런 일은 없었을 것이다. '고난당한 것이 내게 유익이라 이로 말미암아 내가 주의 율례들을 배우게 되었나이다'라고 고백한 다윗의 시편이 내 고백으로 느껴져 말씀 암송 노트에 17번 말씀으로 기록해 단번에 외웠다. 이 진실한 고백을 할 수 있는 인생이어서 감사하다. '너희 말이 내 귀에 들린 대로 내가 너희에게 행하리니'라고, 놀랍고도 단순한 인생 복락의 비밀을 말씀으로 못박아 놓으신 하나님 마음을 눈 밝혀 알아볼 수 있어서 감사하다. 하루에도 수십 번 '감사합니다'만 외쳐져서, 하나님 귀에 들린 그대로를 되갚아 주시는 그 사랑에

겨워 살 수 있어서 감사하다. 이렇게 나를 지킨 말씀들과 함께 치유습관들 또한 8년이 넘도록 지켜올 수 있었다. 어떤 습관들보다 마음 습관의 중요성을 잘 이해하고 우선순위에 둘 수 있었던 점도 다행한 일이다. '마음이 천국일 때 치유가 일어난다'는 진리를 단순명료하고도 확고한 명제로 강의마다 남겨 주신 주마니아 님('말기암 진단 10년, 건강하게 잘 살고 있습니다'의 저자)께도 감사드린다. 이 글 또한 누군가에게 그 지혜를 이어 또 다른 버전으로 뚜렷이 전해지길 소망해 본다.

"할 수 없는 일을 해낼 때가 아니라

할 수 있는 일을 매일 할 때

우주는 우리를 돕는다."

－'지지 않는다는 말' 김연수

CHAPTER 03

인생의 겨울이
남긴 것들

36. 선한 감시자들, <따동> 치유 공동체

"작가님, 저 암이래요."

"작가님, 저 암이래요. 제일 먼저 전화드려요."

"작가님, 저랑 친한 선생님이 유방암이래요. 안전한 길로 잘 좀 안내해 주세요."

그렇게 차례차례 받은 전화 통화가 이어준 치유 공동체 '따동(따뜻한 동행)', 너무 놀라며 그 전화들을 받던 때가 불과 얼마 전 같다. 우리는 다 블로그 이웃으로 만났다. 마지막 분만 블로그 이웃이셨던 분의 지인이셨다. 한 분은 병원에서 아무런 현대의학적 치료법이 없다는 판정을 받은 자궁육종암, 나를 포함한 세 사람은 다 유방암 경험자들이다. 한 분은 3기여서 현대의학적 표준치료들을 다 받았고, 또 한 분은 2기 진단을 받은 후 항암을 중간에 중단한 케이스이다. 항암 중단과 함께, 항호르몬요법을 선택하지 않은 점이 나와 같다. 내 조언과 〈이상구 박사의 뉴스타트센터〉 홈페이지에 게재되어 있는 항호르몬요법 관련글 등을 참고하여 스스로 선택하셨고, 지금까지 안전하게 살아가며 그 선택을 다행스러워하는 점 또한 나와 같다. 모든 사람들에게 똑같이 적용되지는 않겠지만, 항호르몬요법의 부작용이 크기 때문이다. 우리는 그 무서운 부작용들을 겪지 않았다. 이상구 박사님의 조언대로 우리는 부작용에 더 주목했고, 그 위험한 약 대신 선택한 자연치유법을 따라 살며 안전하게 여기까지 왔다. 내가 가장 오래되어 수술받은 지 8년 차에 접어들었고, 나머지 세 분은 3, 4년 차를 안전하게 지나고 있다. 또 하나 우리의 교집합은 책을 한두 권씩 낸 신인 작가들이라는 사실이다.

　제일 먼저 유방암 발병 사실을 알려준 작가님은, 수술만 하고 자연치유법만으로 치병해 가고 있던 나와는 달리 현대의학적 표준치료들을 다 마친 케이스이다. 그 힘들다는 항암, 방사선에 이어 면역치료까지 꿋꿋이 다 받고 있는 동안 나는 조심스럽게 내가 공부하고 깨우쳐 적용해 가고 있던 자연치유법들에 대해 전하기 시작했다. 표준치료가 끝나면 평생 장착하고 살아가야 할, 남은 삶의 안전장치라는 확신이 있었기 때문이다. 주로 카톡을 통해 내가 먼저 들은 강의들을 전해 주었고, 먼저 읽은 책들도 소개했다. 전화나 메시지로 도움이 될 얘기들을 전하기도 했다. 어떻게 먹고 자고 생각하고 생활해야 하는지에 대한 내용들이었다.

　무엇보다 신경 썼던 한 가지는 항암, 방사선 같은 현대의학적 치료들의 부작용에 대해 알려주는 일이었다. 그 치료들이 꼭 필요한 사람, 꼭 필요한 상황들이 있다는 사실을 알고 있다. 그러나 심각한 부작용들에 대해서도 당연히 알고 있어야 한다고 생각했다. 그 부작용이 엄청나므로 꼭 필요할 때 받고 난 이후로 또 되풀이하지는 말아야 한다는 사실, 그러려면 재발이나 전이의 상황이 일어나지 않아야 하는데, 어떻게 생활할 때 안전할 수 있는지 등에 대해 힘 닿는 대로 전했다. 그 근간은 내가 먼저 공부하여 알게 되었고 실천하며 살고 있었던 〈뉴스타트자연치유법〉에 관한 내용들이었다. 앞서 기록한 대로 그 기준들에 맞춰 생활하면서 나는 유방암 수술 후 2, 3년째를 안전하게 살고 있던 때였다. 그들 세 사람이 나를 찾고 길 안내를 부탁한 이유는 내가 그때까지 수술만 하고 그 자연치유법으로 살면서 안전한 상태를 지켜가고 있었기 때문이다. 그 기록들을 블로그를 통해 남겼기 때문에 또 우리는 그렇게 이어질 수 있었다. 이 글을 통해서도 어떤 새로운 인연들이 내 삶으로 이어질지는 아무도 모른다.

나와 달리 병원에서의 표준치료들을 다 받았으므로 내가 전하는 표준치료의 심각한 부작용들에 대한 내용들이 그분을 혼란스럽게 할 수 있다는 걸 알고 있었다. 그래서 신경썼던 건 전하는 시기였다. 그 자료들은 그분이 표준치료를 다 마칠 때까지 기다렸다가 전했다. 그 치료들을 받고 있을 때는 그 치료들에 대한 믿음이 있어야 효과를 볼 수 있기 때문이다. 혼란도 껴들어서는 안 되는 시기였다. 다 마친 후에도 자신이 받은 치료들이 원래의 목적 외에 정상세포들을 다 망가뜨리고, 오히려 발암의 요인이 될 수도 있다는 요지의 내용들이 받아들이기에 거부감이 들거나 혼란스러울 수 있었을 것이다. 미세하게 나한테 전해지던 혼란과 갈등의 느낌이 내 기억에는 아련한데 당사자에게는 어떤 기억으로 남아 있나 모르겠다.

그렇게 자료들을 주고 받다가 어느 땐가부터 맨발걷기에 대한 자료들도 전하기 시작했다. 그때는 표준치료 중이어서 맨발바닥이 땅에 닿는 것만으로도 통증이나 불편함이 느껴진다고 했던 기억이 난다. 발의 불편함에 더하여 맨발걷기에 대한 인식이 지금 같지 않던 때여서 아마 바로 그분의 삶으로 흘러들긴 어려웠을 것이다. 어쨌거나 그렇게 전해진 자료들과 먼저 한 경험에서 나온 이야기들이 그분의 삶으로 흘러 들어가 적용되기 시작했고, 지금 우리는 매일의 생활 습관뿐 아니라 마음 습관까지가 비슷한 치유적합적 삶을 공유하고 있다.

"작가님, 우리 매일 차려 먹는 식탁 사진 찍어 톡방에 올리는 거 어때요? 음식 절제가 어려워요"

어느 날 걸려온 전화에 그러자고 답은 했는데, 이 습관 또한 적응기간이 필요했다. 평생 안 하던 짓을 어느 날 갑자기 하기가 쉬운 일이 아니다. 나는 이미 식생활을 현미채식으로 바꾼 지 한참이 지난 때여서 어느 정도 습관이 되어 있었다. 그러나 그렇게 되기까지 나 역시도 쉽지 않은 과정이었음을 알기에 도움이 되고 싶었다. 더 나중에는 매일 하게 된 맨발걷기 인증샷도 공유하기로 했다. 타임리포토라는 앱을 통해 시작 시간과 마치는 시간을 찍은 맨발걷기 인증 사진을 단톡방에 하루도 빼놓지 않고 올리게 되었다. 처음에는 둘이서였는데 지금은 네 명이 되었다. 우리는 매일 단톡방에 세 끼 식사 사진과 맨발걷기 인증샷을 찍어 올리고, 맨발걷기하면서 찍은 미소셀카 사진도 찍어 올린다. 나를 미소로 만나고 칭찬해 주고 응원해 주는 '나사랑, 나돌봄 습관'의 한 방편이다. 내 경우에는 평온한 날보다는 마음 속이 시끄럽거나 다운될 때 더 하게 된다. 우리는 이런 고운 짓들을 서로 앞서거니 뒤서거니 가르치고 따르다 결국에는 나란히 동행길로 접어들게 되었다.

며칠 전에는 열세 번째 독서모임을 가졌다. 하남에 있는 미사뚝방길을 맨발로 걸은 후 점심을 먹고 근처 카페로 가서 독서모임을 갖는다. 추운 날에는 순서를 바꾸기도 한다. 우리가 읽어온 책들은 대부분 '치유와 영성'에 관련된 책들이었다. 함께 책을 읽고 서로 뽑아온 질문들을 나누고 삶을 나누며 우리는 선물 같은 시간들을 누린다. 서로를 사랑 에너지로 북돋아 주고, 서로의 어려움과 문제들을 품어주고 풀어주며 찐하게 하나가 되는 시간, 우리에게는 늘 그 시간들이 힐링 그 자체이다. 평소에도 서로 어려운 일이 생기면 단톡방에 다 토로하고 쏟아낸다. 삶의 희로애락을 찐하게 함께 나눈다. 무엇보다 우리는 서로를 든든히 지켜주는 선한 감시자들이다. 처음에는 내가 그분들을 돕는다고 생각했다. 지금에 와서야 확실히 알게 되었다. 따뜻한 동행들이 나를 도왔다는 사실을, 인생의 겨울이 남긴 따뜻하고도 든든한 선물이라는 사실을!

비가 억수로 퍼붓는 날, 눈보라가 치고 바닥이 꽝꽝 언 날, 피곤에 쩐은 날, 날씨도 마음도 우중충한 날...... 따뜻한 침대로 기어들고 싶은 충동을 이겨내고 앞산 맨발산행에 나서게 하는 사람들, 라면이 당겨 대충 먹고 싶다가도 단톡방에 찍어 올릴 사진 생각에 건강식으로 차려 먹게 하는 사람들, 남편한테 자식한테 상처받고 어지러워진 마음을 오로지 사랑 에너지만으로 서로 감싸 녹여 주며 무너진 마음건강까지 보듬어 주는 사람들...... 어쩌다 이런 따뜻한 동행들을 누리게 됐을까? 그 출발점을 생각하다 보면 늘 정신이 번쩍 든다. 내가 안전하게 여기까지 와 있기 때문에 시작된 인연이다. 내가 먼저 안전하게 걸어낸 길을 비슷한 삶의 습관들로 뒤따라 오고 있는 세 사람을 돌아볼 때마다 정신을 안 차릴 수 없다. 내가 3년 전에 통과한 5년이라는 안전지대를 '따동'의 세 분이 함께 향해 가고 있다. 그 일 차 관문을 모두 무탈하게 통과한 후에 〈합동치유강연회〉를 열 소망도 함께 품고 있다. 그 행복한 끝그림을 선명하게 그리며 오늘도 따뜻이 동행하고 있는 치유공동체 〈따동〉, 그분들을 돕는다고 생각하며 함께 손잡고 걸어온 길이 내게 뚜렷이 가르친다. 그분들 덕분에 내가 여기까지 안전하게 왔음을!

마음과 삶의 결이 비슷하면서도 서로 다른 각자만의 특성과 매력으로 빛나는 우리, 서로 안의 보석을 찾아내 주고 축복해 주는 우리, 서로의 거울이며 스승인 우리, 무엇보다 끊임없는 공부로 서로의 건강과 삶을 안전하게 지켜갈 수 있는 지혜들을 단단히 장착한 우리여서 든든하고 감사하다. 그 공부들을 통해 우리는 '같은 사건을 다르게 바라보고 해석할 수 있는' 사람들이 되었다. 그 해석이 이끈 삶을 살아내는 사람들이 되었다.

가장 쎄다는 질병 암, 삶을 완전히 바꾸어 치유적합적 생활 습관과 마음 습관을 지켜갈 때에만 안전할 수 있는 병 암, 병 중의 황제라는 암을 경험하고 그 치유 과정 중에 있다면 우리와 같은 치유 공동체를 만들고, 그 치유 공동체가 끼치는 선한 영향력을 경험해 보시길 권한다. 몇 겹 줄이 되어 서로를 안전하게 지켜주는 선한 감시자, 따뜻한 동행이 되어줄 것이다.

맨 먼저 시작한 나를 따라오다 나란히 동행이 된 그분들에게서 '따동호의 선장'이라고 종종 불릴 때가 있다. 정신 번쩍 들게 하는 말이다. 몇 년이 지난 지금, 확실히 알게 된 사실이 있다. 우리 따동호를 이끌어 온 진정한 선장은 내가 아님을!

둘만 모여도 함께하는 시간이 길어지면 하나의 에너지로 화합한 상태가 지속되는 일이 쉬운 일이 아니다. 우리 안에도 때로는 다르게 살아온 긴 세월과 경험이 만드는 미세한 틈, 다른 견해와 의견에서 삐져나와 살짝씩 부딪치는 에너지의 기류들이 섞여들 때가 있다. 당연하고도 자연스러운 현상이다. 참 감사하게도 우리는 그럴 때에도 그것이 '당연하고도 자연스러운'

일임을 아주 잘 이해하는 사람들이다. 포용력과 배려, 사랑의 에너지로 서로를 축복하고 북돋을 수 있다. 아주 특별한 경험을 함께했다는 한 가지 사실만 가지고는 매 번 그렇게 하는 일이 어려울 수 있다. 우리가 지속적으로 그럴 수 있는 건 우리 안에 더 근원적인 사랑 에너지의 주인이신 분이 함께 계시기 때문이다. 일개 인간이 의지로 만들어 가질 수 있는 사랑 에너지는 제한적이다. 금세 바닥나 버린다. 하나님이 날마다 새롭게 공급해 주실 때 그 에너지는 지켜질 수 있다. 우리는 그 사실까지도 알고 있다. 우리를 사겹 줄로 묶어 평생 탄탄히 이끌어 주실 분이 우리 안에 계셔서 든든하다. 안심이 된다. 아침 저녁 겸허히 무릎 꿇고 날마다 기도로 나아가야 할 이유이다.

"자신을 구하는 유일한 길은

남을 구하려고 애쓰는 것이다."

-'그리스인 조르바'

37. 정확히 아는 일

예배시간에 빌립보서를 통해 말씀을 듣게 되면 참 반갑다. 빌립보서 전체를 구절구절 쪼개다시피 세밀히 들여다보고 공부했던 〈빌립보서반〉 공부가 남긴 선물이다. 아주 익숙하고 편안한 길을 다시 즐기며 걷는 듯한, 동시에 그때 놓치고 보지 못했던 것들을 새로이 발견하며 더 충만히 누리는 듯한 즐거움과 감사를 느끼게 된다.

오늘은 빌립보서 2장 12~18절 말씀이 본문 말씀이었다. 역시나 익숙하고 반갑기 그지없다. '이래서 성경공부를 하는 거구나!'라는 생각이 새삼 들었다. 예배 후 점심을 먹고 다시 모여 다음 주 성가연습까지 끝내고 집에 오면 오후 2시 가까이가 된다. 예배 전 성가연습 시작 시간이 9시 20분이라 이른 아침부터 그 시간까지 계속 이어지는 주일 일정은 지금의 내게는 강행군으로 느껴진다. 집에 돌아오자마자 옷 갈아입고 햇살 따뜻할 때 앞산으로 바로 오르리라던 마음과는 달리, 몸이 잠시 휴식을 원하여 소파에 10여 분 누워 있다 좀전에 앞산으로 올라왔다. 말씀을 통해 받은 감격을 떠올리며 양지 바른 곳에 멈춰 서서 이 글을 쓰고 있는 이 순간에도 한 가지 메시지가 뚜렷이 떠오른다.

'Not success, But service'

사도 바울의 생애는 이 메시지 하나로 종결되는 삶이다. 로마 시민권자요 유대 족속 중 베냐민 지파 후손으로서의 선민사상 소유자, 당대 최고의 율법 교육을 받은 법관이기도 했던 사도 바울, 탄탄한 배경과 스펙을 자랑하던 그가 자신이 가진 모든 것들을 배설물보다 못한 것으로 여기며 그리스도를 위해 즐겨 고난을 당하고, 오히려 그 고난을 기뻐하고 감사함으로 스스로 복음의 씨앗이 되었다. 세상적인 성공을 얼마든지 거머쥘 수 있는 조건들을 넘치도록 갖춘 삶이었으나, 복음을 위해 모든 것을 내어 놓고 기꺼이 복음의 씨앗이 된 것이다. 얼마나 많은 영혼들이 그 한 씨앗으로 인하여 하나님 나라를 누리게 됐을까?

> 형제들아 나의 당한 일이 도리어 복음의 진보가 된 줄을
> 너희가 알기를 원하노라
>
> (빌립보서 1:12)

하나님 나라를 향한 사도 바울의 지고지순한 마음이 담긴 이 말씀을 나는 아프고 나서야 만났다. 이전에는 있는 줄도 몰랐던 말씀이다. 내 처지와 비교할 수도 없는 상황에서 선포된 말씀인 줄 알면서도 나 역시 이 말씀에 위로를 받는다. 때로는 나도 주위를 향해 선포하고 싶은 말씀이기 때문이다. 내게 일어난 일은 내 삶에서도 복음의 진보가 되고 있다. 그 소망이 이 글을 쓰게 한다.

목사님은 나폴레옹과 징기스칸의 삶을 이순신 장군의 삶과 대비시켜 들려 주셨다. 나폴레옹과 징기스칸은 그 치적과 이름값과는 상관없이 명예와 존경의 대상은 결코 될 수 없다고 하셨다. 바울과 이순신 장군의 삶은 일신을 넘어선 공동체와 수많은 타인들을 위해 기여하고 헌신한 삶이라는

점에서 존경과 명예의 대상인 것이다. 누구라도 그 조건에 충족될 때에 그 인생은 참으로 가치있고 성공적인 삶이 될 수 있다고 하셨다.

그 전에 전하신 한 메시지에도 가슴이 뜨거워졌다. 모든 시시비비를 다 십자가에 묻고 오직 모든 상황을 기쁨과 감사로만 승화시킬 때에 그 삶이 바로 성화를 향해 나아가는 삶이라고 하셨다. 이번에도 여러 번 설교를 통해 들었던 손양원 목사님의 예를 들어 주셨다. 1948년 여수반란 사건 때 두 아들 동인과 동신이 반란군에게 총살당하여 순교하는 끔찍한 일이 일어났는데, 아버지인 손 목사가 두 아들의 장례식에서 드린 감사기도는 들을 때마다 가슴을 울린다. 결코 아무나 할 수 없는 경지의 감사이기 때문이다. 더군다나 두 아들을 죽인 공산당원 안재선을 사형당할 위기에서 구해내어 아들로 맞아들임으로써 한 생명을 육으로도 영으로도 구하여 낸 일화는 들을 때마다 '참 신앙'의 경지에 대해 생각하게 한다.

'유학 준비 중이던 두 아들을 미국보다 더 좋은 하늘나라로 불러가시니 감사합니다!'

'한 집안에서 한 사람의 순교자가 나기도 어려운 일인데, 둘이나 되는 순교자를 보게 하시니 감사합니다!'

오늘은 이 두 가지 감사기도만 소개하셨지만 원래는 생때같은 두 아들의 죽음 앞에 10가지나 되는 감사기도를 하나님 앞에 드렸다고 한다. 신앙이 아니라면 말이 안 되는 이야기다.

바울 또한 순전한 복음전파를 위해 택함받은 자로 말로 다 할 수 없는 고난과 핍박을 당하였고, 옥고를 치르고, 종국에는 순교까지 당하였다. 하늘의 부름에 순종하여 자처한 고난일지라도 따져 묻기로 한다면 하나님 앞에 '인간적으로' 따져 물을 시시비비가 왜 없었겠는가! 그 대목에서 내 가슴도 뜨거워졌다. 때로는 하늘의 아버지를 육의 아버지인 듯 친근하게도 느끼고, 억울하고 힘든 일을 당하면 육의 아버지께 하듯 감히 따지고 대들기도 하는 것이 미성숙한 자녀들의 모습인 듯하다. '하나님, 저도 나름대로 착하게, 있는 힘 다해 긴 세월 견디며도 살아왔는데요, 왜 저보다 더 편히 즐겁게 산 사람들 다 두고 저만 이리 특별한 광야길을 가야 하나요?' 감히 접점으로 이끌어 댈 수 없는 분의 삶인 줄 알면서도 언뜻 튀어나오려는 생짜배기 마음 한 갈피를 갈비뼈 아래로 밀쳐넣으며 말씀 앞으로 나아간다. 그 모든 걸 내 스스로 불러들였음을, 때로는 아니라고 도리질치고도 싶은 것이 발가벗긴 내 본심이기도 하니 말이다.

말씀이 아니라면 어찌 바른 길로 행할 수 있을까? 자주 넘어지고 그 길을 벗어났다가도 다시 돌이킬 수 있을까? 오늘도 말씀을 통해 다시 선다. 그리고 평생 나아갈 나만의 길을 바라본다. 되지도 않는 벌거숭이 시시비비는 모두 십자가 앞에 드리고, 나 또한 누구 한 사람의 삶에라도 기여할 수 있는 길을 걸어갈 것이다. 언감생심 세상적 성공이라는 건 바라볼 주제부터 부족하지만, 누군가들의 삶에 섬김으로 녹아들 수 있는 길을 감히 꿈꾸며 바라본다. 이 질병의 광야길로 인해 거듭나고 단단해져서, 먼저 안전하게 걸어간 희망의 길을 남길 수 있길, 그 길을 걷게 될 누군가들을 돕는 손길이 될 수 있길 꿈꾼다. 그러자면 나 먼저 그 길을 끝까지 안전하게 걸어내어야 한다. 나 먼저 되어야 할 '선행(先行)'의 모든 것들을 놓치지 말아야 한다. 그래서 이 길은 또 다른 가치인 것이다. 나 혼자서는 엄두도 낼 수 없는 길이다. 내가 가는 길의 끝은 알 수 없지만, 그 사실만은 정확히 알고 있다.

"너희 안에서 행하시는 이는 하나님이시니 자기의 기쁘신
뜻을 위하여 너희에게 소원을 두고 행하게 하시나니"

– 빌립보서 2:12

38. 겨울나기의 전우, 쉰세 구절의 말씀들

유방암 수술 후 초기에 본능처럼 이끌려간 건 기도와 말씀이었다. 암에 대해 정확히 알지 못하는 상태에서 짓눌려 있던 두려움과 염려를 기도와 말씀에 의지해 다스렸다. 아무 일 없이 평안한 날, 온전히 기도와 말씀에 집중하기는 생각만큼 쉽지 않다. 세상낙의 유혹이 너무 많기 때문이다. 시련과 고통의 때를 살면서는 가장 쉬운 일이 된다. 그래서 고난과 시련이 축복이란 말이 성립된다는 걸 이해하게 된 시간이었다. 기도와 말씀 가운데 있을 때 우리는 가장 안전하고 평온한 상태가 된다. 치유가 시작되는 시간이다. 성경의 잠언 4장 20~22절에서는

"내 아들아 내 말에 주의하며 내가 하는 말에 네 귀를 기울이라 그것을 네 눈에서 떠나게 하지 말며 네 마음 속에 지키라 그것은 얻는 자에게 생명이 되며 그의 온 육체의 건강이 됨이니라"

고 하셨다. 그것은 '말씀'이다. 이 말씀을 실제적 치유 사건으로 증명하는 책이 '하나님의 약병'이다. 그 책에서는 난치병으로 오랜 기간 고생하던 사람이 성경에서 이 말씀을 발견하고, 이 말씀을 현실에 적용함으로 치유를 이룬 이야기가 소개되고 있다. 그 사람은 이 말씀을 믿음으로 받아들인 후, 매일 성경 말씀을 하루 세 번씩 식후에 약을 복용하듯 읽고 그 믿음을 지켰다. 그랬더니 오랜 기간 온갖 치료로도 낫지 않던 피부병이 거짓말처럼 치유되는 기적이 일어났다. 확신을 갖게 된 그 사람은 자신과 똑같은 어려움을 겪고 있는 사람에게 자신의 경험을 들려 주었다. 똑같이 따라한

두 번째 사람 역시 똑같은 치유를 이루게 되었다. 하나님의 말씀이 하나님이 처방하신 약병이 되어 치유의 기적을 일으킨 것이다.

얼마 전에 듣게 된 개그우먼 조혜련 씨 방송 영상에서도 말씀이 약병이 되어 치유가 일어난 간증 이야기가 소개되고 있다. 평생을 우상 숭배로 살았던 친정 어머니가 77세에 하나님을 영접하고 하루 8시간씩 말씀을 읽던 중, 성경 4독을 마쳤을 때 기적이 일어났다고 한다. 방광이 망가져 소변줄에 의지해 생활했는데 그 소변줄을 떼게 됐다는 것이다. 그 병 때문에 그만 살겠다고 했었는데, 말씀을 읽다가 치유가 일어났으니 얼마나 감격했을까? 그 어머니는 지금쯤 성경을 70독 가까이 하고 있을까? 그때 당시 57독 중이란 얘길 들으며 놀랐고, 하루 겨우 서너 장씩 읽는 나를 돌아봤었다.

이런 얘기들은 나중에 알게 된 얘기들이다. 잠언 4장의 말씀도, 이런 치유의 기적에 대해서도 알지 못했지만 본능적으로 이끌려 갔던 건 전적인 하나님의 이끄심이었고 은혜였다. 그렇게 외우기 시작한 말씀 쉰세 구절이 내 인생에 남았다. 처음 33번까지는 영문 버전을 함께 외웠었는데, 나중에는 포기했다. 번호 하나에 적힌 말씀이 한 구절이 아니라 여러 구절이어서 번호가 쌓여감에 따라 뒤로 갈수록 엄청 헷갈렸기 때문이다. 엉뚱한 영어 욕심은 말 그대로 욕심이었다.

주로 설거지하면서 창가에 암송 노트를 세워 두고 외웠다. 나는 야채든 그릇이든 여러 번씩 오래 씻고 헹구는 사람이라 오래 걸렸고, 그 시간에 말씀 암송은 안성맞춤이었다. 그렇게 말씀들을 외우면서 한 구절 한 구절씩을 새롭게 만나고 마음 깊이 새길 수 있었다. 잠언 4장 말씀을 통해 '말씀이 곧 생명이 되고 온 육체의 건강이 된다'는 실제적 표현을 감동으로 만났다. 비슷한 말씀들을 들어왔지만, '말씀이 얻는 자의 온 육체의 건강이 된다'는 말씀은 처음이었다. 아프기 전에는 이런 말씀이 성경에 기록되어 있는 줄도 몰랐다.

그렇게 가슴에 새기게 된 말씀들은 정기검진을 하면서 무서운 기계 안에이, 삼십 분씩 들어가 있을 때나 결과를 들으러 갈 때 특히 힘이 되고 의지가 되었다. 두렵고 무서운 순간에 어린아이가 엄마를 부르고 찾듯, 나 또한하나님 아버지를 부르면서 이 말씀들을 차례로 외웠다. 한 구절씩 외우다보면 무서움이 아니라 말씀에 집중하게 된다. 우리의 정신과 의식이 몸을지배하고 다스릴 수 있다는 얘기는 많은 책들에서 다뤄지고 있다. 말씀 암송을 통해 그 경지를 경험할 수 있었다. 말씀에 집중할 때 두려움에 굳어지고 긴장된 몸이 이완되고 풀어지는 것을 느낄 수 있었다.

"두려워 말라 내가 너와 함께함이니라 놀라지 말라 나는 네 하나님이 됨이
니라 내가 너를 굳세게 하리라 참으로 너를 도와 주리라 참으로 나의 의로
운 오른손으로 너를 붙들리라(이사야 41:10)"

는 말씀은 두려움에 휩싸이려는 순간 자동적으로 주파수를 펼쳐 가닿고의지하게 되는 말씀이다. 그냥도 아니고 '참으로 너를 도와 주리라'는 말씀이 참으로 든든했다.

"모든 지킬 만한 것 중에 더욱 네 마음을 지키라 생명의 근원이 이에서 남

　이니라(잠언 4:23)"

란 말씀은 "마음이 모든 것"이라고 한 부처의 가르침과도 닿아 있다. 마음을 지키지 못하면 생명의 근원을 잃게 된다는 단호한 진리를 크게 아파보지 않았다면 이렇게 구체적이며 현실적인 진리로 느끼지 못했을 것이다. 영성과 치유에 관련된 책들이 한 가지로 설파하는 중심 메시지여서 더욱 가슴에 새기고 간직하게 된다.

"주 안에서 항상 기뻐하라 내가 다시 말하노니 기뻐하라... 아무 것도 염려

　하지 말고 오직 모든 일에 기도와 간구로 너희 구할 것을 감사함으로 하나

　님께 아뢰라 그리하면 모든 지각에 뛰어난 하나님의 평강이 그리스도 예

　수 안에서 너희 마음과 생각을 지키시리라"(빌립보서 4:4~7)"

두려울 때 이 말씀이 특히 위로와 힘이 되었다. 두려움과 걱정, 염려 대신 기쁨과 감사, 기도를 선택하기 원하시는 하나님의 마음을 이해하게 되었다. 하나님이 왜 말씀 곳곳에서 기뻐하고 감사하라고 하시며, 그것이 우리를 향한 하나님의 뜻이라고(데살로니가전서 5:16~18) 하시는지를 의학적 지식과 팩트로 확인하면서 우리를 향한 하나님 마음에 감격했다. 기뻐하고 감사할 때 우리 몸 속 유전자들은 주인의 뜻에 그대로 반응한다고 한다. 내가 기쁠 때, 감사할 때, 나를 이루는 수십 조 개의 세포들 속 유전자들이 함께 생기를 받고 건강해진다는 것이다. 나를 지으신 창조주 하나님은 그 사실을 정확히 알고 계신다. 그래서 말씀을 통해 자녀들인 우리가 가

장 건강해지고 행복해지는 길을 '너희를 향하신 하나님의 뜻'이라고까지 확고하게 밝히셨다. 그 길을 선택하라고 수없이 당부하신다. 아니, 명령하신다. 육신의 부모인 나라도 그럴 것이다. 내 자녀들이 가장 건강하고 안전하고 행복할 수 있는 길을 무슨 수를 써서라도 나 또한 알게 하고 싶다.

밤마다 잠들기 전에도 외우다 잠들었던 53번까지의 말씀들, 그 중에서 1번 말씀이 어느 날부턴가 내 삶의 지향점이 되고 묘비명이 되었다.

"근심하는 자 같으나 항상 기뻐하고
가난한 자 같으나 많은 사람을 부요하게 하고
아무 것도 없는 자 같으나 모든 것을 가진 자로다(고린도후서 6:10)"

암환자니 자연스럽게 근심하는 자로 보였을 것이다. 그런데 대부분은 기쁨과 감사로 충만한 비밀을 누리고 산다. 많은 사람을 물질로 부요하게 할 재주나 능력은 없다. 하지만 먼저 한 경험으로, 세상의 숱하고 귀한 지혜의 책들로(그 소망도 담아 책 읽어 주는 영상들로 유튜브 채널 '모든 날의 기적'을 시작했다), 그 책들 중 한 권으로 껴들어 주길 간절히 바라는, 내가 쓴 책으로 많은 사람들의 마음을 부요하게 하는 일은 할 수 있을 것 같다. 그래서 남은 삶의 지향점이 된 말씀이기도 하다. 마지막 구절은 참 감사하게도 내게는 쉬운 일이다. 나는 욕심이 소소한 사람이라 그렇다. 이미 누린 복으로도, 현재 누리고 사는 복락으로도 늘 감사하다. 받은 복을 세려면 늘 열 손가락이 모자란다. 아무것도 없는 자 같으나 모든 것을 가진 자, 지금 당장 바로 되는 말씀이다. 내 마음을 짓는 일, 그 중에서도 자족의 마음을 짓는 일만큼은 선수라 하나도 어렵지 않은 말씀이다.

아프기 전에는 이런 말씀이 성경에 있는 줄도 몰랐다. 성경을 한 번도 끝까지 제대로 읽어본 적이 없었으니 당연하다. 이 말씀이 참 좋아 1번으로 적고 암송을 시작했다. 내 마지막 묘비명으로도 쓰이면 좋겠다.

이 말씀 아래에,

'이 말씀을 온 삶으로 누리고 간 하나님 자녀 이경연, 이곳에 잠들다'

라고 쓰고 싶은데, 묘와 묘비를 남기고 싶은지는 좀 생각해 봐야겠다. 묘비명으로 남기려면 이 말씀을 온 삶으로 누리고 가야 한다. 첫 구절과 마지막 구절은 이미도 충만하게 누리며 산다. 이 말씀을 기록하고 가슴에 새겼기 때문에 더욱 그렇다. 가운데 구절은 내 삶의 지향점으로, 혹은 소명으로 남겨져 있다. 그 소명에 답하기 위해서도 이 책을 쓰고 있음을 나 자신은 안다. 이 책을 읽는 사람들의 마음의 부요에 1이라도 기여할 수 있길 간절히 소망해 본다.

'나는 하나님의 자녀로서
모든 날의 기적을 재능으로 발견하고
감사로 누린 사람,
내가 한 경험으로 다른 사람의 건강과 삶을 도울 수 있음을 기뻐한 사람...
으로 기억될 것입니다.

선명한 끝그림, 감사합니다.'

'실행이 답이다'라는 책에서 필리글러 신부가 한 '당신은 죽은 뒤에 어떤 사람으로 기억되고 싶습니까?'라는 질문에 써 본 답이다. 이 답 또한 위에 적은 말씀으로부터 나온 답이다. 선명한 끝그림이 흐려지지 않도록 잘 살아내고 싶다. 혼자서는 안 된다. 1번 말씀이 이끄는 53번까지의 말씀들을 다시 외우는 일부터 해야 한다. 건강해지면서 말씀 암송이 뜸해졌다. 뒤로 갈수록 가물거리는 건 당연하다. '창성보다 수성이 어렵다'는 말이 무슨 말인지 알겠다. 인생의 겨울을 날 때 난로가 되고 등대가 되어 준 말씀, 지켜야 할 마음을 지켜 준 말씀, 남은 삶의 지향점이 되어 준 말씀들을 마음 속에서 끝까지 지켜가고 싶다. 그 스산했던 겨울을 함께 견뎌낸 전우 같아서도 그렇다. 말씀 본연의 '거룩'을 닮아가는 일도 끝그림에서 열매로 찾게 되길 욕심내 본다.

"고난당한 것이 내게 유익이라

　이로 말미암아 내가 주의 율례들을

　배우게 되었나이다"

– 시편 119:71

　(말씀 암송노트 17번 말씀)

39. 나 같지 않은 내 안의 리더

유방암을 경험한 후 나는 모든 면에서 나 자신과 내 삶이 업그레이드되었다고 진심으로 믿는다. 초기에 체중이 십 킬로그램이나 빠지고, 얼굴에서나 전체 외양에서도 병색이 완연한 몰골로 나다닐 때, 내게 온 큰 병에 대해 듣기도 한 사람들이 나를 바라보며 어떤 생각을 했을지는 어렵지 않게 짐작된다. '암=죽음'의 등식으로 생각하며 곧 죽을지도 모를 사람이라고 느꼈을 수도 있다. 최소한 '불행을 맞은 사람. 안된 사람'이라고 생각하며 바라봤을 것이다. 구경꾼이라면 나 또한 그런 선입견에 기울지 않을까? 겪어보지 않은 모든 일들에 대한 견해는 오답일 가능성이 크다. 겪어본 사람은 정확하게 안다. 암에 걸렸다고 다 죽는 것도 아니고, 다 불행해지지도 않는다는 사실을! '암이 축복입니다' '암에 걸려 더 잘 살고 있습니다'와 같은 맥락의 얘기들이 왜 나올 수 있는지, 왜 그 비슷한 맥락의 책 제목들이 많은지 이제는 백 프로 이해하는 사람이 되었다. 다름 아닌 내 고백이어서도 그렇다.

나는 어떤 일을 하루도 빠짐없이 일 년 열두 달, 한결같이 해내는 사람들을 진심으로 존경한다. 내게는 그런 일이 제일 어려운 일이어서 그렇다. 오죽하면 3년, 6년 지각 한 번 없이 개근하는 일보다 우등상 받는 게 낫겠다고도 느껴지는 사람이다. 그런 내가 하루도 안 빠지고 해내는 일들이 생겼다. 수술 후 초기에는 매일 새벽 5시 반쯤 일어나 말씀을 읽고, 말씀을 필사하고, 소망 확언문을 외치고, 감사일기를 썼다. 마지막에는 책을 읽었다. 아프기 전 퇴근 후에 마지막 코스로 들른 도서관에서 그렇게나 빠져 읽어

대던 문학작품류의 책은 단 한 권도 읽히지 않았다. 그 마음은 지금까지도 이어져 그동안 읽어온 책들은 거의 다 '치유와 영성'에 관련된 책들이었다. 여적지도, 아무일 없던 때의 태평스러움으로 읽던 책들이 잘 잡히지 않으니 아직은 조금 더 시간이 필요한 과정인가 보다.

아프기 전 나는 상 올빼미로 살았고, 아침 시간에는 늘 몽롱하게 맥을 못 추던 사람이었다. 암이라는 지진대를 지나면서는 그 어렵던 모든 일들이 다 바로 되었다. 밤 9~10시 사이에 잠자리에 들었고, 새벽마다 말씀 앞으로 나아갔다. 그런 일들이 어떤 일보다 어려웠었는데 눈꼽만큼의 갈등도 없이 너무나 쉽게 그 일들이 '된다'는 사실이 놀라웠다. 하나도 어렵지 않고 '바로' 되었다.

8년 차에 접어든 지금은 비가 오나 눈이 오나 바람이 부나, 하루도 빠짐 없이 앞산을 맨발로 오르내리는 사람이 되었다. 뿐이랴? 아침에 눈을 뜨면 앉은 자리에서 바로 감사로 가득한 아침기도를 드리고, 침대에서 할 수 있는 스트레칭 동작들을 십 분쯤 한다. 그 다음에 일어나 입 안을 헹궈낸 후 음양탕(온수와 냉수를 반씩 섞은 물)을 마시는데, 나는 죽염을 조금 섞어 마신다. 그런 다음 오일풀링(구강 디톡스)을 한다. 오일풀링을 하는 시간은 화장실에 가는 시간과 겹친다. 나는 아프기 전에도 아침 식사 전에 꼭 속을 비워내는 습관이 있었는데, 아프고 난 후에는 그 습관이 건강에 좋은 이유도 정확하게 알게 되었다. 조승우 한약사는 '완전배출'에서 새벽 4시부터 낮 12시까지가 인체의 배출주기라고 밝히고 있다. 식후 혈당피크를 한 번이라도 줄이는 게 치유에 유익할 거라는 판단으로 몇 년 전부터 아침을 건너뛰고 11시 반쯤 첫 식사를 하는 습관을 지켜왔는데, 간헐적 단식에 더하여 배출주기로도 잘 지켜가고 있는 셈이라 반갑기 그지없다.

수술 후 새벽시간에 하던 미라클모닝 루틴을 지금은 오전 시간에 하고 있다. 그 시간대에 여러 세상사가 섞일 때도 있지만, 늘 다시 돌아갈 수 있고 기다려 주시는 분이 계셔서 감사하다. 그 시간에 그런 일을 하고 있는 것 자체가 아프지 않았다면 있을 수 없는 일이라 새벽 시간이 아니어도 내게는 여전히 '미라클'이다. 마당에 쏟아져 내리는 부신 햇살을 내다보며 말씀을 묵상하고, 하나하나 새기며 천천히 필사하고, 감사로 충만한 마음을 하나님 앞에 감사일기로 드리는 그 고요한 시간, 내 삶의 가장 우선순위의 정수를 누리는 그 시간은 내 치유습관에서 코어(core)가 되었다. 그 시간들을 통해 암이라는 질병이 주는 두려움과 염려를 다스릴 수 있었고, 평온함에 이를 수 있었다. 하나님으로부터 오는 사랑과 희락과 화평의 열매를 누리는 시간, 마음이 천국일 때 치유가 일어난다는 진리가 왜 진리인지를 절로 깨우치는 시간이다.

나아가 광야를 벗어나 자유의 몸이 된 듯 느껴지는 지금의 내게 그 시간은 또 다른 의미로도 놓여 있다. 박영선 목사님 강의('고난이 곧 복이 되는 까닭')에서 '고난을 통해 하나님은 우리를 당신과 대등한 관계로 이끄셔서 사랑과 믿음을 나누자고 하신다...... 고난을 통해 우리는 믿음의 상급학교로 진학하게 된다.' 라는 말씀을 들었는데, 그 말씀이 얼마나 큰 울림으로 남았나 모른다. 또한 그 시련을 통해 내게 '너의 정체성이 무엇이냐?'를 묻는 시간이라고도 하셨다. 그 영상을 여러 번 듣고 또 들었고, 따동 작가님들과도 공유했었다. 내 삶에 허락하신 광야학교를 통해 하나님이 나와 무엇을 나누기 원하셨는지, 내가 어떤 정체성으로 거듭나길 원하셨는지를 깨닫게 된 시간, 나아가 '출애굽은 애굽에서 나온 이야기가 아니라 가나안으로 들어간 이야기'라고 단호히 규정하신 말씀처럼, 내가 겪은 일 또한 '암에서 탈출해 나온 사건이 아니라, 고난을 지나 내가 들어가길 기대하셨던 내 삶의 가나안으로 들어간 사건'이었음을 깨닫게 된 시간, 그 쨍한 깨달음을 딛고 섰으면서도 조금만 방심하면 안일함과 게으름, 세상낙으로 빠져드는 나를 이끌어 하나님 자녀로 살겠다는 자유의지를 드리는 시간.......

그 날마다의 시금석을 넘나들면서도 시련을 허락하신 분의 마음을 믿음으로 헤아릴 수 있어 감사하다. 내가 도달한 가나안 땅의 풍요가 딱 '나 맞춤'만큼의 풍요여서도 감사하다.

'그들이 마음에 하나님 두기를 싫어하매 하나님께서 그들을 그 상실한 마음대로 내버려 두사 합당하지 못한 일을 하게 하셨으니(로마서 1:28)'

라는 말씀에 찔리는 순간마다 다시 말씀과 기도로 돌아갈 수 있어 감사하다. 철없는 자녀를 변함없이 기다려 주시는 분이 계셔서 감사하다. 이 모든 것이, 드려지는 나의 행위에 따라 받는 은혜가 아니라 창조주 하나님의 전적인 구속의 은혜임을 알고 믿는 자녀여서 감사하다.

이렇도록 풍성한 깨달음과 감사로 채워지는 시간, 또 때로는 다른 것들로도 채워지는 미라클 루틴이 끝나는 11시 반쯤, 첫 식사로 사과와 야채 두어 가지를 먼저 먹는다. 야채는 생고구마, 비트, 야콘, 콜라비, 양배추 등을 때에 맞춰 선택한다. 이 과채식은 지금은 남편의 아침식사 메뉴로도 자리잡게 되었다. 30분쯤 지나 현미야채식이 기본이 된 점심을 조금 더 먹는다. 토마토를 으깬 소스에 브로콜리, 당근, 양배추, 버섯, 양파, 마늘 등의 야채들을 살짝 볶아 후추랑 올리브오일, 들깨가루를 더해 먹는 〈토마토야채볶음〉도 자주 먹는 치유식이다.

식사 후 혈당피크가 오는 시간에 요즘 하고 있는 새로운 습관은 십 분쯤 막춤과 스쿼트, 복근운동을 섞어 몸을 움직이는 것이다. 그렇게 할 때 치솟는 혈당을 다스릴 수 있다. 몸 속에서 혈당이 올라가면 암세포들이 좋아 춤을 추며 포식하게 된다. 다시 말해 암세포들이 아주 좋아하는 환경이 되는 것이다.

오후 시간에 늘 지켜가는 습관은 앞산 맨발산행이다. 이 시간에 다른 상황이 생기면 밤 늦게 집 앞 잔디밭에서 짧게라도 꼭 맨발뛰기를 한다. 겨울을 제외한 나머지 계절에는 십 분 가까이 스트레칭도 맨발로 서서 앞산에서 한다. 걸으면서는 심호흡도 하고, 때로는 햇살을 받으며 서서 명상도 한다. 혼자였다면 하루도 안 빠지고 앞산 맨발산행을 지속해 갈 수 없을 것이다. 〈따동〉 치유공동체와 함께여서 할 수 있는 일이다. '빨리 가려면 혼자 가고, 멀리 가려면 함께 가라'는 말은 진리 중 진리이다.

그 외에도 내 안의 리더인 또 하나의 내가 이끌어가는 매일의 의식들이 또 있다. 언제 어디서나 거울 앞에만 서면 양쪽 입꼬리가 자동으로 올라간다. 이제는 습관이 돼서 절로 그리 된다. 마음이 무거울 때 입꼬리를 한껏 올리고 웃는 내 모습과 만나면 마음도 문제들도 가벼워진다. 저녁 샤워 시간에도 하루도 안 빠지고 하는 습관이 있다. 이 습관은 습관이라기보다 내 삶의 찐 의식에 가깝다고 느껴진다. 수술 후 처음으로 샤워를 하면서, 부분 절제술로 상처가 난 오른쪽 가슴을 보면서 너무 미안했다.

"내가 잘못 살아서 널 아프게 만들었어. 미안해! 많이 놀랐지? 많이 아팠지? 정말 정말 미안해! 이제부터 잘 살아서 다시는 아프게 하지 않을게. 미안해. 정말 미안해!"

라고 말하며 진심을 다해 가슴에게 미안한 마음을 전했다. 왼쪽 가슴 또한 따뜻한 물로 어루만져 주며

"미안해. 짝꿍 보면서 많이 놀랐지? 잘 있어 줘서 고마워! 잘 살아서 다시는 놀래키지 않을게. 미안해. 고마워!"

라는 말로 미안하고 고마운 마음을 전했었다. 지금은

"잘 있어 줘서 고마워. 정말 정말 고마워! 끝까지 건강하게 잘 살자. 잘 있어줘. 고마워. 사랑해!"

라는 말을 양쪽 가슴에게 하루도 빼놓지 않고 전하고 있다.

미운 말, 고운 말로 물에게, 밥에게 실험한 결과들에 대해 들은 이후로 나는, 내가 매일 가슴에게 전하는 얘기들을 내 몸 속 세포들이 알아듣는다고

믿는다. 물론 암은 전신성 질환이란 사실을 잘 알고 있다. 암세포들이 처음 발생 부위 한 곳에서만 머물러 있지 않고 혈액을 타고 전신을 떠돌고 있고, 얼마든지 다른 부위들에서 문제를 일으킬 수 있다. 내 '찐 의식'은 상징성의 의식이다. 전신의 세포들에게 전하는 말이기도 하다. 처음의 절실함보다는 좀 가벼워졌지만, 내가 이 습관을 내 삶의 의식인 듯 대하게 되는 이유이다. 샤워를 마치고 부얘진 거울을 닦아내며 하루도 빠짐없이 하는 '확언 외치기'가 마지막 습관이다.

"다 낫게 하시니 감사합니다!
All is well!
나는 건강과 풍요를 끌어당기는 자석이다!"

여러 확언들이 있었지만 이 세 확언이 남았다. 이 확언들이면 족하고 족하다는 생각이 든다. 이 세 마디 안에 내 치유과정에 함께하신 하나님을 향한 감사와 여기까지 온 과정이 들어있고, 현재의 족함과 미래의 소망까지가 다 들어있다. 둘째 셋째 확언의 마법은 내 셋이나 되는 자식들의 삶으로도 흘러가길 비는 마음 간절하다.

아프지 않았다면 절대 하지 않았을 내 삶의 의식들과 함께 여기까지 왔다. 이 의식들을 나를 지켜가는 보석들로 알아보고 대하며 여기까지 잘 살아낸 내가 고맙다. 하루도 안 빠지고 뭔가를 해내는 일이 가장 어려운 의지박약한 나를 이끌고 여기까지 와 준, '나 같지 않은 또 하나의 나'에게 감사장이라도 수여하고 싶다. 때로는 휘청이고 비틀대며 예전의 나로 휘릭 돌아가 버리는 나, 철퍽 주저앉아 며칠이고 퍼져 있으려 하는 나, 소명도 사명도 다 귀찮아 찌그러져 있고 싶어 하는 나…… 세상에서 제일 어렵다는 일, '내 안에 너무도 많은 나'를 이끌고 변화시켜 내 생애 최고의 단계로 업그레이드시켜 준 리더는 바로 내 안에 있었다. 암이라는 한 방의 결정타가 아니었다면 이렇게 될 수 있는 사람이 아니었다. 인생의 겨울이 내 삶에 남긴 뜻밖의 선물이다.

"그런즉 선 줄로 생각하는 자는 넘어질까 조심하라"

(고린도전서 10:12)

40. 최고의 치유제, 감사

유방암 수술 후 5년 무사통과 축하파티 때 세 분의 따동 작가님들이 뭉클한 손편지를 써서 그 자리에서 읽어 주었다. 뭉클한 감동과 눈물로 받은 편지 내용 중 기억나는 부분이 있다.

'그때 작가님이 그런 말씀 해 주셨어요. 암 진단 이후 '감사'를 마음에서 놓지 않았다고!'

진희 작가님이 읽어 준 편지에서 그 사실을 다시 확인하며 감사했다. 정말 그랬다. 그때까지, 또 한 해가 지난 지금까지, 단 한 순간도 감사를 놓친 적이 없었다. 전술한 대로, 받은 복과 이미 누린 복, 지금 누리고 있는 복들을 세려면 열 손가락이 모자랄 만큼이다. 어떤 상황에서도 갈비뼈 아래 깊숙이에서 잔잔히, 한결같이 흐르고 있는 감사의 강물은 끊어지지 않는다.

'감사의 힘'에 대해 다룬 여러 책들에서 기쁨과 감사가 강력한 파동의 치유 에너지라는 사실을 전하고 있다. 일본의 에모토 마사루 박사의 물 실험을 통해 밝혀진 결과는 특히 충격적이다. 사랑과 감사의 말, 미움과 부정의 말을 계속 듣게 되면 양쪽 컵 속 물의 결정체가 확연히 달라진다는 결과는 이제 상식에 가깝게 알려진 사실이다. 이 실험으로부터 다음과 같은 결론들을 보여준다.

'사람은 영혼을 가진 물주머니이다. 사람의 구성 성분의 70%가 물로 되

어 있으니 "감사합니다"라는 말을 들으면 온 몸의 세포가 춤을 추며 기뻐한다고 할 수 있다.'
  -'수천 억의 부를 가져오는 감사의 힘'-

  '에모토 박사의 연구는 주변 환경의 에너지와 의도가 우리 몸의 건강과 기능에 직접적으로 영향을 미친다는 사실을 보여준다. 에너지와 생각은 우리의 혈액, 세포, 세포 조직의 주파수를 바꿀 수 있다.'
  -'HEAL, 최고의 힐러는 내 안에 있다'-

  '수천 억의 부를 가져오는 감사의 힘'에서는 또 다른 놀라운 예도 보여준다. 일본 대체의학협회의 데리야마 신이치라는 분은 말기 신장암에서 회복되었는데, 그 비결이 바로 '감사의 힘'이었다. 매일 옥상에 올라가 떠오른 태양을 바라보며 자신이 암에 걸린 사실을 인정하며
  "고맙습니다" "감사합니다"를 기도하는 마음으로 수도 없이 외쳤더니 완치의 기적에 이르렀다고 한다.

  또 한 사람의 예도 놀라웠는데, 매일같이 "감사합니다"를 100만 번 이상 외치자 목소리까지 잃을 뻔한 폐암 말기에서 완치의 기적을 이뤘다고 소개하고 있다. 이런 예는 '감사'라는 에너지의 파동이 얼마만큼 강력한지를 극적으로 보여준다. 양자물리학이 증명한 사실이다.

  나는 처음에 이상구 박사님 강의를 통해 이런 사실에 대해 알게 되었고, 현대의학이 인정한 의학적 팩트라는 사실에 감격했다(2010. 1. 18일자 타

임지 표지). 타임지 표지에 대대적으로 발표된 〈후성유전학〉의 요지에 대해서는 전술한 바 있다.

성경을 현재 5독째를 이어가며 깨달은 한 가지가 있다. '감사가 최고의 믿음이요 최고의 치유제'라는 사실이다. 하나님은 자녀된 우리들을 지으신 후 인생사용설명서로 성경 말씀을 주셨다. 내가 깨달은 인생사용설명서 1조 1항은 '항상 기뻐하라 쉬지 말고 기도하라 범사에 감사하라'는 것이다. 이 말씀만 지켜 살 수 있다면 이 땅에서의 삶은 몸과 마음이 함께 건강하고 평온한 삶이 될 것이다. 나는 지금까지 해온 여러 세상 공부들을 통해서도 그 사실을 확인했다. 의학적 근거를 가진 내용이다. 여러 책과 강의들을 통해 확인한 그대로, 사랑하고 감사할 때 우리 몸 속 세포들은 기뻐 춤추며 가장 건강한 상태가 된다고 한다. 기도드릴 때 우리는 하나님이 처음 지어 주신 마음을 회복할 수 있다. 마음이 천국일 때 면역력은 최고조가 된다. 〈유전자는 뜻에 반응한다〉라는 제목의 강의를 통해 이상구 박사님은 그와 같은 사실을 힘있게 전하고 있다.

더더욱 놀라운 사실은 치유적합적 생활 습관과 마음 습관(사랑, 감사, 기쁨, 긍정...)을 지켜 살 때 변질된 유전자들이 정상세포로 돌아갈 수 있다는 것이다. 즉 암도, 그 어떤 질병도 내 선택에 의해 완치될 수 있다는 사실! 그 놀라운 〈후성유전학〉의 비밀에 대해 알게 된 후 나는 재발과 전이의 두려움에서 벗어날 수 있었고, 우리 몸을 그렇게 프로그래밍해 놓으신 창조주 하나님을 향한 감사가 열 배나 깊어졌다. 오묘하고 신비로운 인체의 비밀에 대해 공부하면서는, 피조물인 우리 몸을 보호하기 위한 겹겹의 방어체

계와 면역체계에 대해 알게 되었고, 창조주 하나님의 사랑이 믿어져 감동했다. 그때 이후로 나는 모든 날 모든 순간이 기적처럼 느껴졌다. 〈모든 날의 기적〉이라는 유튜브 채널명이 정해진 이유이다.

아침에 눈을 뜨면 숨을 쉬고 살아만 있어도 감사했다. 욕실 바닥을 기면서 한 발자국도 움직일 수 없는 고통을 여러 번 겪은 이후로는 팔 다리를 움직여 가고 싶은 곳으로 걸어갈 수만 있어도 기적이라 느껴졌다. 하늘과 구름과 노을과 바람... 눈에 보이는 모든 것이 감사했다. 죽음 가까이까지 가보진 않았지만, 죽음을 팩트로 느껴본 것만으로도 삶의 경이로움은 놀라울 만큼이었다.

항상 기뻐하라
쉬지 말고 기도하라
범사에 감사하라
이는 그리스도 예수 안에서 너희를 향하신 하나님의 뜻이니라
(데살로니가전서 5:16~18)

모든 날이 감사요, 기적임을 전심으로 느껴본 후 나는 왜 창조주 하나님이 말씀을 통해 그렇게 여러 번 '기뻐하고 감사하고 기도하라'고 당부하셨는지, 그것이 왜 자녀들을 향한 당신의 뜻이라고까지 하셨는지를 온전히 이해하게 되었다. 그렇게 살 때 자녀들이 가장 건강하고 행복할 수 있기 때문이다. 그것이 건강한 삶의 기본요건이자 핵심요건이기 때문이다. 크게 아프지 않았다면 이 귀한 깨달음에 이를 수 있었을까?

모든 것이 평안할 때 감사하기는 식은 죽 먹기다. 고난과 시련 중에 감사할 수 있는 것이 진정한 감사의 경지이다. 순리로 흐르는 중력을 거슬러 오를 수 있을 때 기적은 일어난다. 누구나 할 수 있는 일로는 나쁜 일이 좋은 일 되게 할 수 없다.

감사일기를 하루도 안 빠지고 쓰지는 못하지만, 감사의 단물은 한 순간도 마르지 않는다. 살아만 있어도, 걸을 수만 있어도 기적이라 진심으로 느껴지는데 감사할 거리가 얼마나 많고 많겠는가? 매일 감사일기를 쓰는 삶은 모든 상황을 감사의 필터를 통해 바라보게 만든다. 그래서 '그럼에도 불구하고' 감사할 수 있는 경지로 나아가는 것이다. 강력한 파동의 감사 주파수는 믿을 수 없는 치유의 기적을 일으킨다. 이 사실을 하나의 이론이 아니라 확고한 믿음으로 받아들여 온 마음과 삶으로 행할 때 일어나는 기적이다.

이 귀한 비밀을 알아보고, 귀인을 대하듯 삶으로 받아들여 여기까지 올 수 있어 감사하다. 이 복락의 시작이요 근원이신 창조주 하나님을 향한 가장 큰 믿음을 삶으로 살아낼 수 있어 감사하다. 이 단단한 감사력 또한 인생의 겨울이 내 삶에 남긴 고마운 선물이다.

_____

"믿음은 하나님이 우리를 살게 하신다는 것을 믿는 것이다. 또 다른 기적을 바라지 않고 이미 우리가 기적 안에 살고 있으면서 지금 이 순간이 바로 기적이라는 사실을 인정하며 감사하는 것, 그것이 믿음이다. 기적은 만드는 것이 아니다. 다만, 발견하는 것이다."

-'나를 살리는 감사의 기적' 이진희

41. 어느 날의 메모

오프라 윈프리의 '내가 확실히 아는 것들'을 읽으면서 드는 생각.

아픈 사람이 되어서 이런 책들을 읽게 되어 참 감사하다. 건강했다면 읽지 않았을 책들을 읽으며 새로운 세상을 알아 가고 있다. 영성으로 이어진 세상.......

살아가면서 겪게 되는 뜻밖의 불행이나 시련을 통해 우리는 생각지 못한 세상의 문을 열게 되고, 그 세상을 여행하면서 전에 본 적 없던 세상으로 안내하는 이정표도 만나게 된다. 그 새로운 세상으로의 여행이 예비해 둔 메시지를 읽게 되고, 그 여행을 규정할 수 있는 텍스트도 갖게 된다. 뜻밖의 시련이 주는 선물이다.

그리고 나는 이전과는 다른 사람이 되어 가고 있다.

"삶을 하나의 무늬로 바라보라.

행복과 고통은

다른 세세한 사건들과 섞여들어

정교한 무늬를 이루고

시련도 그 무늬를 더해 주는 색깔이 된다.

그리하여 마지막 순간이 다가왔을 때 우리는
그 무늬의 완성을 기뻐하는 것이다."

– 영화 '아메리칸 퀼트' 중에서

42. 신이 베풀어 두신 강력한 치유의 지혜, 어싱

맨발걷기를 시작한 지 올해로 7년째이다. 거의 하루도 빼먹지 않고 지속해가는 치유습관이다. 유방암 수술한 다음 해부터 시작한 걸로 기억된다. 우리 집 앞에는 작은 도로 하나만 건너면 시작되는 산이 하나 있다. 수술 전에도 일 주일에 두세 번은 앞산을 올랐었다. 수술 후 암환자에게는 매일의 운동이 필수라는 사실을 알게 되었다. 길 하나 건너면 시작되는 등산로를 가진 앞산이 그렇게 고마울 수가 없었다. 그 위치에 집터를 고르고 직접 집을 설계해 지어준 남편에게도 몇 번 진심을 담아 고마운 마음을 전했었다.

수술 후 처음에는 산을 오르는 일이 너무 힘들었던 기억이 난다. 그 느낌을 어떻게 표현해야 할까? 온 몸의 기력과 에너지가 발 아래로 다 빨려 내려가는 느낌이었고, 몇 발자국만 떼면 진이 다 빠져 중간중간 놓여 있는 긴 벤치에 한참씩 누워 쉬어야 했다. 그때는 체중이 10킬로그램이 빠져 있던 때여서 내가 걸어가면 몸이 휘적대는 느낌이란 얘기를 들었었다. 45킬로그램밖에 안 되는 몸이 그렇게 무겁게 느껴지고 진이 다 빠졌던 걸 보면 살을 찢고 도려내는 수술이라는 치료행위가 우리 몸에 그만큼의 큰 스트레스이고 무리였구나 하고 새삼 깨닫게 된다. 4~5cm 정도의 깔끔한 직선 한 줄의 흉터로만 남은 부분절제도 그랬는데, 전절제의 후유증은 얼만큼일지 짐작도 안 된다. 아니면 개인차일까? 지금도 뚜렷이 남아있는 그 기분 나쁜 수술 후유증의 느낌이 나만의 느낌인지는 잘 모르겠다.

그렇게 휘적대며 큰 병 치른 기색이 완연한 몰골로 앞산을 오르내리는 내게 어느 날 내 나이 또래 아주머니 한 분이 다가오셔서 맨발걷기를 권하셨다. 그 사실로만 기억될 뿐 어떤 얘기를 어떻게 전해 주셨는지는 세세히 기억나질 않는다. 그분은 우리 집 앞 산에서 맨발걷기를 제일 먼저 시작하신 분이고, 그 다음이 내 순서인 걸로 알고 있다. 나는 순하게 바로 받아들였고, 즉시 실천했다. 그러면서 조금씩 맨발걷기의 치유효과에 대해 공부하기 시작했다. 제일 먼저 〈맨발걷기국민운동본부〉 박동창 회장님의 책 '두 달 안에 아픈 곳이 나아지는 맨발걷기의 기적'을 주문해 꼼꼼히 읽기 시작했다. 읽을수록 놀라운 치유효과에 대해 이해하게 되었고, 온전히 설득되기 시작했다. 책뿐 아니라 그분의 강의들도 찾아 듣기 시작했다. 여러 권의 책과 강의를 통해 우리나라에서 본격적인 맨발걷기 문화를 개척하고 정착시켜 온 과정들에 대해서도 이해할 수 있었다. 〈후성유전학〉이라는 복음과 함께 제 2의 복음을 듣게 된 느낌이었다. 나뿐 아니라 수많은 환우들에게도 놀라운 복음일 것이라 믿는다. 그 중심에서 낯설고 험한 길을 단단한 신념으로 다져 온 박동창 회장님께 마음 다해 감사드린다. 한 사람의 선한 영향력이 어떤 나비효과를 이뤄냈는지를 유튜브에서 확인할 수 있다. 맨발걷기에 대해 검색하면 수많은 강의와 치유사례들이 끝도 없이 쏟아진다. 특히 〈박동창의 맨발강의〉 채널에서는 강력한 치유의 매커니즘에 대해 이론적으로도 들을 수 있고, 수많은 치유사례들도 확인할 수 있다. 말기암에서부터 무좀에 이르기까지, 놀라운 치유의 사연들이 끝도 없이 쏟아진다. 그야말로 만병통치에 가까운 경지라고도 느껴진다.

맨발학교 교장이신 권택환 교수님 강의도 초기에 여러 모로 도움이 많이 되었는데, 수많은 강의들과 책, 치유사례들을 경험하며 '정확한 이해'와 '온

전한 설득'의 과정이 내 안에서 일어났다. 그것들은 또한 맨발걷기의 치유 효과에 대한 확신으로 이어졌다. 그 확신은 하루도 빠짐없이 지속할 수 있는 힘이 되었고, 전이나 재발에 대한 두려움까지 편안히 다스려 주었다. 그렇게 지속해 가면서 수술 후의 후유증들이 사라지고 시나브로 건강이 회복되기 시작했다. 물론 맨발걷기만으로 얻게 된 결과는 아니었다. 신앙을 통해 매일의 평안과 감사를 누렸고, 〈뉴스타트 자연치유법〉이 근간이 된 매일의 치유적합적 습관들을 함께 지켜가고 있었다. 유방암 수술 후 8년 차에 이른 지금까지 해온 공부들이 내게 확실하게 가르친 한 가지 진리가 있다. 암을 치유해 가는 과정에서 한 가지 방법만으로 되는 일은 절대 없다는 사실이다. 지속적 총합이어야 지속적으로 안전할 수 있다. 암이 다름아닌 〈생활습관병〉이기 때문이다.

그렇게, 어느 날 우연히 만난 고마운 은인을 통해 전해진 맨발걷기는 단단하고도 확고한 내 삶의 안전장치로 자리잡게 되었다. 초반에는 어쩌다 새로운 분이 맨발걷기를 시작하면 반가움에 먼저 말을 걸고, 묻지도 않았는데 파상풍 예방접종 안내도 해드리고, 어디가 어떻게 좋은지 등의 얘기를 자청해서 즐겁게 해 드리는 게 앞산에서의 일이었다. 내가 언제 유방암 수술을 했고, 지금까지 이렇게 안전하게 잘 살아가는 데에 맨발걷기가 어떤 역할을 했는지에 대해서도 자진해서 들려주기 일쑤였다.

제일 큰 혜택은 NK세포활성도가 2000이라는 최대치를 기록한 점이다. 두 번의 검사에서 동일한 결과를 얻었다. NK세포는 Natural Killer(자연살상)세포로서, 암세포를 직접 공격해 무찌르는 강력한 면역세포이다. 암환자에게는 특히나 더 고마운 무기일 수밖에 없다. 2000이라는 수치는 검사결과지에서 최대치로 표시되어 있었는데, 더 이상의 수치는 표시가 안 된다고 들었다. 그런데 이 NK세포활성도 결과는 나뿐만 아니라 맨발걷기를 하는 사람들 대부분에게서 확인할 수 있다고 들었다. 특히 암환자들이 회복되는 데에 이 강력한 무기가 날마다 제 역할을 다해 주리라는 믿음 또한 치유의 고마운 조건으로 작용하리라고 나는 믿는다. 내게는 그렇다.

또 한 가지는 알러지비염인데, 환절기 즈음에만 주로 그 증상이 나타났었다. 사나흘씩 재채기 콧물이 쏟아져 정신없을 정도였는데, 그 증상이 거의 사라졌다. 또 한 가지는 심한 편두통 증상이 사라진 점이다. 주로 오른쪽 머리 끝부분이 찌릿찌릿거리면서, 뭔가 신경줄이 찢어지는 듯한 날카로운 통증을 순간순간 느꼈었다. 특히 고개를 앞으로 숙이려고 하면 그 증상이 심해, 고개를 숙이기 전에 오른쪽 머리 끝부분을 주먹으로 여러 번 쳐서 혈류(??)를 좀 풀어뜨려 놓으면 통증 없이 숙여졌다. 그런 증상이 어느 때는 며칠씩 사라지지를 않아 급기야 병원에서 뇌 MRI사진까지 찍었는데, 별 이상은 없다고 했었다. 그런데 그 증상이 사라졌다. 어쩌다 한 번씩 가볍게 비슷한 느낌이 느껴질 때도 있는데, 금세 사라진다. 겨울철에 매일 샤워 후에 느낀 피부 가려움증도 거의 사라졌다. 하루도 안 빠지고 샤워타올에 비누를 묻혀 문지르는 습관 때문인 듯하다. 때로는 따갑기도 했는데, 그 습관은 그대로인데도 가렵고 따가운 증상이 많이 사라졌다.

이 얘기들보다 자주 한 얘기는 유방암 수술만 하고 항암, 방사선, 항호르몬요법까지 다 하지 않았는데도 수 년째 전이나 재발 없이 건강하게 잘 살아가고 있다는 얘기였다. 이렇게 8년째에 접어들어 돌아보니 보탤 얘기들이 많다. 심지어는 오른손 바닥에 학창시절부터 오랫동안 가지고 있었던 굳은살까지 어느 날엔가 없어져 있었다. 그러니 맨발걷기는 내게도 만병통치약에 가깝다고 느껴진다. 지금은 인원이 많아져서 우리 앞산에서도 맨발걷기가 흔한 풍경이 되었다. 뿐 아니라 현재는 온 나라에 맨발걷기 열풍이 불고 있고, 급기야 지난 겨울에는 서대문구의 안산 쪽에서 한겨울 추위를 피할 수 있도록 비닐하우스 황토맨발존까지 만들어졌다는 소식까지 들었다. 참으로 고맙고 다행한 일이다.

겨울철에 눈이 꽁꽁 얼어붙은 앞산 전 코스를 맨발로 걷는 일은 극한의 인내를 요한다. 재작년 겨울 동안 자주 그럴 수 있었던 데에는 두 가지 이유가 있었다. 앞서의 언급대로 첫 번째는 정확한 이해가 내 안에서 일어났고, 다음으로 그것이 근거가 되어 내가 온전히 설득되었기 때문이다. 특히나 맨발걷기는 접지효과와 지압효과, 운동효과를 함께 누릴 수 있는 종합선물세트이기도 하다. 접지, 즉 어싱(earthing)의 작동원리와 치유효과, 지압효과, 발바닥 아치의 스프링작용 및 혈액펌핑작용 등에 대해 내가 여러 책들과 강의들을 통해 정리한 내용은 다음과 같다.

접지이론의 첫 번째는 항산화작용이다. 우리 몸 속에서는 생명활동의 찌꺼기인 활성산소가 쉴 새 없이 발생된다. 숨을 쉴 때도, 음식을 먹고 소화시키는 과정에서도, 걷고 움직일 때도, 자동차가 달리면서 배기가스를 쉼 없이 만들어내는 것과 같은 현상이 우리 몸 안에서도 일어나는 것이다. 특히 과식이나 격렬한 운동, 과도한 스트레스 등은 엄청난 활성산소 발생의 원인이 된다고 한다. 이 활성산소는 배기가스가 매연이 되어 우리가 살아가는 환경을 오염시키듯이, 우리 몸의 정상세포들을 공격하여 망가뜨리고 변질시키는 작용을 한다. 세포 변질은 노화와 각종 질병의 원인이 되고, 세포변질의 끝판왕이 바로 암이라고 알려져 있다. '모든 병은 몸 속 정전기가 원인이다'라는 책에서는 정전기 또한 활성산소와 같은 작용을 한다고 밝히고 있다.

우리가 접지를 할 때 이 활성산소와 정전기, 즉 양전하가 땅 속 치유 에너지인 음전하와 만나 중화되고 소멸되는 놀라운 일이 일어난다. 우리 몸 속 세포들을 변질시키는 활성산소와 정전기를 근원적으로 없애주니 모든 병의 '원인'이 제거되는 것이다. 미국의 존스홉킨스대학 연구 결과에서는 현대병의 90% 이상이 활성산소가 원인이라고 밝히고 있다. 접지는 그 '원인'을 제거함으로써 당뇨병, 고혈압, 불면증을 비롯한 각종 암, 특히 말기암까지도 치유되는 기적을 일으키는 것이다.

나는 초기에 이 한 가지 사실만으로도 온전히 설득되었다. 이 한 가지 사실만으로도 매일 맨발걷기를 해야 할 이유가 충분하다고 느꼈다. 매일 내 몸 속을 가득 채우고 떠돌아 다니며 내 몸 속 세포들을 망가뜨리고 변질시키는 주범을 제거해 준다는데 어떻게 안 할 수가 있겠는가? 이 한 가지 사실만으로도 충분했다. 그런데 실제로 맨발걷기를 통해 중한 병에서 건강을 회복한 분들을 직접 만나 인터뷰를 하면서 그 확신은 더 굳건해졌다.

수원에 거주하는 박상민(가명, 70대 초반) 씨는 신장투석을 해야 할 위기상황에서 맨발걷기를 통해 건강을 말끔히 회복하신 분이다. 수원의 만석공원에서 함께 맨발걷기를 하며 인터뷰를 진행했었는데, 초기에는 일년 365일 중 추석과 설, 이틀만 빼고 하루도 빠짐없이 하루 2시간씩을 맨발로 걸었다고 한다. 암의 경우는 아니지만, 신장투석 또한 암 못지않게 중한 상태의 병이라고 알려져 있다. 그 인터뷰 영상을 통해 많은 분들이 희망을 품고 맨발걷기를 시작해 지속해 가고 있음을 유튜브 댓글로 확인할 때마다 그분들 못지않게 큰 기쁨을 느낀다. 한 사람의 생생하고도 실제적인 치유사례가 미치는 선한 영향력이 얼마나 크고 감사한 일인지도 매번 확인하게 된다.

또 한 분은 일간지에 소개되어 전국적으로 맨발걷기에 대한 관심을 증폭시킨 박성태 교수님이다. 하남에서 〈따동〉 독서모임을 마치고 그분으로 인해 맨발걷기 성지가 된 금대산으로 무작정 함께 갔었다. 약속도 없이 맨발걷기도 할 겸 찾아갔었는데 우연히 만나 뵙게 되어 무척 반가웠다. 70대 중반의 나이에 맨발걷기를 통해 전립선암 말기에서 회복된 사연에 대해 들으며, 우리는 또 한 번 맨발걷기의 기적이 엄연한 현실 속 팩트임을 확인할 수 있었다. 그분은 따님이 사다 준 박동창 회장님의 책, '맨발로 걸어라'를 읽고 나처럼 설득되었다고 하셨다. 초기에는 기다시피 걷기 시작하여 나중에는 하루 4~5시간을 맨발로 걸으면서 간절한 염원을 담아 명상도 병행했다고 강조하셨다. 요양병원의 노인들이 일찍 사망에 이르는 이유가 '그분들의 생존과 건강을 위해 간절히 기도하는 사람이 아무도 없어서'라고 전하시던 얘기는 지금도 서늘하게 가슴에 남아 있다. 박성태 교수님의 사연을 전하는 영상들은 〈박동창의 맨발강의〉 채널을 비롯한 여러 유튜브 채널에 수없이 올라와 있다. 보는 사람들마다 희망을 얻게 될 것이라 믿어 의심치 않는다.

또 다른 효과들 또한 놀랍다. 발바닥에는 온 몸의 기관들과 연결되는 지압점들이 분포되어 있다. 맨발로 걷게 되면 이 지압점들이 자극되고, 그 자극에 따른 지압효과로 인해 모든 장기들이 활성화되며, 온 몸의 면역체계가 강화된다. 그 중에서도 뇌로 가는 자극은 240배가 더 강력하다고 한다. 치매가 걱정된다면 맨발걷기를 외면할 수 없을 것이다.

다음으로는 혈액희석작용이다. 〈박동창의 맨발강의〉 채널에서 본 영상이 기억난다. 접지를 10분만 했는데도 케첩처럼 엉겨 붙어 있던 혈액들이 포도주처럼 묽어져 춤을 추는 듯이 보이는 실험결과를 보여 준 영상이었다. 접지를 통해 세포 간의 밀어내는 힘을 나타내는 단위인 제타전위를 올려 혈액의 점성을 낮추고, 혈류의 속도를 높임으로써 나타난 결과이다. 혈액의 흐름이 힘차지면 혈전을 방지할 수 있고, 심혈관질환 및 뇌질환의 위험 또한 예방, 해소할 수 있다.

맨발로 걸을 때 누릴 수 있는 또 다른 효과는 발바닥 아치의 스프링작용과 혈액펌핑작용이다. 위쪽의 심장만으로는 원활하기 어려운 혈행이, 발바닥의 펌핑작용을 통해 밀어 올려짐에 따라 시너지 효과를 발휘하게 된다. 온 몸의 혈행이 힘차질 수밖에 없는 것이다.

이 외에도 스트레스 호르몬인 코르티솔의 안정화 작용, 에너지 대사의 핵심물질인 ATP(아데노신삼인산) 생성과 항노화 작용, 염증과 통증의 완화작용, 면역체계의 정상화작용 등, 놀라운 치유의 메커니즘에 대해 확인할 수 있다. 이상은 '맨발걷기가 나를 살렸다'에서 주로 발췌한 내용들이다. 좀 더 체계적이고 이론적인 공부를 원한다면 다음의 책들을 통해 확인할 수 있다('맨발로 걸어라', '두 달 안에 아픈 곳이 나아지는 맨발걷기의 기적', '맨발로 걷는 즐거움' '맨발걷기가 나를 살렸다' 이상, 박동창 저/ '어싱, 땅과의 접촉이 치유한다' 클린턴 오버, 마틴 주커, 스티븐 시나트라 공저/ '지구 처방전, 닿으면 치유된다' 로라 코니버 저).

맨발걷기는 그 누구도 아닌 내 삶의 기적이기도 하다. 지인들 중 누군가의 암 발병 소식을 듣게 되면 나는 조심스럽게 이 기적의 치유법을 전해 왔다. 꼭 암이 아니어도 맨발걷기의 기적이 필요한 누구라도 그 대상이 된다. 그 과정이 꼭 복음전도와도 같다고 느껴진다. 그 복음에 대한 믿음이, 그 결과에 대한 확신이 단단할 때만 행할 수 있다. 복음전도와는 비교될 수 없지만, 맨발전도의 결과가 그 대상의 삶에 적용되고 치유 습관으로 정착된 결과를 대할 때의 기쁨과 보람은 표현할 수 없을 만큼이다. 기쁨과 보람 못지않은 감정은 안도감이다. 마음이 놓인다. 내 삶이 암이라는 지진대를 지나 안전지대로 들어선 것처럼, 그에게도 그녀에게도 그 안전지대가 열릴 것이 믿어져서이다. 인생의 겨울이 내 삶에 남긴 뚜렷한 이름 하나, 맨발걷기 전도사! 죽는 날까지 행복하게 기꺼이 감당하고 싶은 소명이어서, 삶으로 살아낸 7년여의 시간들을 앞세운 이름이어서 남의 이름 같지 않다. 무엇보다 내가 믿는 하나님이 피조물인 우리를 위해 이 땅에 베풀어 놓으신 강력한 치유의 지혜라는 믿음이 내 안에 확고하다. 생각해 보면 그 옛날, 예수님도 부처님도 우리의 원시적 조상님들도 다 맨발이셨다. 그 믿음이 그 소명을 삶으로 살게 하는 가장 큰 동력이다.

"애초에 조물주는 인간이 맨발로 걸으며 활동하도록 설계하셨다. 맨발걷기를 통한 발바닥의 혈액 펌핑 기능으로 심장의 펌핑 기능을 보완하도록 설계하셨을 뿐만 아니라, 염증 치유의 임무를 마친 활성산소들이 맨발바닥을 통해 몸 밖으로 배출되도록 설계하셨다. 또 땅 속의 자유 전자들이 맨발바닥을 통해 몸속으로 들어와 적혈구의 제타전위를 높여 혈액이 끈적거리게 되는 것을 막고 혈류가 자연스럽게 흐르도록 설계하셨다. 그런데, 문명이 발달하면서 인간이 그 조물주의 설계방식에 어긋나는 절연체의 신발, 즉, 구두, 운동화, 등산화 등을 신게 됨으로써 조물주의 애초 설계도, 즉, 활동 기제에 반하여 살아가는 삶의 형식이 만들어진 것이다. 그로부터 인간의 제반 문명병이 시작되었다 해도 과언이 아니다."

-'두 달 안에 아픈 곳이 나아지는 맨발걷기의 기적' 박동창

43. 어떤 사람이 암을 이겨낼 수 있는지를 알려주는 책, '말기암 진단 10년, 건강하게 잘 살고 있습니다'

'결국 치유를 결정짓는 것은 얼마나 완벽하고 좋은 방법론을 실천하느냐 가 아니라, 자연치유라는 개념과 본질을 얼마나 내재화한 사람이 되느냐 에 달려 있습니다. 즉 방법론이 핵심이 아니라(방법론들이 중요치 않다는 이야기는 절대 아닙니다), 방법론을 실천하는 사람이 핵심인 것입니다. 히 포크라테스도 말하지 않았던가요. "불치병은 없다. 다만 고치지 못하는 습 관이 있을 뿐이다(구제 불능인 사람이 있을 뿐이다)" 라고요.'('말기암 진단 10년, 건강하게 잘 살고 있습니다', 296쪽)

'말기암 진단 10년, 건강하게 잘 살고 있습니다'의 저자이신 주마니아 님 강의를 참 인상깊게 여러 번 되풀이해서 들었었다. 들을수록 자연치유 의 철학과 이론, 실제 삶이 밀착되어 있는 강의였고, 쫀쫀하면서도 확신에 찬 밀도의 내공이 느껴졌다. 더더욱 자신의 삶뿐 아니라, 수많은 치유사례 의 데이터들이 그 강의들을 촘촘히 떠받치고 있어서 신뢰를 더해 주었다.

그분이 책을 출간하셨다는 소식을 들었다. 시한부 6개월의 다발성 전이 말기암에서 원발인 오른쪽 신장 제거 수술(한 달 더 살 확률 10%의 희망이 전제된 의미 없는 수술이란 판단에 받고 싶지 않았으나, 하반신 마비 같은 응급 상황에서 수술 거부로 인해 병원의 도움을 받지 못할 때의 위험에 대 비해 어쩔 수 없이 받게 된)만 받은 후 자연치유만으로 건강을 회복한 산 증인, 그 존재만으로도 강력한 희망이었다. 그런데 책 출간이라니! 반가운 마음에, 내가 공유한 그분 강의들을 함께 들어왔던 따동 작가님들과 한마음이 되어 그분의 신간, '말기암 진단 10년, 건강하게 잘 살고 있습니다'로 독서모임을 갖기로 결정하였다. 그 사실을 주마니아 님 블로그 댓글에서 나누게 되었는데, 뜻밖에도 저자이신 주마니아 님을 우리 독서모임에 모시는 행운을 누리게 되었다. 이미 여러 번 들어 '세포의 기억을 바꾸는' 작업들이 되어 준 강의 내용들을 잘 정리된 책으로 다시 읽을 수 있었고, 저자 직강을 코 앞에서 듣는 행운도 누렸다.

뒷면에 추천사들이 여럿 기록되어 있는데, 눈에 딱 들어오는 한 문장이 있었다.

'어떤 치료를 해야 암을 고치고 생존할 수 있는지를 알려주는 책이 아니라, 어떤 사람이 암을 이겨낼 수 있는지를 알려주는 책이다'

'환자혁명'의 저자, 유튜브 채널 〈닥터 조의 건강 이야기〉 운영자이신 조한경 님의 추천사이다.

이 책의 정곡을 콕 찝어 표현한 한 마디였고, 백 프로 공감이 되었다. 자연치유의 방법론은 많고 많다. 그러나 그 방법론들에 앞서, 그 방법론들을 대하는 환자 자신이 어떤 사람이어야 하는지는 자연치유의 결과를 가르는 전제에 있어 참으로 중요한 점이라고 느껴진다. 수 년에 걸쳐 해왔던 공부들이 내게 가르친 지혜의 핵심이다. 정말 감사하게도 주마니아 님을 모시고 진행된 독서토론에서 우리는 저자로부터 그 '어떤 사람'에 가까워진 사람들로 어쩌면 인정받지 않았을까, 조심스레 짐작해 본다. 우리는 수 년 동안 여러 책들과 강의들을 공유하며 암의 발생과 치유 매커니즘뿐 아니라 최고의 힐러요 명의 그 자체인 우리 몸에 대해서도 꾸준히 공부해 왔다. 함께 암을 경험한 후 치유해 가는 과정에서 겪게 되는 실제적인 문제들에 대해서도 함께 토론하고 나누며 지혜를 쌓아왔다. 그런 노력과 시간들이 자연치유의 본질과 개념에 대한 이해에서 나아가 실천으로까지 이어지는 '내재화'의 과정이 되어 우리 안에 장착되었고, 우리는 자연치유의 대가이신 저자로부터 어쩐지 그 '어떤 사람들'에 가까워진 사람들로 인정받은 듯 나는 돌아봐진다. 그 점이 기쁘고 안심이 된다. 나 혼자만이 아니라 따뜻한 동행들과 함께여서 기쁨은 배가된다. '가까워진 사람들'과 그 '어떤 사람들'의 간극을 좁혀가는 일도, 더 떨어뜨리는 일도 우리 각자에게 달려 있다. 앞으로도 계속 공부하며 깨닫게 된 바를 습관화된 삶으로 잘 살아내어야 하는 이유이다.

주마니아 님 강의와 책에서 또 한 가지 뚜렷이 남은 메시지는 '자연치유는 몇 가지 방법론으로 낫는 것이 아니고 자연치유철학으로 낫는다'는 것이다. '어떤 사람이 암을 이겨낼 수 있는지'와 같은 맥락이라고도 생각된다. '자연치유철학이 내재된 사람'이 그 철학을 삶으로 녹여 살아냄으로써 결국 그 '어떤 사람'이 될 수 있다고 믿기 때문이다. 이 얘기들은 처음 발병 이후 지금까지 내가 걸어온 길에서 나와 내 삶에 파고들어 여기까지 나를 이끌어 온 내면적 핵심 가치이다. 나는 〈뉴스타트 자연치유법〉이라는 방법론을 내 삶에 장착하고, 그 여덟 가지 습관들을 매일의 삶에서 지키려고 노력해 왔다. 주마니아 님 표현 그대로, 〈치유적합적 생활 습관〉을 성실하게 지켜온 시간들이었다. 그렇지만 한 가지 분명한 사실이 있다. 그 습관들을 이끌어 온 건 내 나름의 〈자연치유철학〉이었다.

　암은 '죽는 병도 죽을 병도' 아니라는 사실, 파괴적인 마음 습관과 생활 습관의 결과로 나타난 것이 암이라는 사실, 따라서 암은 외부로부터, 혹은 전염에 의해 오거나 옮겨지는 병이 아니라 내가 잘못 살아온 삶의 결과로 내 안에서 건강했던 세포들이 변질되어 나타난 병이라는 사실, 그러나 우리 몸은 강력한 자연 치유력과 회복 탄력성을 갖추고 있어서, 우리 몸 속 세포들이 그 본연의 기능을 최대치로 발휘할 수 있는 치유 조건들만 갖춰 주면 누구나 치유에 이를 수 있다는 사실에 대한 이해와 인식이 자연치유 철학의 핵심이자 출발점이다. 더 나아가 이같은 사실에 대한 확고한 믿음이 자연치유 노력을 지속해 가는 근간이 된다. 나는 다행스럽게도 처음부터 집중해 온 여러 공부들을 통해 이러한 자연치유의 개념과 철학에 대해 시나브로 깨닫게 되었고, 앎이 삶이 된 시간들의 결과로 이 사실들을 확신할 수 있었다. 그 믿음은 수술 후 8년차에 이르기까지 '저절로 되는' 습관들을 이어올 수 있었던 지속성의 모티브가 되기에 충분했다. 책 읽기를 좋아하고, 강의 듣기를 좋아하는 내 오래된 습관들이 이 과정들을 즐기며 올 수 있도록 이끌었던 점이 감사하다.

　이와 같은 자연치유 개념과 철학에 대한 이해를 바탕으로 내 나름의 철학 또한 보태어졌음을 언급치 않을 수 없다. 그것들은 다음과 같은 표현들로 바꿀 수 있다. 여기까지 나를 안전한 길로만 이끌어 오신 하나님을 향한 신뢰, 그 신뢰를 바탕으로 암이 내 삶에 던져준 목적과 의미 해석하기, 그로부터 재정립된 내 삶의 지향점 정하기 등이다. 이 내 나름의 철학들 또

한 쌍두마차로 더해져 나를 강력하게 이끌어 왔음을 나는 안다. 이것들이 이끌거나 함께 연동되지 않았다면 그 방법론들은 지속성을 가지기 어려웠을 것이다. 어쩌면 내 나름의 철학들이 내게는 더 단단한 모티브가 되었다고 믿는다. 그 철학들에서 '따뜻한 동행'이 시작될 수 있었고, 내 치병 과정들을 블로그와 유튜브 채널 〈모든 날의 기적〉을 통해 기록하고 공유할 수 있었다. 그 방점이 되는 작업이 이 책 출간 작업이다. 이것들은 매일의 치유습관들과 하루도 빠짐없이 연동되어 왔고, 위치와 비중으로는 늘 방법론들에 앞서 있었다.

따라서 나는 이런 철학 없이 방법론만으로 치유에 성공한 사람이 있다면 진정으로 존경해 마지 않는다. 어쩌면 천운을 누리는 경우일 수도 있다. 그러나 내 생각으로는 일정 기간 동안만의 '치료'에 성공하는 것에서 온전한 '치유'로 나아가기 위해서는 반드시 나름의 철학이 연동되어야 한다고 믿는다. 치유적합적 습관들을 '지속'해가는 일이 결코 쉽지 않기 때문이다. 그 습관들이 삶 자체로 정착되었다 해도 한순간에 다시 무너지는 일은 너무나 쉽다. 그 유혹을 나 또한 수도 없이 느끼며 살고, 때로는 그 유혹에 지고도 산다. 다시 치유적합적 생활 습관으로 돌아가기 위해서는 그 철학들이 연동되어야 한다. 내가 왜 끝까지 이 안전한 상태를 지켜가야 하는지, 묻고 또 물어야 한다. 치유의 기본 조건인 '감사와 평온'을 지켜올 수 있게 하신 분이 내게 어떤 일을 행하셨는지 증거하는 일, 그 한 가지만으로도 충분하다.

그런데 당장 눈에 보이는 이유들은 나를 더 즉각적으로 움직이게 한다. 따동 단톡방에 맨발걷기 인증샷을 공유하고, 매 끼 식사 인증샷을 찍어 올려야 하는 사명이 나를 움직이게 한다. 하나님 앞에서 끝까지 그 동행들의 길이 되고 싶다고 날마다 기도드리기 때문이다. 블로그와 유튜브를 통해 나를 지켜보고 있을 내 치병 과정의 증인들 앞에서 내가 한 얘기들을 지켜 가야 한다는 사명이 나를 움직이게 한다. 이 글을 완성하기 위한 전제조건 이 '내가 건강한 상태여야 한다'는 자각이 나를 다시 서게 한다. 가장 가깝 게는, 끝까지 건강하게 아내와 엄마의 자리를 지켜가야 한다는 본능이 날 마다 정신 들게 한다.

얼핏 대단치도 않아 보이는 매일의 습관들 앞에 '사명'씩이나 거창한 표 현을 앞세운다고 느낄 수도 있다. 그러나 딱히 아픈 곳도, 불편한 곳도 없 이 다 나은 것처럼 느껴져 예전처럼 '막 살아도' 될 것 같은 무수한 유혹들 앞에서, 현재의 안전지대를 끝까지 지켜갈 습관들을 날마다 이어가기 위 해서는 '사명'씩이나 되는 거창한 철학을 연동시켜야 한다. 꽝꽝 언 얼음길 을 날마다 맨발로 나서기 위해서는 더욱 그렇다.

이 철학들이 〈치유적합적 마음 습관〉과도 연동되는 건 당연하다. 많이 슬 플 때, 우울할 때, 두려울 때...... 이 사명들이 나를 이끌어야 따동 단톡방에 공유할 인증샷을 셀카로 활짝 웃으며 찍을 수 있고, 거울 앞에 서서 입꼬리 를 한껏 올려 웃으며 '괜찮아, 잘 될 거야'를 외치고 노래로도 부를 수 있다. 그럼에도 불구하고 감사할 수도 있다. 다행스럽게도 이런 내가 나는 맘에 든다. 이럴 수 있는 내가, 별일없는 사람들과 다른 나만의 이 고유한 삶이, 어쩐지 드라마나 영화의 주인공처럼 느껴져서도 좋다. 해피 앤딩의 끝그림 을 특별한 질료의 물감으로 그려가는 자격을 부여받은 듯 느껴져서도 좋다.

이 소녀감성(??)까지도 내게는 나를 이끌어가는 개똥 철학 중 하나다. 되는 대로 편히 살고 싶은 중력을 거슬러 오르기 위해서는 이렇도록 나이브한 철학까지가 필요하다. 이 '거창'에서 '나이브'에 이르는 겹겹의 철학들에 둘러싸여 나는 여기까지 올 수 있었다. 나 먼저 깨닫고 있었는데, 이 책이 그 사실을 증명해 주어 무척 기뻤다. 격하게 공감될 뿐 아니라, 확고한 명제로 믿어지기 때문이다. 이 책에서 얘기한 자연치유철학에서 더 나아간 내용들은 딱 나답다. 나여서, 딱 나답게 창조되어 내 삶으로 이어진 조각들이다. 그럴 수 있어서, 그 점이 여기까지 오는 길의 유난한 이정표가 되어 주어서 감사하다. 빠진 철학들이 또 있다. 이 믿음들 또한 나를 또릿또릿 이끈 자연치유철학의 핵심이었다.

'1996년 암 장기 생존자를 다룬 언론 기사에 의하면, 생존자들의 98.5%가 자신이 반드시 생존할 거라는 사실을 의심하지 않았고, 미국의 통계조사 역시 96%가 자신이 살 거라는 확신과 함께 자신이 살아야 할 이유가 있었다고 이야기합니다'('말기암 진단 10년, 건강하게 잘 살고 있습니다', 80쪽)

'암 치유자들의 가장 핵심적 공통점은 자신이 선택한 것이 최선이고, 이를 통해 치유를 이룰 수 있다고 믿으며 갈등하고 고민하지 않았다는 점입니다'('말기암 진단 10년, 건강하게 잘 살고 있습니다', 250쪽)

자연치유의 산 증인으로, 자신의 경험에서 건져 올린 이 모든 통찰과 지혜를 세상을 향해 아낌없이 나눠 주신 저자 주마니아 님께 마음 다해 감사드린다. 혹여 내가 그 '어떤 사람'으로 완성될 수 있다면, 이상구 박사님과 함께 내 자연치유 여정의 가장 뚜렷한 인도자로 남게 될 것이다.

"내가 아는 가장 아름다운 사람들은 이런 사람들이다. 시련을 알고, 어려움을 겪고, 무언가를 잃은 경험이 있고, 그런 상황 속에서도 이겨낼 수 있는 길을 찾아낸 사람들이다."

– 엘리자베스 퀴블러 로스

44. 오랜 기억이 만드는 마음

내가 암환자가 된 것도 단 한 번도 생각해 보지 못한 일이었지만, 인생 후반전에 남편과의 관계가 이럴 거라고도 단 한 번도 예상해 본 적 없었다. 아무리 적응하려고 해도 적응되지 않는 환갑, 진갑 다 넘긴 나이의 우리 부부 사이에 심각하게 큰 일이 일어난 건 아니다. 그런데도 요즘 같은 상황이 어쩌다 한 번씩 벌어진다. 요즘 같은 상황이 어떤 상황일까?

우리 집은 주택이다. 남편이 건축사여서 직접 설계하고 시공하여 입주한 지가 올해로 십 구년 가까이 되어 간다. 우리 동네에서 4번째로 입주하던 때가 몇 년 전 같은데 세월은 늘 믿을 수 없을 만큼 빠르다.

남편이 설계하고 지은 우리 집 반 지하에는 창고를 비롯하여 여러 용도로 쓰이는 몇 개의 공간이 있다. 그 중 하나가 남편의 공간이다. 남편은 퇴근하고 와서 식사를 하고 나면 안방에서 잠시 쉬다가 양치를 한 후 자신의 공간으로 내려간다. 그곳에서 기타 연습도 하고, 정리해야 할 서류들도 보고, 아마 잠깐씩 졸기도 할 거다. 새벽 5시 반에 일어나 이른 아침식사를 한 후 6시 반이면 정확히 자동차 시동을 걸고 현장으로 향하는 남편이다. 겨울이라 깜깜한 새벽에 집을 나서는 남편을 포옹과 입맞춤으로 배웅하며 늘 그런 남편에게 마음 다해 감사함을 느낀다. 남편의 성실함과 헌신으로 집안에서 편히 거하며 가족들을 돌보고 건강도 챙길 수 있는 것이 아무나 누리는 별 일 아닌 일, 당연한 일이 절대 아니라는 사실을 크게 아프고 난 후 매 순간 느끼게 된다. 별일 없는 하루하루가 늘 기적이라고 진심으로 느껴진다.

　5시 반에 일어나려면 10시에는 잠자리에 들어야 하는데 그게 참 쉽지가 않다. 남편도 저녁 식사 후의 두어 시간의 자유가 금쪽처럼 느껴질 터이고, 나 또한 치우고 이런저런 일들을 잠시 하다 보면 그 시간을 놓치게 될 때가 있다. 최소한 10시 반에는 꼭 자자고 약속해 놓고 그 시간을 놓칠 때 어느 날부턴가 남편이 지하에 있는 자기 방에서 자기 시작했다. 남편은 건축설계를 하는 사람답게 신경이 좀 예민한 편이다. 잠잘 때 꼭 같이 누워서 얘기도 나누고, 남편의 장난기로 깔깔대며 웃기도 하다가 자는 게 평소의 습관인데, 먼저 잠자리에 들어 코를 쿨쿨 골며 잠이 들어있는 모습을 본 적이 거의 없다.

　그러다보니 내가 어쩌다 잘 시간을 연달아 못 지킬 때, 어느 날부턴가 남편이 말도 않고 좀 화난 모습으로 지하에 있는 자기 방으로 내려가 자기 시작했다. 잠 잘 시간이 정해져 있으니 방해받지 않고 숙면에 들고 싶어서라는 걸 안다. 그 사실도 알고 미안하기도 하면서도 처음에는 그렇게 하는 남편이 잘 적응이 안 됐다. 그냥 피곤하면 먼저 누워서 쿨쿨 코 골고 자면 안 될까? 근데 남편은 그게 안 되는 사람이다. 매일 밤 10시 반, 잠 자는 시간을 정확히 지키는 일 또한 이 나이의 내게 마냥 쉬운 일은 아니다. 남편은 잔소리가 거의 없는 사람이다. 음식 또한 소찬에도 족해하며 고맙게 먹는 사람이다. 그러기에 더욱 '다른 거 다 아니고, 그거 하나를 못 맞춰 주느냐?' 고 할 만도 하다. 각 방 쓰며 사는 부부들은 무슨 고민이냐고 할 것 같다. 우리 부부에게 각방살이는 남의 일 같은 일이다. 그 전제여서 이런 글을 쓰게 되는 것이다. 대부분은 사이가 좋은 부부지만 이 상황 외에도 어쩌다 사소한 일로 다툴 때가 있다. 어느 날부턴가 남편이 싸운 후에 자기 방에서 자기 시작했다. 싸우지 않았는데도 무슨 이유인지 알지도 못하는 상태로 며칠씩 자기 공간에서 안 올라올 때도 있다. 어느 날 내려가 봤더니 간이 침대가 놓여 있었다. 평생을 살 맞대고 산 부부여서 처음에는 남편 없이 혼자 자는데 온열기를 따끈하게 켜 두고 자는데도 춥게 느껴졌던 기억이 난다.

남자들은, 특히 중년의 남자들과 중년을 넘긴 남자들에게는 때로 혼자서만 찾아들 동굴이 필요하단 얘길 들었다. 그게 이해되기도 한다. 나도 혼자 있으면서 아무에게도 방해받지 않고 내 하고픈 일 하며 자유롭게 있는 시간이 너무 좋은데 왜 안 그렇겠는가? 매일, 그리고 종일 직장에서 시달리며 사는 남자들에게 혼자만의 동굴이 얼마나 갈급할까? 단순히 그런 이유에서라면 그 상황이 내게도 편히 느껴질 수 있다. 그런데 우리 부부의 경우에는 다투고 난 후나 감정이 안 좋아진 상태일 때 남편이 동굴로 들어가 버린다. 며칠씩 위로 안 올라오고 혼자 자기만의 공간에서 지내는 남편을 보면서 식사 걱정을 하게 되는 나를 향해 '걱정도 팔자다'라고 할지 모르겠다. 크게 아파 본 내게 '계속되는 외식'은 마음을 편치 않게 만드는 상황이다. 늘 족했던 온기가 사라진 상태가 주는 마음의 불편함이 보다 큰 이유일 것이다. 처음에는 그런 시간들이 잘 적응되지 않고 마음도 편치 않았지만, 지금은 기다린다. 그냥 기다리지 않고 두 가지를 하며 기다린다.

'저보다 더 저 아들을 사랑하시는 하나님, 사랑하는 아들의 마음을 살펴 주시고 품어 주셔서 다시 함께 깔깔대며 웃다 잠들던 자리로 돌아오게 인도해 주세요. 까칠하게 선 벽을 허물어 주세요. 늘 그랬듯 해피엔딩의 끝그림이 믿어지게 하시니 감사합니다!'

늘 드리는 이 기도 다음에 하는 한 가지는 내 마음 만나기다. 평생 잘 안 하던 행동, 거칠게 느껴지는 태도들로 적응 안 되게 하는 남편으로 인해 가라앉고 구름이 끼려는 마음을 들여다 보며, '곧 지나갈 거 알잖아, 끝그림이 항상 해피엔딩이었잖아, 오늘은 구름 낀 날, 곧 햇살이 부실 거야.'라고 말해 주며 내 마음을 보살펴 준다. 알아봐 준다. 그렇게 다독이고 돌보지 않으면 어느 순간 나도 내가 말려지지 않을 수 있다. 다스려지지 않은 감정과 충동에 이끌려 어딘가로 튕겨져 나갈 수도 있다.

그 두 가지를 하며 남편을 잠잠히 기다릴 때 늘 하게 되는 생각이 있다. 결혼 후 30년을 훌쩍 넘게 살아오며 남편으로부터 받은 '지극한' 사랑이다. 왜 난 그 사랑이 늘 '지극함'으로 기억될까? 정작 그 마음을 준 남편은 그 정도는 아니었다고 얘기한대도 내 몸과 마음에 남겨진 대부분의 기억은 그렇다. 세상 어느 여자보다 남편 사랑 하나는 원 없이 받고 산다고 늘 느껴졌었다. 수십 년 동안 자신의 짝을 자신보다 앞서 배려하고, 한 발 뒤에서 묵묵히 버팀목이 되어 주는 일을 아무나 하지는 않는다. 그 기억이 내 마음을 키워주고 넓혀 준다. 이제는 더 많이 받은 마음을 돌려 줄 시간이구나, 위치를 바꿔야 할 시간이구나, 생각하게 된다. 더더욱, 큰 병을 이겨내고 여기까지 안전하게 오는 동안 남편이라는 존재가 내 곁에 없었다면 내가 지금의 상태를 누릴 수 있을까? 상상도 할 수 없다고 진심으로 느껴진다. 내게는 '절대조건'이었기 때문이다. 남편의 그런 마음과 역할이 조금도 당연하다 생각되지도 않는다. 당연해야 할 걸 기가 막히게 뒤집어 갚는 사람들도 세상에는 많고 많기 때문이다. 그 생각까지 하면 내 마음은 더욱 커지고 순해진다.

그런 내 마음을 들여다 보며 어머니의 기도까지로 생각이 이어진다. 그렇게 기다리다 요즘 늘 그러듯 내가 먼저 남편한테 메시지를 보내고, 쑥스러움이 담긴 답을 남기거나 그냥이거나 다시 평온했던 일상 속으로 남편이 들어올 때마다 나는 어머니의 기도를 생각한다. 여러 따님들을 보신 후에 귀하고 귀하게 보신 맏아들의 평안과 안녕을 위해 평생 드려졌을 어머니의 기도의 열매로 우리 마음이 그렇게 지어지는 게 아닐까? 늘 그렇게 해피앤딩을 만들어가고, 지금의 평안도 누릴 수 있지 않을까? 그 생각이 들 때마다 셋이나 되는 내 자식들을 위한 기도가 부족한 듯하여 마음이 급해진다.

"여호와를 경외하는 자에게는 견고한 의뢰가 있나니
  그 자녀들에게 피난처가 있으리라"

(잠언 14: 26)

45. 당신에게 쓰는 100가지 감사

수 년 전 남편 회갑 때 아이들이랑 깜짝 이벤트를 준비했었다. '따동' 이진희 작가님의 첫 책 '나를 살리는 감사의 기적'에서 참 인상깊게 읽은 부분이어서 따라해 보고 싶었다. 아이들과 함께 남편에게 '100가지 감사'를 쓰는 이벤트였다. 예상대로 남편은 감격해했고, 일 억짜리 선물보다 값지다며 소중히 받아 주었다.

100가지의 감사거리를 생각해서 쓰는 일의 가치는 100가지의 감사에만 있지 않다. 함께 살아온 시간들을 세세히 들여다 보는 일이고, 수십 년의 세월 속에 무심히 묻혀 있던 사랑과 감사와 온기의 역사를 되살려 내는 일이다. 함께 그 작업에 동참했던 세 딸들에게도 같은 가치였으리라 짐작해 본다. 그 이벤트 전에 또 한 이벤트가 있었다. 결혼 30주년 기념일에 남편에게 〈감사장〉을 만들어서 전한 이벤트였다. 둘째도 참여해서 함께 두 개의 감사장을 남편에게 전했을 때도 감격해했었다. 평생 성실하게 생활비를 벌어다 주기만 한 남편에게 고마운 마음을 담아 백만 원인지를 봉투에 넣어 같이 전했다고 기억이 되는데, 정확한지는 자신이 없다.

감사장

김창수

내 남편, 그리고 우리 세 아이들의 아버지 당신은 지난 30년 동안
한결같은 마음과 성실한 삶으로 하나님 앞에서 언약으로 이룬
우리 가정을 위하여 헌신하고 최선을 다하였음을 압니다.
이에 아내인 나 이경연과 우현, 서현, 영현 세 딸들은
그 수고와 헌신에 감사드리며
사랑과 존경을 담아 이 감사장을 드립니다.

2016년 11월 29일
결혼 30주년 기념일에
당신의 아내 이경연 드림

 당시에 빠뜨려서 아쉬웠던 '사랑과 존경을 담아'를 이제서라도 더해야
겠다. 이 표현이 진심이었던 것처럼 '100가지 감사' 또한 진심에서 우러나
온 고백이었다.

당신에게 쓰는 100가지 감사

1. 당신이 내 남편이어서 감사합니다.
2. 결혼 전 2년과 결혼 후 30여년 동안 당신이 한결같은 마음으로 나를 대해 주어 감사합니다.
3. 당신이 누구보다도 성실한 사람이라 감사합니다.
4. 결혼 후 단 한 번도 빼먹지 않고 매 달 생활비를 갖다 주어 감사합니다.
5. 무슨 일이건 미루지 않는 사람이라 감사합니다.
6. 아침마다 따뜻이 안아 주고 나가 감사합니다.
7. 퇴근 후에도 안아 주고 보듬어 주어 감사합니다.
8. 그런 당신으로 인해 늘 마음이 평안하고 안정을 느낄 수 있어 감사합니다.
9. 당신은 장난꾸러기입니다. 그래서 내가 많이 웃고 삽니다. 세상 시름도 잊습니다. 감사합니다.
10. 당신은 몸과 마음이 건강하고 건실한 사람입니다. 그래서 안심이 되고 든든합니다. 감사합니다.
11. 당신이 돈 관계가 깨끗하여 사업상의 파트너들로부터 신뢰를 얻는 사람이라 감사합니다.
12. 내가 해 주는 모든 음식들을 맛있게 먹고, 어느 날은 먹다 일어나 달려와 안아 주며 고맙다고 표현해 주니 감사합니다.
13. 평생 동안 소파에 드러누워 게으름 피우는 모습을 보여 준 적이 없는 사람이라 감사합니다. 이제는 좀 그래도 되지요.
14. 당신이 기타를 좋아하는 사람이라 감사합니다.
15. 무슨 일이든 매일 꾸준히 해내는 저력을 가져서 감사합니다.

16. TV를 볼 때 절제할 줄 아는 사람이라 감사합니다.

17. 식사 후에는 꼭 양치를 하는 좋은 습관을 가진 사람이라 감사합니다.

18. 당신은 약속을 잘 지키는 사람입니다. 감사합니다.

19. 세 아이들에게 아버지로서 해 주어야 할 모든 일들을 책임감을 가지고 다 해 주어 감사합니다.

20. 내가 무슨 짓을 하든 긍정적으로 봐 주고 믿어 주고 응원해 주어 감사합니다.

21. 자다 깨어 화장실 다녀오느라 차가워진 몸을 팔 벌려 안아 주고, 잠결에도 두 손으로 쓸어 주며 따뜻이 해 주어 감사합니다.

22. 평생 거친 말 하지 않고, 말의 격을 지켜 주어 감사합니다.

23. 세상에서 가장 든든한 내 편이 되어 주어 감사합니다. 세상에 둘도 없는 친구가 되어 주어 감사합니다.

24. 멋진 목소리를 가져서 감사합니다.

25. 유머로 삶을 해학할 줄 알아 감사합니다.

26. 씻지도 않은 내 발을 아무렇지도 않게 주무르고, 때로는 끌어당겨 뽀뽀까지 해 주는 사랑에 감사합니다.

27. 결혼 후 지금까지 한 번도 내 앞에서 화장실 가는 모습을 보이지 않아서 감사합니다. 생리현상들을 삼가는 마음을 지켜 주어서 감사합니다.

28. 옷과 양말을 벗으면 빨래 바구니에 꼭 넣어 주어 감사합니다.

29. 식사 후에 그릇을 옮겨 주어 감사합니다.

30. 연애할 때 등에 업고 달 보며 노래 불러 주기를 좋아했는데, 30여 년이 지난 지금도 업어 주기를 좋아하는 남편이라 감사합니다.

31. 이 나이에도 무등 태워 주는 걸 좋아하는 남편이라 감사합니다.

32. 잠잘 때 팔베개를 해 주어 감사합니다.

33. 글씨를 멋지게 잘 써서 감사합니다.

34. 생일이나 기념일을 한 번도 빼먹지 않고 챙겨 주어 감사합니다.

35. 단팥빵을 꼭꼭 씹어 맛만 보고 뱉어 버리는 걸 보고 "아깝게 버리지 말고 담부턴 나한테 줘. 꼭꼭 씹어서 버리면 아깝잖아" 오늘도 실없는 농담으로 마음 푸근하게 하고 웃겨 주니 감사합니다. 당신은 언어치료사입니다.

36. 손재주가 맥가이버급이라 뭐든 척척 고쳐 주고, 단번에 해결해 주니 감사합니다.

37. '영적 치유' 책이 필요하다고 하니 감사합니다. 하나님이 기뻐하실 시간을 작정하니 감사합니다.

38. 운동을 다시 시작해 자신을 단련해 가니 감사합니다.

39. 매일 싸주는 물병을 가져가 다 마시고 오니 감사합니다.

40. 음식물 쓰레기를 즐겁게 갖다 버려 주니 감사합니다.

41. 평생 사랑받는 아내의 기쁨을 누리게 해 주니 감사합니다.

42. 짧게 자른 머리를 좋아하지 않으면서도 고등학생 같다고 늘 긍정적으로 말해 주어 감사합니다.

43. 안아 주고 보듬어 줄 때 늘 마음을 다해 안아 주어 감사합니다.

44. 텃밭 가꿀 때 즐겁게 도와 주어 감사합니다. 듣기 좋은 음악들을 듣게 해 주니 감사합니다.

45. 결혼 후에도 오랫동안 윙크 날리는 남편을 누리게 해 주니 감사합니다.

46. 세대마다 쏟아져 나오는 쓰레기들을 분리하고 처리하는 일을 늘 당연한 일로 알고 감당해 주어 감사합니다.

47. 모든 세금과 공과금들을 다 처리해 주어 감사합니다.

48. 머리숱이 많아 보기 좋으니 감사합니다.

49. 매일 아침 저녁 깨끗이 씻는 사람이라 감사합니다.

50. '어디 내 놔도 부끄럽지 않은 여자'라고 늘 말해 주어 감사합니다.

51. 나와 함께 트레킹하는 것을 좋아하고 즐거이 동행해 주니 감사합니다.

52. 평생 아내를 향한 마음과 의리를 성실하게 지켜 주어 감사합니다.

53. 담배를 피우지 않는 사람이라 감사합니다.

54. '청년정신'이란 아이디를 만들어 가졌고, 평생 그 정체성을 삶으로 잘 지켜가니 감사합니다.

55. 즐겨 듣는 노래들의 취향이 비슷해 감사합니다.

56. 대학교 때 자전거로 전국을 일주해 방송에까지 출연한 빛나는 역사를 가진 사람이라 감사합니다.

57. 평생 건전한 취미활동으로 자신의 삶을 가꿔가는 사람이라 감사합니다.

58. 평생 반찬투정을 하지 않았고, 차려 주는 음식들을 맛있게 감사하며 먹는 사람이라 감사합니다.

59. 아이들이 어떤 옷을 입어도, 어떻게 머리를 잘라도 늘 예쁘다고만 말해 주는 아빠여서 감사합니다.

60. 술을 좋아하지 않는 사람이라 감사합니다.

61. 친정 부모님의 기일을 나보다 더 잘 챙겨 주어 감사합니다.

62. 나랑 실력차가 많이 나는데도 귀찮다 하지 않고 함께 기타연주를 즐겨 주니 감사합니다.

63. 영화 볼 때, 외식할 때 늘 나를 우선해 주는 배려에 감사합니다.

64. '그립다는 말 한 마디 어렵지도 않은데, 틀린 것 같아 지우고 다시 썼지요' 가끔씩 심쿵하는 멘트 날려 주는 로맨틱한 남편이어서 감사합니다.

65. 평생 허튼 데 돈 쓰지 않고, 검소한 삶의 본을 보여 주니 감사합니다.

66. 내가 좋아하고 건강에도 좋은 비빔밥을 같이 좋아해 주니 감사합니다.

67. 매일 점심 먹는 식당이 바쁜 시간이라고 일부러 500원짜리 동전을 준비해가는(비빔밥 5,500원) 배려심을 가진 사람이라 감사합니다.

68. 지방 근무를 할 때도 퇴근 후 시간에 건전한 취미활동들을 하며 자신의 삶을 가꾸고 관리해가는 사람이라 감사합니다.

69. 평생 아프지 않고, 몸도 마음도 건강하게 지켜가는 사람이라 감사합니다.

70. 차를 조심스럽게 운전해 지금까지 큰 사고 없이 살아온 것, 감사합니다.

71. 항상 헛된 시간을 보내지 않으려고 노력하는 모습, 감사합니다.

72. 나한테 부족한 준비성을 넉넉히 갖춘 사람이라 감사합니다.

73. 젊은 시절부터 노후준비에 관심을 가지고 꼼꼼히 대비하고 준비해 온 남편이라 감사합니다.

74. 무슨 부탁을 해도 '걱정마, 내가 다 알아서 해 줄게' 장난치며 받아주고, 척척 해결해 주니 감사합니다.

75. 무슨 음식이든 사들고 오며 '당신 생각나서'라고 장난치며 마음을 담아 표현해 주니 감사합니다.

76. 정리 정돈을 잘 하는 사람이라 감사합니다.

77. 나와 아이들에게 받은 카드와 편지, 선물들을 잘 정리해서 보관해 주어 감사합니다.

78. 여전히 '창수 옵빠'의 느낌을 지켜가 주니 감사합니다.

79. 나 수술하고 병원에 있을 때 집으로 돌아가는 길에 '당신을 왜 혼자 거기 두고 나 혼자 집으로 가야 하는지 눈물이 난다'고 메시지를 보내 주었지요. 세상에 하나뿐인 내 남편이어서 감사합니다.

80. 내가 무슨 옷을 입어도 잘 어울린다고 말해 주는 마음, 감사합니다.

81. 수술 후 벤엘수양원에 있을 때, 전화할 때마다 집안일 아무 걱정 말고 마음 편히 즐겁게 있다 오라고 했지요. 그 마음, 감사합니다.

82. 친정 부모님 살아계실 때 가을마다 감 따러 즐거이 함께 가 주어 감사합니다.

83. 연애할 때 앞니가 많이 벌어져 있었는데, 그 모습을 늘 매력적이었다고 말해 주어 감사합니다.

84. 당신 그때 정말 예뻤었다고, 젊은 날의 내 모습을 기억해 주고 말해 주어 감사합니다.

85. '그때 당신 진짜 좋아했다'고 말해 주고, 그 마음 지켜 주니 감사합니다.

86. 사람들이 잉꼬부부라고 부러워하는데, 그런 얘기 들을 수 있도록 함께 잘 살아주어 감사합니다.

87. 60이 내일 모레인데 지금도 종종 '귀엽다'고 장난치며 웃게 해 주니 감사합니다.

88. 결혼생활 30여 년 동안 당신이 화를 낸 때를 기억하는 데에 열 손가락이 남으니 감사합니다.

89. 아프고 난 후 늘 웃는 얼굴과 장난으로 웃게 해 주니 감사합니다.

90. 삶을 대하는 마음의 결과 추구하는 가치가 비슷하니 감사합니다.

91. 연애 2년, 결혼 30여 년 동안 당신과 만들어 온 그립고 다정한 추억들이 많아 감사합니다.

92. 집안에서 나오는 온갖 쓰레기들, 되는 대로 한 곳에 던져 놓아도 늘 당연한 일로 여기고 분리 수거해 처리해 주니 감사합니다.

93. 친구들이랑 찍은 사진들 볼 때마다 '당신이 제일 예쁘다'고, 듣기 좋은 거짓말로 웃게 해 주니 감사합니다.

94. 코 앞에 산이 있고 개울이 흐르고 텃밭도 가진, 이 좋은 곳에 어여쁜 집을 지어

행복하게 누리게 해 주니 감사합니다.

95. 잠자기 전에 늘 장난으로 배꼽 빠지게 웃게 해 주니 감사합니다. 당신은 내 웃음치료사입니다.

96. 일찍 잠든 내가 깨지 않도록 마음을 기울여 조심해 주는 마음, 감사합니다.

97. 평생 지켜야 할 마음과 절제해야 할 행동들을 잘 지키고 절제해 주어 감사합니다.

98. 수술한 부위를 '영광의 상처니 당당하게 지니라'고 말해주고, 같은 마음으로 소중히 여겨 주니 감사합니다.

99. 연애할 때부터 지금까지 당신은 늘 내가 참 괜찮은 사람, 소중한 사람으로 느껴지도록 해 주었습니다. 당신이 지금의 나를 만들었습니다. 감사합니다.

100. 100가지나 되는 감사가 차고 넘치는 사람, 그런 삶을 잘 살아낸 사람, 앞으로도 그렇게 변함없이 잘 살아갈 사람이 내 남편이어서 감사합니다.

사랑합니다. 축복합니다. 감사합니다!

2019. 4. 5
당신 61번째 생일에
당신의 아내 이경연 드림

아빠께 드리는 50가지 감사

1. 아빠를 닮아 제가 미인이네요. 감사합니다.

2. 아빠를 닮아 제가 살이 쪄도 예쁘네요. 감사합니다.

3. 우리 세 자매가 아빠의 작은 얼굴과 동안을 물려받았습니다. 감사합니다.

4. 어려운 일과 좋은 일이 있을 때 함께 공유할 수 있는 언니랑 동생을 낳아 주셔서 감사합니다.

5. 언니가 말을 안 들어서 힘드셨을 텐데 잘 키워 주셔서 감사합니다.

6. 영현이가 속을 썩여 힘드셨을 텐데 잘 키워 주셔서 감사합니다.

7. 저는 착한 딸이라서 편하셨죠? 예쁘게 잘 키워 주셔서 감사합니다.

8. 어릴 적부터 음악을 즐기는 엄마 아빠의 모습이 보기 좋았고, 자라면서 음악으로 행복한 삶을 살고 음악으로 일을 할 수 있게 키워 주셔서 감사합니다.

9. 아빠가 매 년 가족들의 생일파티를 챙겨 주셔서 감사합니다.

10. 생일축하 노래를 부를 때 늘 기타반주로 분위기를 만들어 주셔서 감사합니다.

11. 매 년 기타 정기 연주회를 준비하시고, 좋은 공연을 보여 주셔서 감사합니다.

12. 일에서도 취미에서도 꾸준히 목표를 가지고 계시고, 노력하며 이루어 내시는 아빠를 보며 많이 배웁니다. 감사합니다.

13. 아빠가 재치있는 아빠라서 감사합니다.

14. 아빠의 장난에 히히 웃는 엄마의 모습이 보기 좋습니다. 감사합니다.

15. 아빠의 귀여운 반어법에 살을 빼려고 의지를 다잡습니다. 감사합니다.

16. 유머 코드가 잘 맞아 함께 이야기 나눌 때 우리 가족이 즐겁습니다. 감사합니다.

17. 아빠가 찍어둔 어릴 적 사진과 영상이 많아서 감사합니다.

18. 그 사진들을 통해서 우리 가족은 앞으로도 종종 추억을 떠올리며 웃을 겁니다. 감사합니다.

19. 엄마에게 혼이 나면 조용히 와서 편이 되어 주시는 아빠에게 감사합니다.

20. 시무룩해 있으면 농담으로 기분을 풀어 주십니다. 감사합니다.

21. 29년을 살아보니 아빠 같은 남자가 없던데, 우리 아빠라서 감사합니다.

22. 그런 아빠가 우리 엄마 남편이라서 감사합니다.

23. 필요한 게 있다고 말씀드리면 뚝딱하고 만들어 주셔서 감사합니다.

24. 아빠의 지하 작업방은 도라에몽 주머니! 없는 게 없고 다 찾아다 주시고 만들어 주시며 도움을 주셔서 감사합니다.

25. 아빠가 맥가이버 금손 아빠라서 감사합니다.

26. 집안 곳곳 아빠의 손이 닿은 곳과 구석구석에 작품들이 많습니다. 가족을 생각하는 아빠의 마음을 느낄 수 있습니다. 감사합니다.

27. 어릴 적부터 만들기를 좋아하고 손재주가 있었는데 아빠를 닮았나 봅니다. 감사합니다.

28. 아빠가 만들어 주신 것 하나하나가 전부 가족 맞춤형, 전 세계 하나뿐입니다. 감사합니다.

29. 아빠는 함께 사는 동안 단 한 번도 게으른 모습을 보여 주신 적이 없었습니다. 감사합니다.

30. 그래서 저도 게으르지 않고 조금이라도 더 움직이고 열심히 살려고 노력합니다. 감사합니다.

31. 평생 동안 자기 관리를 소홀히 하지 않으신 아빠를 보며 자기 관리하려고 노력합니다. 감사합니다.

32. 아빠를 보며 꾸준함을 배웁니다. 감사합니다.

33. 운동하시는 아빠를 통해서 다양한 스포츠를 경험해 보았습니다. 배드민턴, 테니스, 탁구, 수영, 자전거, 마라톤 등등... 감사합니다.

34. 배드민턴은 아빠와 꽤 꾸준히 쳐서 동호회까지 들어가 즐겨 보았습니다. 감사합니다.

35. 아빠가 몸도 마음도 건강하셔서 감사합니다.

36. 함께 식사를 할 때 생선이 있으면 가시를 발라 먹기 좋게 살로만 밥 위에 올려 주십니다. 감사합니다.

37. 아빠가 생선 가시를 엄청 깔끔하게 잘 바르시는데 그래서 저도 생선 가시 엄청 잘 발라냅니다. 학교에서 급식 먹으면 친구들이 신기해할 정도로...
아빠에게 배웠어요. 감사합니다.

38. 솔직히 산타할아버지 초등학교 6학년 때까지 믿었습니다. 딸의 동심을 지켜주려 노력하신 아빠 엄마 감사합니다.

39. 산타할아버지 드시라고 요구르트를 트리 옆에 놔뒀는데, 아빠가 드시고 잘 먹었다고 편지까지 써 주셨던 거 감사합니다. 생각해 보니 글씨체가 아빠 글씨체 ㅋㅋ

40. 어릴 적을 생각하면 재미있는 추억이 많은데, 즐거운 추억을 많이 만들어 주셔서 감사합니다.

41. 아빠가 알뜰하시고 꼼꼼하십니다. 그래서 우리 가정이 평안하고 화목합니다. 감사합니다.

42. 주변 사람들이 작은 것에도 만족해하고 사치가 없는 저를 좋게 바라봐 줍니다. 아빠에게 배운 겁니다. 감사합니다.

43. 공부를 마칠 때까지 경제적인 부분에 대해서는 조금이라도 스트레스를 받지 않도록 넉넉하게 지원해 주신 아빠께 감사드립니다.

44. 아빠가 배울 점이 많은 아빠라서 감사합니다.

45. 아빠를 존경하는 딸로 자랄 수 있게 키워 주셔서 감사합니다.

46. 아빠가 믿음이 있는 아빠라서 감사합니다.

47. 아빠가 기도하는 아빠라서 감사합니다.

48. 아빠를 생각하며 감사편지를 쓸 수 있게 해 주셔서 감사합니다.

49. 이렇게 감사편지가 쭉쭉 써지는 아빠라서 감사합니다.

50. 사랑한다고 말할 수 있는 아빠라서 감사합니다.

둘째 서현이가

  이렇게 주고 받은 기쁨과 감동이 커서 2년 후 내 회갑 이벤트로도 당연히 주문하게 되었다. 아주 잘 둔다고 어딘가에 보관했을 편지들을 아무리 찾아도 못 찾아서, 카스토리에 사진으로 찍어 남겨둔 자료들을 불러내 옮기게 되었다. 첫 책 때도 느꼈었지만, 기록으로 남긴 것들의 소중함을 이번에도 또 느끼게 된다. 블로그와 카스토리, 카톡 프로필 공간에도 남겨 두었던 삶의 기록들을 살뜰히 불러와 이번 책에도 소중히 담게 되었다. 내 삶이 어떤 감정으로든 출렁였던 순간에 나는 늘 기록하기 시작했다. '평온한 날에는 감성의 날이 서지 않는다'라고, 어느 날 남겼던 한 줄 글은 말대로의 길을 내고, 평생으로 이어지고도 있다.

당신에게 쓰는 15가지 감사

1. 강원도 촌놈에게

   경상도 시골 소녀는 언제나 늘 내 자랑거리였다.

   그래서 늘 떠들고 다녔지.

   넓은 벌 동쪽 끝으로...

2. 중간 음역의 바이브레이션과 고운 목소리를 흠모하였고, 감사합니다.

   대학가요제 도전...

3. 기타 연주를 하는 것과 특히 기타 음색을 나와 동일하게 좋아하니 공동체 동질감에 감사!

4. 나이 들어도 변하지 않고 그대로인 미모에 감사!

5. 시집살이 견디며 함께한 세월 감사!

6. 절제하며 꾸준한 운동, 맨발걷기로 건강관리를 잘 하는 듯하여 반면교사로 보기에도 좋다.

7. 꾸준하고 올바른 신앙생활 모습 감사.

8. 아이들 대하는 모습이 영락없는 엄마와 자식이더구나.

9. 글쓰기를 좋아하고, 어색하지 않고 매끄러운 문장 능력에 남이 아니고 나인 듯 감사.

10. 일원동, 방이동, 인천 만수동, 제기동을 오가며 어렵고 가난 중에 함께한 세월 감사.

11. 십여 년 만에 어렵게 장만한 집(벽산 APT 204동 1002호)으로 이사오고, 나는 이제 무엇을 해야 되는가?

    우현, 서현, 영현이는 학교 다녀온 저녁 시간일 텐데,

당신은 글쓰기, 독서지도사, 영어학원으로 바쁘고...

가끔 이곳을 찾아와(오리역) 지난 일상을 회고하고, 예전의 기억들을 찾아
내는 데 성공하였다.

모두 떠나고 이곳에는 아무도 없으니 무엇하리!

날은 저물고, 발길을 돌린다.

12. '내 맘의 강물' 노래를 나보다 더 좋아하니 좋다.

13. 즐거우면 차 안에서 흥얼하는 노래 부르는 소리가 좋다.

14. 나의 아내여서 감사.

15. 함께하는 기타 2중주 3곡, 나는 독주 5곡을 준비하여 70세에 연주하기로 약
    속하였다.

2021. 5. 4

경연이 생일에

남편 김창수 드림.

　남편한테서 해마다 기념일에, 생일에 받아온 카드나 편지들은 꼭 남편을
닮았다. 아주 오래 전에 '한우리독서문화운동본부'에서 몇 년 간 강평연구
위원으로 활동한 적이 있는데, 그때 습관이 남아 있는지 글을 쓸 때나 남의
글을 읽을 때 조금 더 신경을 쓰게 된다. 몇 군데 교정을 봐야 할 것 같은,
살짝 덜 다듬어진 듯 느껴지는 짧은 글에서 늘 남편만의 고유한 스타일과
진심이 느껴진다. 가정예배를 드리면서 기도를 드릴 때도 나는 그런 남편
의 기도가 진실되게 느껴져서 좋다. 내 회갑연에서 받은 이 감사의 글도 딱

내 남편다워서 한 군데도 고치고 싶지 않다.

　100가지나 되는 내 지극한(??) 감사고백과 세 아이들의 감사편지를 감격스럽게 받은 후 나중에 남편이 했던 말이 생각난다. 부담스럽기도 하다고. 받은 표현들 그대로 살아야 할 것 같다고... 그래서 진심을 다해 대답했다. 이제는 좀 흐트러져서 살아도 된다고, 소파 위에 드러누워 리모콘 돌리며 게으름도 좀 피워도 된다고! 수 년이 지난 지금도 남편은 예전 모습에 가깝다. 그때보다 훨씬 건강해진 나랑 종종 싸우게도 된 점이 예전과 다른 모습인 듯하다.

　이 기록들은 우리가 함께 살아온 수십 년의 결혼생활 중에서 가장 따뜻하고 빛나던 순간들에 대한 기록일 것이다. 생각해 보면 지지고 볶고 거칠기도 했던 순간들이 왜 없었겠는가? 이혼을 생각해 본 시간도 있었고, 집에서 며칠 가출해 있었던 적도 있었다. 물론 세 아이들과 우리 부부만의 삶이 아니었던 때의 상황들이다. 그 모든 시간들을 다 견뎌내고, 언젠가 누군가에게서 들은 얘기처럼 요즘이 내 인생의 화양연화 같다고도 느껴진다. 그 거칠던 시간들은 거의 다 묻히고, 이 기록들만이 우리가 함께했던 시간들의 다였던 듯이도 느껴진다. 감사하고 감사한 일이다.

　잠시 망설였지만, 이 나이에 닭살스럽게도 느껴지는 표현들까지 그대로 기록해 남겼다. 내가 살아온 세월들이 그랬던 것처럼 내 아이들 앞에 놓인 세월들 또한 크게 다르지 않을 것이다. 여러 날씨들이 도돌이표로 이어지는 것 같은 인생길을 가며, 비 오고 바람 부는 날에 이 기록들이 내 아이들에게 온기로 남겨지길 소망한다. 평생 따뜻이 손 잡고 걸어가며 남긴 부모의 온기가 내 아이들의 추위를 녹여 줄 수 있다면 참 좋겠다. 부모인 우리보다 훨씬 더 잘 살아가겠지만, 최소한 우리만큼의 온기는 꼭 나누며 살아주길 바라는 마음 간절하다. 큰 병을 겪어 보니 알겠다. 부부로 살며 평생 서로를 따뜻이 품고 세우는 온기 하나만 꺼뜨리지 않아도 충분하단 걸. 그 온기로 인생의 겨울을 견디는 짝을 지켰던 남편이 내게 그걸 가르쳤다.

"마른 떡 한 조각만 있고도 화목하는 것이 제육이 집에 가득하고도 다투는 것보다 나으니라"

(잠언 17:1)

46. 견고한 조합, + 극복 자산

이호선 숭실사이버대학교 교수의 강의에서 '극복 자산', '극복 콘텐츠'라는 표현을 처음 듣고 그 단어들을 간직하게 되었다. 그 강의는 자녀들에게 어떤 정신의 유산을 남길 수 있을까에 대한 내용이었다. 매일 하루도 빼놓지 않고 집 앞 산을 맨발로 두세 시간씩 오르내리며 들어온 말씀과 건강 관련 강의들, 북리뷰 영상들이 숱하다. 셀 수 없이 많은 콘텐츠들을 접하고 들으면서 기억하고 싶은 내용들은 멈춰서 기록하거나 캡처해 둔다. 이 표현 또한 그렇게 해서 남게 된 것이다.

첫 책 '내 안에 꿈 있지'를 통해 세 아이들에게 남기고 싶었던 정신의 유산은 '신앙과 감사, 책, 글쓰기'라는 네 가지 키워드가 이끄는 것들이었다. 첫 책을 낸 후 석 달 만에 맞게 된 '유방암'이라는 삶의 손님을 통해 새로운 키워드를 더하게 되었다. 이 책의 기록들은 그 키워드에 대한 기록이기도 하다.

세 아이들의 태몽이 지금도 선명하게 떠오른다. 다 내가 꾼 태몽들이다. 큰아이 때는 햇살이 부서져 내리는 시냇가에서 반짝이는 보석들을 발견하고 집어들며 기뻐하는 꿈이었다. 그 꿈처럼 큰아이는 우리 부부의 첫 아이로서 줄 수 있는 빛나는 경험들을 오롯이 겪게 해주었다. 아이들은 자라면서 보여준 사랑스러움과 재롱의 기쁨만으로도 효도를 다했다는 말이 있다. 그 말처럼 뿌듯이 안겨준 기쁨과 행복뿐 아니라 또 다른 어떤 것들이어도, 지금 와 돌아보면 부모였고 자식이었기에 느낄 수 있었던 삶의 희로애락이었다. 아이가 경험케해 준 것들만큼의 자양분으로 부모된 우리도 성장해

왔다고 느껴진다. 반짝이는 보석으로 먼저 왔던 큰아이는 늘 우리 부부의 가슴 속 첫 별로 박혀서 반짝이고 있다. 자신의 길을 가면서도 끝까지 자신만의 고유한 빛으로, 그 누구도 대체할 수 없는 자기 삶의 유니크한 주인공으로 단단히 서 가며 빛을 발하길 늘 기도드린다.

둘째 때는 또 다른 꿈이었다. 어릴 적 우리 고향 마을 앞에는 우리 미루나무밭이 있었다. 그 밭에는 하늘을 향해 쭉쭉 뻗은 잘생긴 미루나무들이 빼곡히 심겨 있었다. 그 모습이 보기 좋아 어느 식목일 날, 가지 하나를 잘라다가 우리 집 앞뜰에 심었다. 물만 주었는데도 쑥쑥 자라나더니 달빛 가득한 밤마다 지나치는 바람에 그 잎들을 사각사각 흔들며 달빛에 얼마나 빛나기까지 했나 모른다. 그 미루나무들하고는 댈 수도 없을 만큼 하늘을 향해 까마득히 뻗어 오른 푸르른 미루나무 한 그루를 하늘에서 받아 안는 꿈이었다. 아직도 그 까마득하던 높이가 생생하게 떠오른다. 둘째는 태어날 때 탯줄을 목에 감고 어딘가에 머리를 박고 있었다고 한다. 그 때문에 열 시간이 넘는 진통 끝에 급하게 한 수술로 태어났다. 엄마를 초죽음시켰던 미안함 때문인지 둘째는 사춘기 때도 격랑 하나 없이 순하게만 자라 주었다. 하늘을 찌를 듯이 까마득히 뻗어 올랐던 푸르른 미루나무의 기상과 그것을 받아 안을 때 느꼈던 벅찬 감격이 삶으로 어떻게 이어질지 못내 궁금해진다.

막내 때 꾼 꿈은 딱 막내를 닮은 꿈이었다. 복숭아 나무에서 빠알갛게 익은 복숭아를 따는 꿈이었다. 향긋한 복숭아 향이 묻어나는 꿈을 닮은 막내는 그 꿈처럼 사랑스럽고 상큼하다. 셋째 딸로 태어나, 미역국 먹는 엄마 눈에 닭똥 같은 눈물을 떨구게 했으나, 저 이쁜 걸 안 낳았으면 어떡할 뻔했냐는 말을 수도 없이 하게도 만들었다. 한 입 베어 물면 온 몸으로 짜릿하게 퍼져 나가는 복숭아 향 닮은 삶의 서사를 써 나갈 꿈일까? 막내가 제일 먼저 엄마가 되었다. 아빠를 꼭 닮은 첫 딸을 품에 안고 그저 모든 것이 어여뻐 딸과 함께 까르르 웃어대는 막내를 볼 때면 마음이 이상해진다. 믿을 수 없을 만큼의 속도로 날아가는 세월이 부린 마술을 보는 듯하다.

이렇게나 생생한 태몽으로 먼저 왔던 세 아이들에게 나는 어떤 정신의 유산을 남기게 될까? 회갑 때 세 아이들이 〈엄마에게 쓰는 100가지 감사〉를 제각각 써서 주었다. 남편 회갑 때 남편과 아빠에게 쓴 〈100가지 감사〉를 아이들과 함께 깜짝 이벤트로 준비해 주었는데, 남편이 무척 감격해했었다. 사실은 나도 그 선물을 받고 싶어 주문한 셈이었다. 15가지 감사를 쓴 남편의 글까지, 가족들의 감사글을 읽으며 내가 어떤 삶을 살아왔는지가 읽혔던 기억이 난다. 세 아이들의 글에서 '큰 병을 잘 이겨내고 계속 잘 관리해 주어 감사합니다'라는 글과, '엄마가 살아낸 삶의 지혜들을 책으로, 유튜브 영상으로 남겨 주셔서 감사합니다'라는 내용이 있었다.

첫 책 때와 마찬가지로 두 번째 책 또한 첫 독자는 가족들이 될 것이다. 하나님 앞에서 감사로 산 엄마가, 책이 주는 재미와 유익을 세상 어떤 것들보다 찐으로 누린 엄마가, 책과 이어진 글쓰기로 어떤 열매를 맺는지를 아이들 앞에 보이고 싶었다. 너무 평범한 50대 아줌마의 인생 이야기라 아무도 안 읽어 줄 것 같아 중간에 멈췄던 글이었다. 오래도록 품고 산 꿈과 세 아이들이 아니었다면 첫 책은 중간에 사라졌을지도 모른다. 이 책 또한 내 나름의 소명과 세 아이들에게도 이끌려 여기까지 왔다.

우리 엄마의 삶은 참 고단했었다. 버겁고 힘겨운 농사일과 여러 자식들 뒷바라지도 모자라, 평생을 한량으로 사셨던 아버지의 부속품처럼도 사셨다. 이 짧은 한 문장 안에 농축된 우리 엄마의 지난한 삶을 나는 엄두도 못 낸다. 그런데도 엄마는 끝까지 견뎌내셨다. 뿐 아니라 우리 엄마는 지혜로운 분이셨다. 우리 엄마가 치열한 삶으로 남기신 극복 자산이 내 유전자 속에도 흐르고 있을까? 내가 나에게 하는 답은 예스다.

셋이나 되는 내 자식들 또한 내 온 삶을 두 눈 크게 뜨고 지켜보고 있다. 내가 이 나이까지 살아오며 견뎌낸 시간들의 8할은 세 겹 줄이 되어 나를 두르고 있는 세 아이들로 인함이다. 셋이나 되는 자식들로 인해 나는 더 견딜 수 있었고, 도망칠 수도 없었으며, 지금도 더 잘 견뎌낼 수 있다. 견뎌낼 몫은 없이, 누리기만 하면 되는 인생이 몇이나 될까?

‘우리의 삶은 남들만큼 비범하고, 남들의 삶은 우리만큼 초라하다’고 쓴 허지웅 작가의 글이 유독 가슴에 와 닿았던 이유이다. 집집마다 들여다 보면 어느 한 편 초라한 사연 없는 집이 없고, 어느 한 편으로는 남들만큼 비범하기도 할 것이다. ‘초라’를 뛰어넘어 ‘비범’에 이르기 위해서는 제각각의 극복 콘텐츠와 극복 자산이 작동되어야 한다.

가장 무섭다는 병 암, 수술만 받고 현대 의학적 치료들을 다 물리친 채 자연치유만으로 여기까지 오는 과정에서 본능적으로 발휘된 내 나름의 용기와 담대함, 분별력과 지혜, 절제와 의지... 들은 내 유전자에 각인되어 흘러온, 오래된 극복 자산의 발현이 아니었을까? 그 중심에 있었던 신앙은 당대에 하늘로부터 받은, 가장 뚜렷한 극복 자산이었다.

그 기록들을 나는 지금도 매일 글과 사진, 영상으로 남기고 있다. 매일 오전에 갖는 미라클 모닝 루틴들을 하나하나 사진으로 찍어 블로그에 남기고, 하루도 빠짐없이 오르는 앞산 맨발산행의 기록 또한 영상으로 유튜브에 남긴다. 여기까지 오는 과정에서 누군가의 치병에 도움이 될 거라고 생각한 내용들을 말과 글로 유튜브와 블로그에 용기를 다하여 남겨도 왔다. 남들이 남겨 준 그런 자료들이 나를 여기까지 안전하게 이끌었기 때문이다. 그것이 다시 사는 삶에서의 내 소명이라고 믿어졌기 때문이다.

이 얘기도 하려고 이 글을 시작했다. 큰 병을 만나기 전까지의 삶을 통해 남기고 싶었던 네 가지 자산만으로 감당하기에는 충분치 않은 것이 삶이란 걸 이제서야 알겠다. '극복 자산'까지 더해지면 견고한 조합이 될 것이다. 이 다섯 가지 정신의 자산을 장착한 인생이면 어떤 어려움이 닥쳐와도 흔들리지 않을 것이다. 맑은 날만 있을 수 없는 것이 인생이란 유기체의 고유 설정값이다. 부모가 사라진 세상을 살아가며 비바람과 폭풍우를 만날 때 세 아이들이 부모가 정신으로, 삶으로 남긴 자산의 기록들을 들여다 볼 수 있길 소망한다. 날마다 어떤 말씀을 읽고 필사하며 평안을 누렸는지, 어떤 작은 일에도 감사하며 모든 날의 기적을 선물처럼 누렸는지, 어떤 책들을 읽으며 지혜와 통찰을 얻었는지, 어떤 음식을 먹고 어떻게 운동하며 몸의 건강을 지켜갔는지... 그 자산의 기록들을 남길 수 있는 플랫폼들을 가져서 감사하다. 책으로까지 남길 수 있어 감사하다. 이미 첫 책의 기록으로 남긴 네 가지를 탄탄히 떠받치고 보완할 다섯 번째 정신의 자산을 더할 수 있어 감사하다. 무엇보다 이 기록들이 그 자산을 아이들의 삶으로 이어주어, 안전하고 견고한 삶의 무기가 되도록 이끌어 줄 것이 믿어져 감사하다. 이 기록들이 그 누구들에 앞서 내 아이들에게 가장 유익한 정보가 되어 주길 기대할 수 있어 감사하다.

평생을 하나님 안에 따뜻이 손잡고 동행하며 사이좋게 살다 간 부모가 남긴 온기가 최고의 유산일지도 모른다. 김창옥 강사의 강의들이 남긴 뚜렷한 메시지였다. 그 최고의 유산까지 완성품으로 고이 안기고 싶으니 끝까지 잘 살 수 있을 것 같다. 평생을 한결같이 성실하게 가정과 가족을 지켜준 남편, 모든 어려운 상황들을 배움과 성장의 기회로 삼아 극복해가는 건실한 삶의 태도, 호호 할부지가 되어서도 운동과 악기들과 유연한 유머로 삶을 단단하고 풍성하게 누릴 남편이 남길 유산까지 아이들에게 더해질 걸 생각하니 마음이 놓인다. 이 귀한 자산들이 자신들을 이루는 형질임을 밥 먹듯 기억하며 살라고 이 글을 시작했다.

인생의 겨울을 겪지 않았다면 마지막 자산을 빠뜨릴 뻔했다. 나쁜 일에 나쁜 일만 있지 않다는 말을 또 해야겠다.

"세상은 고통으로 가득하지만,
또한 그 고통의 극복으로도 가득 차 있다."
– 헬렌 켈러

47. 초고가 된 '무홈'

어느 날 익숙한 목소리의 노래를 잠시 듣게 됐는데, 그 '익숙한' 느낌이 참 특별했다. 마치 육친의 어떤 목소리, 혹은 내 안의 나를 불러내는 목소리...... 같았다. 한 번에 알아듣지 못하고 '아, 이 목소리, 누구였더라? 왜 이렇게 느껴지지? 이 이상한 느낌은 뭘까?'라는 생각이 잠시 들다가 바로 알게 됐다. 아마도 자주 듣지는 못했던 노래의 어느 부분이었던 것 같다. 그 목소리의 주인은 바로 이승윤이었다.

가수 이승윤을 어떻게 처음 알게 됐는지는 잘 기억이 나질 않는다. 물론 어느 종편 채널의 〈싱어게인, 무명가수전〉이라는 오디션 프로를 통해 알게 된 건 당연하다. 장안의 화제였고, 그 중심에 있었던 인물이니까. 그 프로가 절정을 향해갈 때 나는 느꼈다. 그가 우승할 거라는 걸. 그 느낌은 아마 나뿐만이 아니었을 것이다.

그가 그 우승을 거머쥘 수 있었던 건 우연이 아니었다. 알면 알수록, 파면 팔수록 그는 준비된 아티스트였고, 쫀쫀한 밀도의 내공을 다져온 시간들의 주인이었다. 〈무명성 지구인〉으로, 〈방구석 음악인〉으로 눈물 젖은 빵을 먹으며 견뎌온 십여 년이라는 시간의 권위를 딛고 그 자리에 선 것이었다. 그 시간들을 어떤 생각을 하며 어떤 느낌으로 견뎌왔는지를 그의 수많은 노래들이 뭉클한 픽션으로 풀어내고 있었다. 그 누구도 흉내낼 수 없는 이승윤만의 언어였고 이승윤만의 고유한 서사였다.

때로는 웅장한 우주를 품은 듯 장대하게 꿈꾸고, 때로는 잡히지 않는 꿈 앞에서 좌절하며 삐뚜루 휘청이면서도 꿈꾸고, 또 때로는 지고지순한 인류애로 흔들림없이 꿈꾸며 그는 그가 좋아하는 말 '꿈'만은 단 한 번도 놓지 않고 그 세월들을 견뎌왔다고 내게는 느껴졌다. 너무 적나라한 사실화여서 부끄러움에 꽁꽁 숨겨둔 일기장인 듯, 세상을 향한 거친 포효인 듯, 놓을 수 없었던 꿈들의 처연한 발자국인 듯 그 시간들이 오롯이 담겨있는 그의 노래들을 나는 빠짐없이 다 섭렵하고 있진 못하다. 물론 회갑을 훌쩍 넘긴 이 나이의 내가 아들뻘되는 젊은 가수의 노래들에 빠져 몇 날 며칠을 그의 노래만 찾아 듣고 또 들었던 시간들도 있었다. 뿐 아니라 그가 출연했던 방송 프로그램들을 끝도 없이 찾아서 보고 또 봤었다. 그렇게 찾아서 돌아다니다 발견한 잊을 수 없는 영상이 있다.

지금보다 볼이 통통하고, 질끈 묶은 머리 위로 모자를 눌러쓴 채 기타를 둘러 매고 홍대일까 싶은 어느 길거리를 천천히 걷는 이승윤을 보여주는 영상이다. 자신을 앞에서 찍으면서 인터뷰하고 있는 사람의 물음에 답하며 선량하기 짝이 없고 순둥순둥의 표본인 듯한 모습으로 마구 마음을 앗아가는, 풋풋하던 시절의 이승윤! 그 영상을 그의 팬이라면 한두 번만 본 사람은 없을 것이다. 이 글을 쓰고 있는 현재 그 영상의 조회수는 자그마치 66만뷰이다(쇼쑝 채널의 '내 야망은 아무도 날 못 알아보는 거야').

나는 그 영상의 이승윤이 타고난 그대로의 이승윤의 모습에 가장 가까울 거라 믿는다. 노래마다 목소리를 갈아 끼우고, 눈빛과 표정과 몸짓을 갈아 치울 수 있는 이승윤이지만, 그 영상의 이승윤은 그의 본성에 가장 가까워

보인다. 자본주의의 역할과 포지션에 의해 각색되지 않고, 그의 야망대로 유명세에서는 한껏 자유로웠던 그 지점의 이승윤이 궁금하다면, 그 성지로 순례를 떠나면 된다. 유명세에서 자유로운 만큼 다달이 빨리도 닥쳐오는 월세와 생활비의 무게에서만큼은 절대 자유로울 수 없었을 텐데도 그곳에서 만난 이승윤의 얼굴에는 그 그늘이 드리워 있지 않았다. 십여 년의 방황과 그늘, 내공이 아직은 읽히지 않는 얼굴이었다.

앞서의 기록대로 이승윤의 수많은 노래들을 나는 다 섭렵하고 있진 못하다. 이 나이까지 한때 빠졌었고 좋아해 왔던 가수들이 내게도 있어 왔지만, 젊디젊던 때도 그 가수들의 모든 노래와 삶을 다 좇으며 향유하진 못했다. 이승윤에게 그랬던 것처럼 몇 날 며칠 정도 빠져 살다 또 한참은 잊고 살고, 그러다 또 어느 날 문득 찾아들어서 또 몇 날 며칠 좇아서 살고, 또 잊고 산다. 그러니 그들의 모든 것들에 대해서는 당연히 알 수 없다. 이승윤도 그렇다. 그러나 이 한 가지는 얘기할 수 있다. 그 얘길 하고 싶어 시작한 글이다.

'생각을 정돈하려다 맘을 어지럽혔나봐
대충 이불로 덮어 놓고
방문을 닫았어

선반에 숨겨 놓았던
후회를 하나 둘 꺼내서
읽으려다 그냥 말았어
그냥 외웠으니까……'

이승윤에게 빠져서 몇 날 며칠을 그의 노래들을 찾아서 듣고 또 듣다가 이 노래('무얼 훔치지')를 찾아 처음 들었던 때의 느낌이 지금도 생생하다. 이승윤의 노래들은 반드시, 필히, 꼭, 가사를 보면서 들어야 하는데, 그때 는 정확한 가사는 모르고 멜로디와 분위기로만 들었었다. 마치 말갛게 꿈 꾸는 소년이 부르는 마알간 느낌의 노래로 다가왔다. 그런데 다시 들으며 가사를 세세히 들여다 보니 그 노래는 이승윤이 무명성 지구인으로, 방구 석 음악인으로 살아온 십여 년의 세월이 일기인 듯, 사실화인 듯 애잔하기 그지없게 그려져 있었다. 가사와 함께 들으며 이승윤의 삶이, 좌절과 꿈 사 이를 오가며 버텨온 하루하루가 세밀화인 양 선명한 그림으로 그려졌다.

'텅빈 하루를 채우다
잠은 가루가 됐나봐
쓸어 안아 누워 있다가
그냥 불어 버렸어

옷장에 숨겨 놓았던 꿈들을
몇 벌 꺼내서 입으려다 그냥 말았어
어울리지 않잖아

낡은 하늘에 밝은 미소를 보낼걸
왜 내가 바라볼 때면 녹슬어 있는지

노을을 훔치는 저기

언덕을 가도 멀찍이
태양은 언제나 멀지
그럼 난 무얼 훔치지'

이 노래를 지어 부르던 때에는 그의 삶에 번민과 고뇌, 혼돈......들이 부옇게, 어쩌면 꺼멓게 섞여 든 때였으리라. 계속 가자니 태양은 멀기만 하고 하늘은 녹만 슬어 있는 현실, 후회들은 읽고 또 읽어 다 외워 버렸고, 꿈으로 지은 옷들은 더 이상 어울려 보이질 않는.......

그러나 끝내 놓을 수는 없는 태양과 하늘과 꿈을 품은, 그 가슴으로는 말간 소년이었던 이승윤은 그의 오늘이 말해주듯 꿋꿋이 희망을 붙잡았다. 꿈의 주파수에 자신을 매달았다.

'날짜들보다 오래된
발자국처럼 노래가
신발 아래서 들려와 포기하려 했는데

낡은 마음에다 노래는
밝은 미소를 건네와

왜 내가 바라보아도 녹슬지 않는지
난 눈물을 흘리지

왜 내가 바라보아도 녹슬지 않는지

왜 내가 바라보아도 녹슬지 않는지'

바라보고 또 바라보아도 멀기만 하고 녹만 슬어 있던 하늘이 끝끝내 녹슬지 않는 하늘이 되었다. 아니, 그 하늘은 여전한 하늘이었으나 그의 마음속 태도가 바뀐 것이다. 포기할 수 없는 이유에, 아리고 시린 꿈에 주파수를 맞춘 순간 그 하늘이 녹슬 수 없는 하늘이 되어 그의 마음 속에 박힌 것이다. '날짜들보다 오래된 발자국처럼 노래가 신발 아래서' 끝없이 들려오니 어찌 포기할 수 있었겠는가? 이 노래를 들으면서 가슴 아려보지 않았다면 그의 팬이 아니다.

이 얘기로 마무리하려고 이 글을 시작했다. 태양은 날마다 새로이 멀고 하늘은 온통 녹만 슬어 있으며, 달달 외워버린 후회와 어울리지 않는 꿈들로 지어진 옷들이 내걸린 몇 평짜리 단칸방에서, 가루가 된 잠을 쓸어 안고 불면의 밤을 무수히 보낸 그 시간들, 이제는 영광의 무대들을 견고히 떠받치는 반석이 된 그 시간들을 이승윤에게서 빼 버린다면 이렇도록 아릿한 노래가 그에게서 나올 수 있었을까? 부족함 없이 부어주는 만능 부모의 그늘 아래서 호위호식하며 놀이 삼아 음악을 대하고 그 세월들을 노닐었다면 그의 무수한 명곡들은 절대 탄생될 수 없었을 것이다.

'저녁이면
눌러둔 슬픔들을 불러낸다
나와도 된다고
나를 차지해도 된다고

가만히 말하고
슬픔들에게 나를 내어준다'

....

'슬픔은 내 시의 거름
평온한 날에는 감성의 날이 서지 않는다......'

　나 또한 그렇다. 이 짧은 시들이 말해주듯 내 몇몇 시들과 아리하게 남겨진 글들은 다 내 삶을 뒤흔든 격랑과 슬픔들을 견뎌낼 때 쓰여졌다. 글쓰기를 하고 있지 않다면 내 삶이 평온하다는 반증이다.

　인간은 고난과 고통, 시련과 아픔을 직면하여 관통할 때 그 정신과 의식이 명료해진다. 단 그것들에 맥없이 휘둘리며 쓰러져 있지 않아야 한다. 다시 말하지만, 직면하고 관통해야 한다. 나 또한 그런 순간들마다 시 하나씩이라도 남기며 그 시간들을 오롯이 통과했다. 맥없이 당하고 있지 않았다. 그 시간들이 내게 가르친다. 앞으로 그 어떤 휘오리가 닥쳐온대도 그 시간들을 명징한 의식과 정신으로 통과해냈던 '내 안의 거대한 또 하나의 나'가 요술 램프 속의 지니처럼 튀어 나와 회오리 속의 나와 내 삶을 구해낼 거라고.......
　마음은 아프지만, 이승윤에게 허기지고 배 아픈 〈72호 음악인〉으로 산 십여 년은 보석이었다. 그 세월이 없었다면 지금의 이승윤과는 다른 이승윤이었을 것이고, 그런 이승윤의 언어와 노래와 표정과 몸짓들에 내가 마음을 빼앗겼을 것 같지는 않다. 아니, 만나지지 않았을지도 모른다.

"나는 내 노래가 누구에게나 필요하다고 생각하지 않거든. 그냥 필요한 사람에게, 필요한 상황에, 필요에 맞게끔 전달되는 그런 노래였음 좋겠어."

그 영상에서 이승윤은 자신의 노래를 이렇게 규정했다. 지금까지의 그는 자신이 수년 전에 말로 낸 길 그대로를 가고 있는 듯 보인다. 내 글 또한 그렇다. 모든 사람들에게 내가 쓴 글이 필요하다고 생각지 않는다. 내가, 또 나랑 감성과 삶의 결이 비슷한 사람들이 이승윤에게 끌리듯, 불특정 다수의 어떤 사람들에게는 내 글이 끌릴 거라 믿는다. 필요하기도 할 거라 꿈도 꿔본다. 우리는 생각과 말로 낸 자신만의 길을 가게 되고, 그 길은 서로 달라 제각각 아름답다. 이승윤은 이승윤답고, 이경연은 이경연다울 때 가장 빛날 수 있다.

'내 야망은 아무도 날 못 알아보는 거야, 하지만 내 노래로 밥 벌어 먹고 사는 거야.'

어진 눈빛과 순한 미소로 밝혔던 이렇게나 거창한(!!) 그의 야망은 아쉽게도 반만 이뤄지게 됐다. 거대한 스타디움을 꽉 채운 수많은 사람들이 그를 향해 환호하고 떼창으로 그를 울게 만든다. 그 자리에서 뛰고 구르는 사람들 대부분은 나처럼 이승윤의 유튜브 채널에서 찾아 듣는 '무홈'을 더 좋아하지 않을까? 15만 원짜리 마이크로 있는 힘과 꿈을 다해 녹음해 올렸을 방구석 음악인 이승윤이 오롯이 담긴 '무홈', 지금의 이승윤을 태동시킨 시간들 속의 이승윤을 만나고 느낄 수 있는 '무홈', 그가 가장 아낀다는 자신의 모태와도 같은 노래 '무홈'.......

그런 노래를 가진 그가 부럽다. 그 시간들을 견뎌내고 우리에게 와 준 이승윤이 자랑스럽고 고맙다! 가장 무섭다는 '암'을 직면하고 통과하며 써낸 내 글도 누군가에게 '무홈'이 될 수 있길 빌어 본다.

이 긴긴 글이 이승윤에게 느닷없고 재미난 또 하나의 '꿈 해몽'이 되어 그를 헤벌쭉 웃게 만들지도 모르겠다. 그렇게 된다면 이 글은 할 일을 다했다. 그가 내게 준 기쁨과 눈물에 대한 소소한 보답이어서 그렇다.

"이승윤은 그가 기존 시스템의 주류로 들어왔다고 하기보다는 자신만의 장르를 만들어 내고 자신만의 원을 형성했다는 점, 자신이 선 곳, 원과 원이 만나는 경계선에서 새로운 중심이 되었다."

-'환대, 이승윤을 사유하다' 김희준

48. 어떻게 불리면 행복할 것인가?,
'단유나함 따꿈지기 이경연'

첫 책 '내 안에 꿈 있지'의 저자 프로필을 나중에 다시 읽으며 부끄러웠던 기억이 난다. 어찌 그리도 초짜스러웠던지! 고수일수록 긴 말로 자신을 포장하지 않는다. 내 어설픈 한두 이력과 소망들을 꼭꼭 눌러 담아 넘치게도 채웠던 프로필 중 늘 마음에 숙제처럼 남는 한 줄이 있었다. 〈꿈길독도 연구소 대표〉, 아니 대표도 아닌 소장이었다.

첫 책은 제목 그대로 내 소박한 꿈들을 이루기 위해 어떤 삶을 살아왔는지를 더듬어 기록한 책이다. 일기와도 같고, 딱 습작과도 같은 책이다. 내 나름의 세 갈래 꿈길을 더듬어 독도하며 이루는 과정들을 기록한 책인데, 그때 당시 공부했던 '숲길체험지도사' 과정 중 지도와 나침반을 가지고 독도하며 직접 산을 올라 목표지점을 찾아갔던 기억이 인상깊게 남았었나 보다. 그 기억으로부터 '독도'라는 표현을 가져왔고, '꿈길독도연구소 대표'가 되고 싶은 꿈을 저자 프로필 두 번째 줄에 용감하게도 활자화시켜 버리는 용기를 발휘했었다. 물론 꿈이었기에 '미래의'라는 단서를 붙인 소망 프로필인 셈이었다. 그 순진무구한(?) 치기 혹은 용기가 그립기도 하다. 어쩌면 알맹이도 없이 그저 '꿈길 독도'라는 말 자체에 이끌렸을까? 혹은 그때 당시로서는 뭐든 꿈꾸면 길이 시작되리라는 믿음이 확고했던 걸까?

크게 아프고 난 후 내 꿈은 단순 명료해졌다. 나와 내 가족, 내가 아끼는 사람들이 함께 건강하고 행복한 것, 먼저 한 경험으로 내 경험이 필요한 사람들에게 나답게 기여하는 것, 혹여 '별일'이 생긴다면 하나님과 더 깊이 동행하며 첫 광야길을 걸어낸 것처럼 잠잠히 다시 잘 걸어내는 것, 조금 더 욕심을 낸다면 내가 먼저 걸은 길이 누군가 더 많은 사람들의 희망의 길이 되는 것!

그것이면 족하다는 생각이 든다. 이 꿈들의 의미와 가치가 내게는 가볍지 않다. 첫 책을 쓰던 때는 좀더 괜찮은 꿈길들을 독도해 나갈 수 있길 막연히 꿈꿨던 것 같다. 그야말로 막연한 그 무엇이었다. 수 년이 흐른 지금 그 막연한 꿈길을 떠올려보면 딱히 구체적으로 떠오르는 것이 없다. '대표'씩이나로 이름을 붙였으니 누군가들도 함께여야 할 텐데, 그들과 도대체 난 어떤 꿈길을 독도해 나가고 싶었던 걸까? 오랜 꿈이었던 '책 쓰기'를 한 번 해봤으니 그 일과 연관된 일을 하고 싶었을까? 아니면 꿈에도 그리던 미서부 트레킹을 다녀왔으니 비슷한 꿈을 가진 사람들과 더 멋진 곳들을 계속 탐험해가고 싶었을까? 그도 아니면 기타와 노래를 좋아하는 사람들과 계속 그 꿈을 펼쳐가고 싶었을까? 한 가지는 분명히 떠올릴 수 있다. 말과 글로 선언하면 그것들이 길을 내고 제 길을 이어간다는 사실에 대한 믿음이다. 그 믿음만은 단단했다고 돌아봐진다. 그래서 그런 용기를 발휘할 수 있었고, 활자화시켜 버린 한 줄이 낼 길에 대한 기대도 품을 수 있었을 것이다.

암을 경험하고 치유를 이뤄내는 일은 아무나 할 수 있는 일이 아니다. 쉽기만 한 일도 아닐 것이다. 함께 암을 경험한 사람들과 치유공동체를 이루어 동행해 나가며 그 기대가 현실로 나타났음을 확인할 수 있었다. '글로, 활자로 낸 길은 길을 잃지 않는다'는 사실을!

건강한 삶을 향한 꿈만큼 실제적이고 현실적인 꿈이 또 있을까? 특히나 암과 같은 중한 병으로 건강을 잃어본 사람이나 그 가족에게는 세상 그 무엇과도 비교할 수 없을 만큼 절실하고도 간절한 꿈일 것이다. 그 꿈길을 '먼저 한 경험으로' 안내하며 탐구하며 동행해가는 삶을 살며 나는 새삼 내가 네이밍한 〈꿈길독도연구소 대표〉라는 이름과 지금의 내 정체성이 절묘하게 맞아떨어진다는 생각이 든다. 남이야 뭐라든 내 혼자서는 참으로 그렇다.

나는 자칭 〈맨발걷기 전도사〉이다. 또한 〈비타민씨 전도사〉이기도 하다. 내 주변 가족, 친구들과 지인들 중에서는 이 두 가지 건강 장치를 나로 인해 삶에 장착하게 된 사람들이 많다(그분들을 통해 나비효과로 퍼져 나간 분들까지 헤아린다면 더). 특히 내 주변 분들 중 암을 경험한 분들한테는 이 두 가지 치유의 지혜를 전하기 위해 소명의식에 가깝게도 노력해 왔다. 내 경험을 통해 말로도 전하고, 더 믿을 만한 객관적 자료들을 전하고 공유하는 방법으로도 애쓰게 되었다. 누가 시키지 않았지만 절로 그리 되었고, 그 애씀이 기쁨과 보람에 가까웠다. 그 일이 내 인생에 암이라는 특별한 경험을 허락하신 분의 계획 가운데 있는 일인 것 같다는 믿음이 시킨 일이었다. 물론 내 나름의 믿음이다. 그 믿음이 남들도 나도 더 건강하게 살게 했다. 그 믿음 안에 있을 때 모든 수수께끼가 풀리고, 나를 믿어 주시는 분을 향한 감사와 신뢰로 평온을 누릴 수 있었다. 암을 경험한 사람으로 살면서 더욱 기쁨과 감사로 살게 하신 분, 그 기쁨과 감사의 근거를 의학적 팩트로 깨닫게 하신 분, 모든 날이 기적임을 날마다 고백하며 누리게 하신 분, 그분을 알리고 전하고 싶은 마음이 사실은 가장 크다. '그분으로 인해 시작된 모든 일'임을 나 혼자서는 오롯이 알고 있다. 이 글 또한 그래서 시작된 글이다.

'관점을 디자인하라'에서 저자 박용후는 네이밍에 대해 이렇게 안내한다.

"네이밍을 전문용어로 콜링calling이라고 하는데, 이는 '내가 어떻게 불리면 행복할 것인가?'를 선택하는 것이다...... 나는 남들에게 어떻게 불리고 싶은지를 말할 수 있어야 한다."

이 부분을 읽고 잠시 고민하다 정한 네이밍, 〈단유나함 따꿈지기 이경연〉을 이렇게 글로 풀어 쓸 줄 알았다. 〈단유나함〉은 '단단하게, 유연하게, 나답게, 함께'의 첫 글자를 합친 말이다. 〈따꿈지기 이경연〉은 '따뜻한 꿈길의 동행, 꿈길지기 이경연'을 줄여 쓴 말이다. 이 표현은 첫 책을 내고 저자 강연회를 준비하면서 참여했던 스피치과정에서 나를 소개하는 표현으로 쓰였었다. 첫 네이밍이었던 셈이다. '꿈길' '꿈길지기' 같은 표현들은 첫 책의 제목 '내 안에 꿈 있지'에서 길어올린 표현들임을 제목만 봐도 짐작할 수 있을 것이다. 정말 못 말리는 꿈쟁이 아줌마였다.

그 스피치과정에서도 어떤 꿈길의 꿈길지기일지는 정하지 못했었다. 그저 모든 게 다 '막연한 어떤 것'이었고, 그렇게 외치면 어느 날 참도 특별하고 다정한 어느 꿈길이 나타나 누군가와 따뜻이 동행하게 되리라고 꿈꿨던 것 같다. 그렇게 막연했던 '참도 특별하고 다정한 어느 꿈길'이 그로부터 일이 년 후 불현듯 암과 함께 시작될 줄은 정말이지 꿈에도 몰랐다.

블로그 이웃들로 만나 똑같이 암을 경험한 세 분의 작가님들과 함께 걷게 된 '따동(따뜻한 동행)', 매일 서로의 선한 감시자가 되어 맨발걷기와 세 끼 식사 인증샷을 찍어 올리고, 두 달에 한 번씩 만나 독서모임을 하며 책이 주는 지혜와 끈끈해진 삶을 함께 나누는 치유공동체 '따동', 치병뿐 아니라 어느 누구에게도 말 못할 온갖 삶의 문제와 고민들을 속속들이 다 꺼내놓고 위로받고 힘을 얻으며 주는 사람들, 다시 건강해지기를 바라는 가장 현실적이고도 간절한 꿈을 향해 따뜻이 동행하는 우리를 보며 '참도 특별하고 다정한 꿈길'을 떠올리지 않을 수 없다. 어쩌면 그렇게도 절묘한 예언이었을까?

세 분의 작가님들은 제일 먼저 이 자연치유의 길을 걷기 시작한 나를 '우리 따동호의 선장님'이라 부른다. 나는 그 부름이 싫지 않다. 나이로도 경험으로도 그리 불릴 만하고, 뭣보다 그렇게 불릴 때마다 정신이 번쩍 들기 때문이다. 선장이 정신 차리고 똑바로 앞서서 걷지 않으면 배가 산으로 갈 수 있다. '불리는 대로 된다'는 말을 나는 신뢰한다. 그분들이 '선장'이라고 부를 때 나 혼자서는 〈꿈길독도연구소 대표〉를 떠올릴 것이다. 나 혼자서 자꾸 부를지도 모른다. 아무도 없이 나 혼자서 정한 대표지만 '되어야 할 만큼' 자꾸 부를 것이다. 불리고, 나 혼자 부를 때마다 콜링calling을 생각하게 될 것이다. 남이 정한 네이밍도, 스스로 정한 네이밍도 내게는 다 기껍기만 하다. 불리고 싶고, 불릴 때 행복해지는 네이밍이다. 그 부름들 속에 내게 기쁨과 감사, 행복의 근원이 되는 분 앞에서의 소명과 그분과의 동행까지가 이어져 있기 때문이다. 콜링calling은 원래 '소명'을 이르는 표현이기도 하고, 내 안에는 그 비슷한 느낌이 나를 움직여도 왔기 때문이다.

두 팀 정도의 다른 치유공동체를 생각하며 마음으로 준비하고 있다. 나 혼자 생각하고 있는 그분들이 나와 같이 동행하길 원할 것인지, 먼저 청하지 않은 그분들한테도 내가 자격이 될지, 뭣보다 내가 세 팀의 공동체와 함께 갈 여러 능력과 여력이 될지...... 이런저런 고민도 된다. 믿음과 행함에서는 단단하게, 사고와 성장, 확장에서는 유연하게, 그 무엇보다 나답게, 그리고 할 수 있는 한 함께! 인생 후반전을 이끌 지표요 메뉴얼이 될 이 구호들과 함께 간절한 꿈길을 따뜻이 동행하고 싶다. 자격이 된다면 꿈길지기로 중심을 잘 잡고 함께 가고 싶다. 꼭 오래, 안전하게 가고 싶다.

못 말리는 꿈쟁이 아줌마의 꿈 목록이 간결해져서 다행이다. 이 나이여서도 그럴 것이다. 더 정확히는 꿈과 성공의 정의가 달라져서도 그런 것 같다. 이제는 남들 눈에 멋져 보이는 꿈, 남들 앞에 인정받는 꿈이 내 꿈이 아니다. 더 많은 소유나 인정을 바라는 꿈도 앞서지 않는다. 가장 먼저는, 다시 살게 된 나 자신이 인정하는 꿈과 성공, 나 스스로 족한 그것이면 족하다.

고명환 작가는 '고전이 답했다 마땅히 살아야 할 삶에 대하여'에서 '플루타르코스 영웅전'에서 가져온 한 줄 글을 소개했다.

"스파르타인들의 삶이 편안했던 것은 바라는 바가 소박했기 때문이다."

이 글에 대해 고 작가는

"플루타르코스는 '바라는 바가 소박했기 때문'이라고 표현했고, 이 말은 곧 '바라는 바가 정확했기 때문'이라는 뜻이다...... 자기 그릇에 맞는 만큼 벌면서 자신의 일을 사랑하고 그 일을 통해 남을 위할 수 있는 시간을 살 수 있는 삶, 그게 행복한 삶이다."

라고 풀이했다. 나는 이런 얘기들이 내 얘기처럼 와 닿는다. 무슨 얘기인지 정확히 알 것 같다. 치유공동체 분들과 하루도 안 빠지고 맨발로 걷고 싶어 앞산에 올라 맨발걷기 쇼츠 인증 영상을 찍어 올릴 때도 생각나 혼자 빙그레 웃게 되는 얘기, '따동'이 아니었다면 하루도 안 빠지고 맨발산행을 이어갈 수 없을 건 나 자신이 가장 잘 안다. 언뜻 '남을 위하는 시간'처럼 보이는 그 시간들이 나를 살게 했다는 사실 또한 아주 잘 알고 있다.

그만큼의 의미와 가치, 기쁨이면 족한 나여서 감사하다. 나 혼자서만 건강하게 잘 살고 싶지 않은 나여서 감사하다. 돈이 되지 않아도 하고 싶은 일이 있어 감사하다. '지극히 고유한 나'이면서 '함께'의 가치에 힘 닿는 대로 기여할 수 있기를 꿈꾸고 애써보는 나여서 감사하다. 내 꿈과 성공의 정의를 나름대로는 정했기 때문에 간결해질 수 있었다. 아래, 박용후의 한 줄 소견이 반가운 이유이다.

"내 꿈과 성공의 정의는 나의 삶에 대한 것이므로
내가 내리는 것이 맞지 않겠는가?"

– '관점을 디자인하라' 박용후

에필로그

당신은 세상에 무엇을 주고 있나요?

"암, 살던 대로 살아서는 살 수 없다!"

이것이 이 책의 또 하나의 결론이다. 이 메시지를 세상을 향해, 나와 같은 경험을 하게 된 사람들을 향해 꼭 전하고 싶었다. 이미도 여러 책들에서 밝힌 내용이지만, 내가 겪은 삶으로, 내가 살아낸 시간들을 통과한 나만의 언어로 전하고 싶었다. '암은 생활습관병이고, 마음 습관과 생활 습관을 바꿈으로써, 우리 몸의 완벽한 치유 시스템이 온전하게 작동되고 기능하도록 치유적합적 조건들을 갖춰 줄 때 치유에 이를 수 있다'는 사실을 삶으로 살아내면서 수술 후 8년 차에 이르렀다. 이 기록들은 그 세월을 살아낸 내가 '어떤 사람이 되었는가?'에 대한 기록이기도 하다.

나는 내 나름으로는 예전보다 훨씬 깊고 넓게 성장했다고 믿는다. 뭣보다 그 성장값을 혼자만 누리는 것에서 한 걸음 더 나아간 성장치에도 이르게 되었다. 지극히 개인적인 치유와 성장의 기록들이나, 누군가에게는 유의미한 정보가 될 수도 있다는 걸 안다. 내게 온전히 적용되었던 그 믿음이 소명이 되었다. 이 소명은 처음부터 내가 하나님 안에 있었기 때문에 품을 수 있었고, 완성에도 이를 수 있었다. 내 삶에 허락하신 '광야학교'에는 반드시 목적과 의미도 함께 주셨다는 믿음과도 동행했다. 그 믿음까지 허락하신 하나님께 감사드린다. 이 '소명의 완성'이라는 목적이 이끄는 삶을 누리며 여기까지 왔다.

만약 암에 걸렸다면 '살던 대로 살아서는 절대 안전하게 살 수 없다'는 사실을 꼭 기억하시라! 몇 기인지는 상관없다. 영기에서 일 년 만에 운명을 달리하신 분 얘기도, 유방암 초기였다가 긴 해외여행으로 인해 병기가 빠르게 진행된 젊은 아가씨 얘기도 들었다. 그 비슷한 얘기들은 그밖에도 숱하다. 꼭 나처럼 살지 않고 대충만 바꾸고 사는데도 어쩌다 운이 좋아 평생을 재발, 전이 없이 안전하게 살아가는 사람도 있을지 모른다. 중요한 사실은 그 사람 또한 대충이라도 삶을 바꿔 살 것이라는 사실이다. 대충만 바꿔 살면서 러시안룰렛 게임처럼, 천운이라는 불확실성의 확률 안에 들기를 막연히 바라면서 살 수는 없다. 그래서 나는 남은 삶도 지금처럼 살아가려고 노력할 것이다. 그것이 못 견딜 구속과 억압이 아니라, 신으로부터 누리는 특혜요 선물이라고 진심으로 믿어지는 행운까지 누리니 또한 감사하다. 더더욱, 이 특별한 삶이 누군가의 희망이 되길 소망하는 사람들과 하나되어 걸어가는 길이라 더욱 든든하다.

신이 내 삶에 놓아 주신 '레몬'을 받아 들고 용기를 다해 '레모네이드'를 만들며 여기까지 왔다. 그 레모네이드를 내 주변 사람들과 나누는 기쁨과 보람도 누릴 수 있었다. 오프라 윈프리는 '내가 확실히 아는 것들'에서 다음과 같이 말했다.

'지구가 태양 주위를 도는 것만큼이나 확실하게 당신의 행동은 당신 주위를 돌고 돈다. 이런 이유로, 사람들이 행복을 찾고 있다는 말을 하면 나는 그들에게

"당신은 세상에 무엇을 주고 있나요?"

라고 묻는다.'

이 물음이 계속 내 안에 있어 왔고, 그 대답에 가깝기를 소망하며 만들어 왔다고도 생각된다. 이제 그 레모네이드의 결정판을 더 넓은 세상을 향해 조심스럽게 내민다. 나 먼저 암을 경험한 사람들에게 다양한 레모네이드를 받아 누렸고, 그것들이 다시 사는 삶의 씨앗이 되어 주었으며, 안전하게 여기까지 왔다. 그들에게도 암은 다시 사는 세상의 문을 여는 씨앗이었고 꽃이었고 열매였으리라 나는 믿는다. 암이라는 레몬이 시고 떫었던 그들과 그들의 삶을 새콤달콤하게 숙성시켜 자신이라는 꽃으로 피어나게 했으며, 제각각 자신만의 열매에도 이르게 했음을 나는 수없이 목격했다. 레모네이드로 숙성되고 마침내는 그 자신이 선물이 되어 누군가의 삶을 일으켜 세운 이야기도 수없이 만났다. 이 글 또한 그 소망을 품고 조심스레 시작되었다.

여기까지 오는 길에 등대가 되어 주신 분들을 잊을 수 없다. 암이라는 시련과 직면할 용기와 힘과 지혜를 주신 이상구 박사님, 전흥준 박사님, 신갈렙 선교사님, 맨발걷기운동본부 박동창 회장님, 활명의 이재형 원장님, '말

기암 진단 10년, 건강하게 잘 살고 있습니다'의 저자이신 주마니아 님께 특별히 감사드린다. 그분들 외에도 다양한 매체를 통해 고유한 방법으로 자신만의 경험과 치유 정보들을 진솔하게 나눠 주신 시련의 선배님들께도 감사드린다. 나 혼자서는 결코 여기까지 안전하게 올 수 없었다. 오프라 윈프리의 물음에 자신만의 답을 가진 분들이 선물이 되어 이끌어 주셨다. 참 지혜자이신 그분들이 세상에 준 것들을 흉내라도 낼 수 있길 소망해 본다.

〈새롭게 하소서〉라는 프로에서 한홍 목사님이 남긴 한 마디가 가슴에 남았다. '고통을 낭비하지 말라'는 메시지였다. 오래 전에 신갈렙 선교사님을 통해 들은 '암을 낭비하지 말라'는 메시지 또한 인상 깊게 남았었다. '암'이라는 경험을, '고통'이라는 경험을 낭비된 경험으로 남게 하고 싶지 않았다. 그 경험들이 다시 사는 삶의 씨앗이 되고 꽃과 열매가 되는 과정들을 나 스스로는 목도하며 살아왔다고 느껴진다. 이 일에도 모든 순간의 인도자셨던 하나님과 함께 나는 그 시간들의 뚜렷한 증인이다.

살던 대로 살지 않고 다시 살 수 있어서 감사하다. 암이라는 경험을 씨앗 삼아 '참 나'로 고유하게 피어날 수 있어서 감사하다. 그 경험들을 숙성시켜 세상을 향해 내미는 열매에도 이를 수 있어 감사하다. 혼자만의 길이 아니라 다정하고도 단단한 치유공동체와 동행하는 행운도 누리니 감사하다. 무엇보다 고난의 의미와 가치를 깨닫게 하신 분이 이끄시고 동행하신 길이어서 말할 수 없이 감사하다. 그 점이 내 오랜 감사의 첫 물꼬였다. '하나님의 뺄셈'이 내 삶의 풍요로운 덧셈이 되었다. 이 깨달음은 달디단 보너스를 넘어선다.

"고난은 시간이 지나서가 아니라 고난을 통한 레슨을 배웠을 때 끝난다."

이제 내게 허락하신 고난의 시간이 지나갔을까? 한 홍 목사님의 마지막 한 마디가 너무나 잘 이해되니 그렇다. 시간도 지났을 뿐더러 내 삶에 남겨진 레슨의 무게가 버거워 이 책을 쓰면서 나눠야 했다고, 오프라 윈프리의 물음이 마중물이 되었노라고, 길게도 이어온 여정의 마무리를 자문자답으로 대신해 본다. 고난은 끝나고, 고난을 통해 배운 레슨은 누군가들에게로 이어지는 선물이 되길 비는 마음 간절하다. 오프라 윈프리의 직관이 이끈 물음 앞에 소소하게나마 답이 될 수 있다면 기뻐 뛸 것이다.

마지막으로, 아프기 전, 퇴근 후에 날마다 들른 도서관에서 몇 날 며칠씩 파묻혀 읽고 또 읽었던 박완서 선생님의 글과 삶으로부터 전이된 '소박한 개인주의'에도 감사드린다. 그 전이가 체화되어 나를 이루고 발현되는 순간에야 나는 글 속으로 들어갈 수 있었다. 그때 예견했을까? 어떻게든 이어질 거란 걸...

"지혜 있는 자는 궁창의 빛과 같이 빛날 것이요

많은 사람을 옳은 데로 돌아오게 한 자는

별과 같이 영원토록 빛나리라"

– 다니엘서 12: 3